옴므파탈, 돈 주앙과 카사노바

치명적 유혹과 남성성

이 저서는 2011년 정부(교육부)의 재원으로 한국연구재단의
지원을 받아 수행된 연구임(NRF-2011-812-A00201)

옴므파탈, 돈 주앙과 카사노바

치명적 유혹과 남성성

송희영 지음

한국문화사

■ 책을 시작하며

　'돈 주앙'과 '카사노바'는 서구 문화권에서 전설적인 존재이자 신화적인 아이콘이다. 한 여성에게 만족하지 못한 채 수많은 여성을 유혹하고 편력한 돈 주앙과 카사노바는 '옴므 파탈 Homme Fatale'의 전형이자 '치명적 유혹의 남성성'을 상징한다.

　돈 주앙은 스페인의 극작가 티르소 데 몰리나의 극작품『세비야의 농락자와 초대받은 석상』(1630)에 등장하는 주인공의 이름이다. 그는 사랑이 전제되지 않은 채 여성들을 뒤쫓아 정복하고, 정복한 뒤에는 미련 없이 그녀들을 버림으로써 수많은 여성을 절망에 빠뜨린 장본인으로 등장한다. 카사노바는 1725년 이탈리아의 실존 인물이다. 그는 해박한 지식으로 외교관, 재무관 등을 지냈고, 끝없는 방랑과 쾌락을 즐겼으며, 평생 132명의 여성편력으로 유명하다.

　놀랍게도 '치명적 유혹의 대명사'이자 '옴므 파탈'의 전형인 돈 주앙과 카사노바는 지상에 알려진 후 수많은 작가에게 사랑을 받으며, 시대와 나라를 불문하고 수없이 많은 돈 주앙과 카사노바를 탄생시켰다. 프랑스 몰리에르의『돈 주앙 또는 석상의 잔치』, 독일 모차르트의 오페라 <돈 조반니>, 영국 바이런의『돈 주앙』을 비롯하여 수많은 작가와 예술가들로부터 재탄생됐으며, 오늘 날 영화와 뮤지컬로도 대중의 사랑을 받고 있다. 독일 문학에서도 돈 주앙과 카사노바를 주제로 한 작품들이 대거 등장하였다. 돈 주앙을 소재로 한 작품으로 호프만의 노벨레『돈 주앙』(1813)을 비롯하여 그라베의 『돈 주앙과 파우스트』(1829), 프리쉬의 『돈 주앙 또는 기하학에 대한 사랑』(1952), 한트케의 『돈 주앙, 자신에 대해 말하다』(2004)가 있다. 카사노바를 테마로 한 작품들로는 헤세의 『카사노바의 귀향』(1906), 슈니츨러의 『카사노바의 귀향』(1918), 제하퍼의 『카사노바의 말년의 사랑』(2009)이 있다.

'돈 주앙'과 '카사노바'라는 아이콘의 탄생 이후 오늘에 이르기까지 약 400여 년의 시간이 흘렀다. 특이한 것은 400여 년의 기간에 돈 주앙과 카사노바의 모습은 수많은 변신을 거듭해 왔다는 것이다. 이것은 무엇보다 돈 주앙과 카사노바가 고정 불변의 존재가 아니라, 시대와 사회 문화에 따라 변천하는 '유동적 주체'이자 '만들어진 남성성'이기 때문이다. 이 책에서 다루게 될 독일 문학작품들을 통해 '옴므 파탈', 즉 '유혹과 남성성'의 문제가 시대에 따라 어떤 변화양상을 나타내는지 살펴볼 수 있을 것이다.

먼저 이 책은 '돈 주앙'과 '카사노바'가 '옴므 파탈'의 원형으로서 어떠한 특징들을 보여주는지 고찰하고 있다. 첫째, '돈 주앙'과 '카사노바'는 끊임없이 여성을 유혹하는 '유혹자'이다. 이들에게 삶의 원동력은 사랑과 에로스로써 불꽃 같은 삶의 열정과 쾌락을 위해 신분 여하를 막론한 수많은 여성을 유혹한다. 둘째, '돈 주앙'과 '카사노바'는 남성적인 매력은 물론 권력, 재산, 뛰어난 언변과 박학다식을 갖춘 인물들이다. 셋째, '돈 주앙'과 '카사노바'는 당대 사회의 질서와 도덕률을 무너뜨리고 사회와 교회에 저항한 반항아이자 자유주의자이다. 넷째, 이들은 사회의 규율을 무시하고 수많은 여성을 유혹했다는 이유로 처벌당한다. 돈 주앙은 작품에서 지옥행으로 추락하며, 역사적 실존 인물인 카사노바는 베네치아로부터 추방당한다. 따라서 '옴므 파탈'의 원형으로서 돈 주앙과 카사노바가 지니는 공통적 특징은 '유혹자, 남성적 매력, 자유주의 자이자 반항아, 지옥행과 추방'이며, 이것은 이 책에서 다루게 될 문학작품들에서 끊임없이 변주됨으로써 흥미로운 양상을 보여준다.

이 책은 돈 주앙과 카사노바와 연관하여 대표적인 독일문학 작품들을 분석하고 있다. 모차르트의 오페라 <돈 조반니>를 토대로 만들어진 에테아 호프만 E.T.A. Hoffmann의 『돈 주앙 *Don Juan*』(1813)은 낭만주의라는 문학적 배경 속에서 돈 주앙과 유혹의 문제를 다루고 있다. 아르투어 슈니츨러 Arthur Schnitzler의 『카사노바의 귀향 *Casanovas Heimfahrt*』(1918)은 세기전환기의 빈 모더니즘과 에로스의 연관관계를 보여주며, 더 이상 청년이 아닌 노년의 카사노바가 겪는 남성성의 위기를 살피고 있다. 외덴 폰 호르바트 Ödön von Horváth의 『돈 주앙, 전쟁에서 돌아오다 *Don Juan kommt aus dem Krieg*』(1937)는 1차 세계대전 후 전통적 가치관의 붕괴와 여성운동, 그리고 이로 인해 대두되는 돈 주앙의 정체성의 문제를 고찰하고 있다. 막스 프리쉬 Max Frisch의 『돈주앙 또는 기하학에 대한 사랑 *Don Juan oder die Liebe zur Geometrie*』(1952)과 페터 한트케 Peter Handke의 『돈 주앙, 자신에 대해 말하다 *Don Juan (selbst von ihm erzählt)*』(2004)는 전통적인 돈 주앙의 특징이 더 이상 나타나지 않는 흥미로운 양상을 보인다. 프리쉬의 돈 주앙은 여성이 아닌 기하학을 사랑하며, 작품의 결말은 엄처시하에서 '아버지'가 되는 '반-돈 주앙'의 모습을 그리고 있다. 한트케의 돈 주앙은 여성을 파멸로 몰고 가는 파괴자가 아닌, 여성의 내면을 들여다보고 외로움과 고독을 헤아리는 구원자이자 멘토로 등장한다. 마지막 조란 드르벤카 Zoran Drvenkar의 『유고슬라비아의 지골로 *Yugoslavian Gigolo*』(2005)는 1991년 유고슬라비아 전쟁을 배경으로 독일로 밀입국한 브랑코가 지골로의 삶을 통해 이주민으로서 겪는 정체성의 문제 및

'거래된 사랑과 남성성'을 다루고 있다.

이 책이 독자에게 '옴므 파탈-치명적 유혹의 남성성'이라 할 돈 주앙과 카사노바가 400여년의 시간을 거치면서 어떻게 변신을 거듭하고 재탄생하고 있는지 흥미와 통찰을 제공할 수 있기를 바라며, 남성성에 대한 새로운 안목과 여성성에 대한 비전도 제시해 줄 수 있기를 희망한다. 끝으로, 인문 저술 프로젝트인 '옴므파탈, 돈 주앙과 카사노바'가 책으로 출판될 수 있도록 재정적인 지원을 아끼지 않은 한국연구재단에 감사드린다. 또한, 꼼꼼한 교정과 편집 작업에 도움을 준 한국문화사의 심대현 선생님, 표지 작업의 이사랑 선생님께도 감사의 마음을 전한다.

2016년 봄에 송희영

■ 차례

1

젠더학적 관점에서 본
사회문화적 구성물로서의 '남성성'

주디스 버틀러 – 젠더수행과 유동적 주체

1990년대 초반 페미니즘 진영에서는 명칭을 '젠더연구'로 바꾸고, 성을 문화적 구성물로 규정하여 남성/여성의 두 성을 뛰어넘는 다양한 형태의 젠더 관계를 구상함으로써 기존의 고정된 성 정체성을 수정하고 있다. 이와 관련하여 주디스 버틀러 Judith Butler는 『젠더 트러블 *Gender Trouble*』(1990)에서 푸코의 계보학적 권력 분석을 라깡의 정신분석학, 데리다의 해체주의 이론에 연결하여 성 정체성을 본질적으로 태어나거나 주어지는 고정된 주체가 아닌, 언제나 해체 또는 재구성될 수 있는 유동적인 주체 개념으로 규정함으로써 구성주의적 젠더 논의의 이론적 토대를 제공하였다.

버틀러는 가부장제사회에 반기를 들고 "여성은 태어나는 것이 아니라 만들어진다"는 시몬 드 보부아르 Simone de Beauvoir의 명제로부터 더 나아가, 여성/남성의 섹스·젠더·섹슈얼리티 모두 사회문화적 구성물이라 정의하였다. 섹스는 여성/남성의 생물학적 몸의 차이, 젠더는 사회·문화적 차이, 섹슈얼리티는 성적 실행의 근원적 욕망을 나타낸다. '성 정체성이 고정되지 않고 유동적'이라는 버틀러의 주장은 그녀의 '수행적 젠더정체성'의 개념과 밀접한 연관이 있으며, 이것은 젠더이론에 획기적인 전환점을 제공하고 있다.

버틀러의 '수행적 젠더정체성'은 '행위의 반복적 수행을 통한 젠더의 재의미화'로 설명될 수 있다. 버틀러에 의하면, 한 사회 내에서 젠더(여성/남성) 정체성은 사회적으로 이미 고정되거나 선천적으로 정해진 것이 아니라, 행위를 통해 반복적으로 구성되는 수행적 특징을 지닌다. 버틀러의 이론에서 '수행성'은 핵심개념이다. '수행성'은 다시 '수행'과 구분된다. '수행', 즉 '퍼포먼스 Performance'가 일회적 행위라면, '수행성 Performativity'은 오랜시간 동안 반복되는 행위과정을 뜻한다.

먼저, '수행 Performance'을 살펴보자. '수행', 즉 '퍼포먼스'에는 퍼포먼스를 행하는 '수행자 Performer'가 있다. 예를 들어, 연극 또는 공연에서 수행자는 퍼포먼스를 행하는 배우와 연기자를 말한다. 이들은 연극과 공연에서 드라마대본 혹은 시나리오에서 이미 고정되고 확정된 주인공을 연기한다. 이를 사회문화적인 맥락으로 확대해보면, '수행'이란 일종의 '일관된 서사'로서 한 사회 내에서 통용되는 가치관, 정체성, 규범 등을 상징하며, '수행자'는 이를 행하는 주체를 나타낸다. 여기서 '수행'은 이미 정해진 일관된 서사를 '수행자'인 주체(여성/남성)에게 강요하고 꼼짝 못 하도록 고정한다. 이렇듯 주체에 대해 일관된 서사를 강요하고, 주체를 억지로 틀에 맞출 경우 폭력이 작동될 수 있으며, 이것이 바로 고정된 주체설정의 폭력성이다.

반면, '수행성 Performativity'은 수행자를 전제하거나 고정하지 않는다. 수행성에서 중요한 것은 반복의 과정이다. 즉 수행성은 행위의 반복성과 맞물려 있고, 이 반복은 주체를 가능하게 하며, 그 주체의 일시적 조건을 구성해 준다. 따라서 모든 젠더정체성은 행위의 반복을 통해 만들어진다. 예를 들어 당대 사회가 '여성적/남성적'이라고 허용된 행위를 반복적으로 수행하는 자가 바로 '여성/남성'이 되는 것이다. 즉 '여성/남성'이 된다는 것은 당대 사회의 문화적 규범을 익히고, 사회가 요구하는 젠더정체성을 반복적으로 체화하는 것을 의미한다.

> 젠더의 수행성은 첫째, 젠더화된 본질에 대한 기대가 젠더 자신을 자기 외부에 가져다 놓게 된다는 메타랩시스(상관관계가 먼 단어를 사용해 다른 의미를 지칭하는 과도한 비유법) 주변을 맴돈다. 둘째, 수행성은 한 번의 행위가 아니라 반복적이고 의례적인 행위이다. 이 행위는 일부 문화적으로 유지된 시간적 지속성으로 이해되는 동시에 몸의 맥락에서 몸의 자연화를 통해 그 효과를 획득한다.

그런데 이러한 젠더정체성은 선험적으로 규정된 것이 아니라, 그 사회가 처한 상황과 문화적 공간의 규범을 반복적으로 수행함으로써 나타나는 결과일 뿐이다. 이러한 반복적인 수행은 젠더주체를 통제하고 규범을 강화할 수도 있지만, 다른 한편 새로운 의미로 열릴 미시적 가능성을 내포한다. 즉, 모든 젠더주체는 지배담론을 반복적으로 수행하면서 복종하고 순응도 하지만, 다른 한편 그 담론을 '다르게 반복하기'를 통해 지배권력에 저항하고 새로운 가능성을 모색하기도 한다. 이로 인해, 젠더주체는 권력에 대해 복종도 하는 반면, 저항과 반항도 수행한다는 점에서 양가성을 띠고 있다. 이와 같이 단순반복과 같은 '복종적 반복'이 있는가하면, 기존의 권력과 제도에 속하면서도 기존의 권력을 간섭하고 뒤흔드는 '전복적 반복'도 존재한다. 이것이 바로 '다르게 반복하기'이자 '수행성'이 지닌 전복가능성이다. 버틀러는 이 '다르게 반복하기'가

기존의 제도와 권력에 대항할 수 있는 유일한 방법이라고 말한다.

결국 다르게 반복하기를 통한 '수행적 젠더 정체성'은, 모든 젠더정체성이야말로 행위 중에 가변적으로 구성되는 일시적이고 잠정적인 양상에 불과하다는 것을 시사한다. 따라서 선천적으로 '고정된 정체성'이란 존재하지 않으며, '진정한 젠더 정체성'에 대한 모든 전제 조건들도 허구로 드러난다. 버틀러는 여성/남성의 진정한 젠더정체성이란 더 이상 불가능하며, 심지어 '여성인지/남성인지'의 구분도 규정할 수 없음을 선언함으로써 퀴어이론을 대표한다.

남성연구와 코넬의 '만들어진 남성성'

페미니즘 연구의 변화와 함께 주목해야 할 사실은 남성연구이다. 남성연구 Men's Studies는 페미니즘 연구의 발전보다 다소 늦어 1970년대 중반 미국을 중심으로 처음 시작되었다. 초창기 남성연구는 페미니즘에 바탕을 두며, 남성 역시 여성과 다르지 않게 가부장적 사회질서의 희생양이라는 입장을 견지했다. 논의의 핵심은 남성이 사회적으로 부여받은 성 역할이 어떠한 결과를 초래했는가에 초점이 맞추어져 있다. 가정 내에서는 가장으로서 떠맡아야 하는 경제적 책임감, 사회적으로는 자본주의의 경쟁에서 살아남아야 하는 부담감이 남성의 성역할에 대한 갈등을 불러일으키고 남성심리에 중대한 영향을 미쳤다고 밝히고 있다. 남성들이 만든 가부장제가 결과적으로 남성의 사회적 책무와 부담감을 상승시키고, 이로 인해 남성들이 심각한 위기에 처하게 되었으며, 급기야 남성 역시 가부장제의 희생양이라는 주장이 초기의 남성연구이다. 그러나 이러한 초기의 연구성과가 남성연구의 불모지에서 연구의 단초를 제공했다는 점에서는 높이 평가할 수 있지만, 남성들 상호 간의 사회적 권력관계 또는 남성/여성의 이분법에 관해서는 어떠한 언급도 하고 있지 않다. 이 시기만 해도 '남성 대 여성'의 이분법은 불변의 것으로 간주하였다.

1980년대 중반에 이르면 좀 더 발전적인 논의들이 전개된다. 미국대학을 중심으로 남성연구는 사회학, 인류학, 심리학, 역사, 문예학 등 다양한 학문 영역에서 새로운 연구대상으로 떠올랐다. 이들의 공통 관심사는 남성중심주의 학문에 대한 전면적 비판이다. 남성이 곧 '규범'이자 '인간'과 동일시되는 기존의 학문적 체계에 문제를 제기함과 동시에 '남성성의 경험'은 결코 보편적·일반적이라기보다는, 남성들 간의 이해관계에서 비롯된 하나의 관점일 뿐이라고 밝히고 있다. 1980년대의 남성연구는 1970년대의 이론적 입장과는 선명한 차이를 보이는 '비판적 남성연구'이다.

1990년대에 들어오면서 남성연구는 젠더연구라는 좀 더 포괄적인 스펙트럼 속에서 논의된다. 특히 후기구조주의로부터 강한 영향을 받고 있는 젠더연구는 방법론적 전제에서나 문제 제기에 있어 남성연구에 많은 변화를 가져왔다. 1990년대의 젠더연구는 여성성과 마찬가지로 남성성을 사회적인 구성물로 보고 있다. 즉 남성성과 여성성은 본질적으로 타고난 것이 아니라 사회문화적 맥락에 따라 형성되는 사회구성물로 평가되었다. '남성성'을 만들어진 것으로 파악한다는 것은 '남성'이라는 카테고리가 통시적·공시적으로 형성되는 유동적 주체임을 의미한다. 여기서 '남성성'은 확정된 개념이 아니라, 종교, 인종, 사회적 지위, 성적 취향과 같은 상이한 요소들이 역사적으로 변화하고 상호경쟁하면서 만들어지는 유동적인 개념이다. 또한 '남성성'은 단일한 개념이 아니라, 사회문화적 맥락과 개개의 특수그룹에 따라 다양하게 나타나는 '복수주의', '다원주의적 성향'을 가지고 있다. 따라서 '남성성'이란 절대적인 것이 아닌 상대적인 개념이고, 불변의 것이 아닌 가변적이며, 확정된 것이 아닌 유동적이며, 단일한 개념이 아닌 다양성을 내포하고 있다. 이러한 1990년대의 남성연구는 1980년대의 남성연구와 비교해 볼 때 가히 혁명적인 발전이라 할 수 있다.

이 시기 남성연구의 이론적 발전에 지대한 공헌을 한 사회학자가 로버트 코넬 Robert Connell이다. 코넬은 '사회구성물로서의 남성성'과 함께 '헤게모니 남성성 Hegemonic Masculinity'을 제시하고 있다. 그에 의하면, '남성성'이란 사회문화적 맥락에 따라 구성되지만, 시대마다 헤게모니를 쥐고 지배적으로 나타나는 남성성이 존재한다고 한다. 이것이 곧 '헤게모니 남성성'이다. 코넬은 '헤게모니 남성성'의 개념을 그람시의 '헤게모니'에서 가져오며, 이를 다음과 같이 설명하고 있다.

> '헤게모니' 개념은 안토니오 그람시의 계급관계에 대한 분석에서 파생된 것으로, 이것은 사회생활에서 한 그룹이 주도적인 입장을 요구하고, 그것을 유지함으로써 나타나는 문화적인 역동성을 의미한다.

그람시는 인간사회에 필연적으로 존재하는 지배와 피지배의 관계를 정의하면서 지배층이 피지배층에 대해 갖게 되는 주도권을 '헤게모니'라 하였다. 코넬은 그람시의 '헤게모니' 개념으로부터 '헤게모니 남성성'의 개념을 발전시키는데, 그에 따르면 '헤게모니 남성성'이란 한 사회 내에서 주도권을 지닌 남성성을 말하며, 이것은 특정한 그룹의 이해관계에 따라 형성되는 복합적 권력구조와 연관이 있다. '헤게모니 남성성'은 두 가지 측면에서 상대적 범주라 할 수 있다. 하나는 종속된 여성에 대한 관계이고, 다른 하나는 헤게모니를 갖지 못한 다른 남성에 대한 관계이다. 헤게모니를 갖지 못한 남성이란 남성 가운데서도 주도권을 지니지 못한, 즉 주변으로 밀려나 있는 피지배 남성들(종속형, 공모형)을 말한다. '헤게모니 남성성'은 남성/여성의 젠더관계에서 남성의 지배적 위치와 여성의 종속을 보증하고, 가부장제의 정당성을 뒷받침한다. 또한 남성 간의 젠더관계에서도 '헤게모니-종속-공모'로 세분화된다. 여기서 '종속된 남성성'은 헤게모니 남성성으로부터 배제된 모든 것을 수행하는 역할을 한다. '공모적 남성성'은 헤게모니 남성성을 수행하지 않지만 저항도 하지 않고 남성지배사회로부터 간접적 이득을 얻는다. 코넬에 의해 제시된 '헤게모니 남성성'은 결코 강제가 아닌, 자발적 동의에 의해 작동한다. 그것은 한 사회 내의 지배적인 남성성을 나타내면서도 피지배 남성 및 여성과의 권력관계에서 만들어지는 유동적이며 역동적인, 그래서 언제든지 해체되고 재구성될 수 있다. 이러한 이유로 그 위치는 경합을 통해 언제든지 뒤바뀌고 역사적으로 유동적이다. 따라서 가부장제를 수호하는 조건이 변하면 특정한 남성성이 지배하는 데 필요한 기반도 침식하고 얼마든지 새로운 남성성이 등장할 수 있다.

코넬의 연구와 함께 최근 남성연구에서 주목받고 있는 부분은 남성의 '몸'이다. 그러나 '남성의 몸'이 학문적 연구의 대상이 되기까지는 상당히 많은 시간이 필요했다. 그동안 몸을 중심으로 한 '성 담론'은 주로 여성에게만 국한되어 왔다. 18세기, 19세기의 시민계급사회로 거슬러 올라가면, 몸은 남성과 여성의 차이를 보여주는 중요한 역할을 수행한다. 시민계급사회에서 성 담론은 여성을 육체와 연관시키고 있지만, 남성은 육체와 연관되지 않을 뿐만 아니라, 남성의 육체에 관한 언급은 어디에도 찾아보기 힘들다. 이는 곧 남성은 육체와 무관한 이성적 주체로 파악되는데 반해, 육체와 관련된 사항은 오로지 여성의 몸에 한정되고 있다. 19세기 몸 담론에서도 여성의 몸은 구조상 병리적인 것으로 파악되어 학문적인 연구의 대상으로 다루어진 데 반해, 남성의 몸은 거론되지 않는다. 즉 남성의 몸은 '인간'의 몸이자 '규범'으로 파악되는 반면, 여성의 몸은 불완전한 육체이자 병리적인 것으로 해석되었다.

이렇듯 남성의 몸 담론은 불모지였다가 최근에 이르러 사회학의 영역에서 연구가 시작되었다. 20세기 후반에 시작된 몸 담론은 21세기에 들어오면 붐을 이룰 만큼 각광을 받았다. 그 한 예로 2006년 독일의 카셀에서 열린 심포지엄은 온통 '몸'에 관한 테마였다. 이렇듯 최근 들어 '남성의 몸'이 주요 논의로 떠오르게 된 것은 첫째, 페미니즘 진영에서 시작한 몸 담론과 둘째, 포스트모더니즘의 영향 때문이다.

먼저, 페미니즘 진영에서의 몸 담론을 살펴보자. 페미니즘은 '여성의 몸'을 정치적인 또는 학문적인 담론의 장으로 끌어내는데 크게 기여하였다. '여성의 몸'은 페미니즘의 여성해방논의에서 두 가지 의미를 지닌다. 그것은 '가부장적 억압의 대상'이 되면서 동시에 '해방의 공간'이다. 즉 '여성의 몸'은 자유를 위한 투쟁의 공간으로 새롭게 해석됐다. 1970년대와 1980년대의 페미니즘 논의에서는 나타나지 않았던, 그러나 1990년대의 페미니즘 논의에서 현격한 발전을 보이는 '몸 담론'은 '여성의 몸'을 남성의 '도구적 이성'에 대립되는 것으로 파악하였다. 그리하여 그동안 지배 담론으로 여겨 왔던 이성과 본성, 정신과 몸의 '이원론'은 전형적인 남성들의 창작물이라 비판되었다.

페미니즘에서 시작된 '몸 담론'은 이후 남성과 여성의 '몸 담론' 일반으로 확대되었다. 최근 '몸 담론'과 관련된 지배적인 논의는 구성주의적 관점으로서, 이에 따르면 '남성성/여성성' 뿐만 아니라 '인간의 몸' 역시 사회적으로 구성되는 것으로 파악되었다. 버틀러는 '물질로서의 몸'과

'의미체로서의 몸'은 서로 분리될 수 없다고 말하고 있다. 물질적 몸은 바로 '문화적 몸'이자 사회적 지위를 나타내는 기호에 다름 아니기 때문이다.

'몸'을 논쟁의 장으로 끌어들인 두 번째 계기는 포스트모더니즘 담론이다. 포스트모더니즘은 데카르트의 '나는 생각한다, 고로 나는 존재 한다'는 철학적 원칙에 반기를 들면서 육체와 정신의 이원론을 정면으로 비판하고 나섰다. 이성과 합리성을 통한 기존의 세계 해석방식은 일면적인 것이었음을 반박하면서 육체의 의미와 중요성이 부각되었다. 포스트모더니즘 담론에서는 '여성, 자연, 몸, 감정' 대 '남성, 문화, 정신, 합리성'이라는 전통적인 대립구도가 해체되었으며, 결과적으로 시민계급사회의 성 담론에서 나타났던 '몸=여성'의 등식은 더 이상 통용되지 않는다.

더욱이 포스트모더니즘의 소비사회는 몸의 의미와 기능을 근본적으로 변화시켰다. 전통적인 산업사회에서 몸은 '노동하는 육체'로 기능했지만, 포스트모더니즘의 소비사회에 들어오면서 몸은 '사회문화적으로 보여주는 대상'으로 변화하였다. 즉 소비사회에서 몸은 사회적 지위를 나타내는 기호형식 중의 하나로 조작되고 상품화되고 있다. '젊고 매력적인 몸'은 각종 산업들이 애쓰고 공들여야 하는 목표이자 이상형이 되었고, 산업은 인간의 몸을 상업화함으로써 존재근거를 마련하며, 이를 가속화하여 끊임없이 발전시키고 있다. 몸에 대한 이미지들은 미디어들을 통해 홍수처럼 쏟아져 나오고, 이것은 곧 수많은 대중이 모방하려는 아이콘이 되었다. 결과적으로 대중의 몸에 대한 투자와 노력이 대거 늘어나고, 이러한 현상은 사회 모든 구성원에게서 발견된다. 비단 젊은 여성들만이 몸에 투자하는 것이 아니라, 남성들이 '몸만들기' 열풍에 적극적으로 참여하는 현상은 이를 입증한다.

특히 대중매체를 통해 남성의 몸은 소비사회의 담론의 대상으로 떠올랐다. 각종 매체를 통해 남성의 몸을 쉽게 접할 수 있고, 남성의 몸에 대한 시선은 더 이상 타부가 아니며, 심지어 남성의 나체의 몸은 미학적 형상물로 전환하고 있다. 예를 들어 광고는 탄탄한 육체와 수려한 외모를 지닌 남성을 끊임없이 재생산함으로써 오늘 날 성공한 남성의 이미지가 어떠해야 하는지 말해주고, 결과적으로 남성의 몸은 끊임없이 다듬고 가꾸어야 할 과제이다.

지금까지의 논의들에서 살펴보았듯이 '남성성'은 결코 절대적이고 단일한 개념이 아니다. 그것은 시대적 변화와 사회문화적 맥락에 따라 끊임없이 새롭게 구성되는 젠더구성물이다. 따라서 '남성성'은 단순히 '여성성'에 대한 대립개념이기보다는, 수많은 남성성과 복수의 남성성을 지칭한다. 독일의 독문학자 발터 에르하르트 Walter Erhart는 "남성의 모습은 단일한 것이 아니라, 다양성과 복수주의"를 나타낸다고 밝힌바 있다. 즉 남성성이란 규범처럼 고정된 것이 아니라, 수많은 모순을 드러내며 다원성과 복수주의의 경향을 지닌다. 코넬의 시각으로 보자면, 19세기에 각광받는 '헤게모니 남성성'과 20세기 초반에 지배적인 남성성은 그 양태가 다르며, 더욱이 21세기에 부각되는 남성성은 전혀 다른 모습이다. 시대와 사회의 변화에 따라, 그리고 남성/여성 간의 관계방식 또는 남성들 간의 관계방식에 따라 '남성성'의 모습은 달라지며 복수의 '남성성'이 존재할 뿐이다. 따라서 '남성성'은 어떤 특정 사회문화적 맥락에서 구성되지만 곧 해체되고, 또 다시 재구성되는 '구성-해체-재구성'의 과정을 동반한다.

이 책에서 다룰 '돈 주앙과 카사노바'의 신화는 17, 18세기에 탄생했지만 시대와 사회를 거치면서 전혀 다른, 새로운 형태의 '남성성'의 모습을 드러낸다. 이 책에서 '돈 주앙과 카사노바'의 '남성성'이 어떻게 다양한 모습과 복수주의로 나타나는지, 그리고 그것이 상징하는 젠더정체성은 무엇인지 고찰하게 될 것이다.

2

원형으로서의 돈주앙과 카사노바

돈 주앙과 카사노바의 탄생

'옴므 파탈, 치명적 유혹의 대명사'라 불리 우는 '돈 주앙'과 '카사노바'는 지상에 알려진 후 수많은 작가에게 사랑을 받아 왔고, 문학 작품과 예술 작품에서 즐겨 다루어지는 소재로 떠오르며 시대와 나라를 불문하고 수많은 돈 주앙과 카사노바를 탄생시켰다. 문학 작품에서는 스페인 작가 티르소 데 몰리나 Tirso de Molina의 『세비야의 농락자와 초대받은 석상 El Burlador de Sevilla y Convidado de Piedra』(1630)을 시작으로 프랑스 작가 몰리에르의 『돈 주앙 또는 석상의 잔치』, 러시아 작가 푸쉬킨의 『돈 주앙』, 영국 작가 바이런의 『돈 주앙』, 독일 작가 에테아 호프만의 『돈 주앙』, 막스 프리쉬의 『돈주앙 또는 기하학에 대한 사랑』 등이 있다. 이러한 돈 주앙의 모티브는 오페라와 영화 또는 다른 매체에서도 끊임없이 변주되고 있다. 모차르트의 오페라 <돈 조반니>를 비롯하여 수많은 작가와 예술가들로부터 재탄생되었고, 오늘날 영화 <돈 주앙>으로도 만들어졌으며, 캐나다판 또는 한국판 뮤지컬로도 대중의 사랑을 받고 있다.

반면, 자코모 지오바니 카사노바 Giacomo Giovanni Casanova는 문

학적 허구인물이 아닌 실존인물이다. 카사노바는 1725년 이탈리아에서 태어나고, 방대한 지식과 교양으로 외교관, 재무관을 지냈으며, 방랑과 쾌락을 즐기고, 평생 132명의 여성을 편력했다. 오늘날에 이르기까지 남성들의 집단 무의식에 깔린 '카사노바 콤플렉스'는 수많은 여성으로부터 사랑을 받고 싶어 하는 남성들의 무의식적 욕망을 대변한다. 카사노바 역시 후대의 문학적, 예술적 주인공으로 재탄생되어 나타난다. 아르투어 슈니츨러의『카사노바의 귀향』(1918), 헤르베르트 오일렌베르크의『카사노바의 마지막 모험』(1928), 페데리코 펠리니의 영화 <카사노바>(1977)는 모두 실존 인물 카사노바를 새롭게 재탄생시킨 예술작품들이다. 이 장에서는 시대와 국가를 초월하여 수많은 돈 주앙과 카사노바를 탄생하게 했던 원형으로서의 돈 주앙과 카사노바에 대해 살펴볼 것이다.

1. 티르소 데 몰리나의『세비야의 농락자와 초대받은 석상』

스페인의 작가 티르소 데 몰리나

'돈 주앙 Don Juan'은 17세기에 최초로 문학적으로 형상화된 허구적 인물이다. '돈 주앙'을 문학작품의 주인공으로 등장시킨 최초의 작가는 스페인의 극작가 티르소 데 몰리나이며, '돈 주앙'은 그의『세비야의 농락자와 초대받은 석상』(1630)의 주인공이자, 수많은 여성들을 뒤쫓고 정복한 뒤에는 과감히 버림으로써 여성들을 절망에 빠뜨리는 '옴므 파탈'의 원형이다.

'돈 주앙'을 탄생시킨 극작가 티르소 데 몰리나의 정확한 출생연도는 밝혀지지 않았지만, 그는 1580년경 스페인에서 태어나 알칼라대학교에서 수학했으며 1601년 사제가 되었다. 원래 그의 본명은 가브리엘 테예스였으나, 가톨릭 사제가 된 후 연극에 취미를 갖게 되어 '티르소 데 몰리나'라는 필명으로 희곡을 집필하기 시작했다. 서인도 제도의 사제로 파견되어 3년간 사제로서 의무에 충실하면서도, 다른 한편 희곡 집필에 몰두하여 많은 작품을 만들었다. 그는 사제로서 신학적 관심을 불러일으키는 종교적·철학적 측면을 강조하기도 했으며, 때로는 스페인·포르투갈·서인도제도 등을 여행하면서 습득한 지리적·역사적 지식을 작품 속에 반영하였다. 또한 방대한 스페인 연극사에서 소재를 빌려 와 작품을 쓰기도 했고, 때로는 자신의 무한한 상상력을 기반으로 창작활동을 펼쳐나갔다. 티르소 데 몰리나는 1626년에는 트루히료의 수도원장을 역임했고, 1632년에는 수도회 사료편찬 담당자로 근무했으며, 이어서 카스틸랴주의 종무 위원장, 1647년에는 소리아의 수도원장에 취임했고, 이듬해 세상을 떠났다.

그의 대표작으로는『톨레도의 교외 별장』(1621)이 있으며, 여기에는 3편의 희곡과 함께 시·이야기·비평 등이 수록되어 있다.『안토나 가르시아』(1635)는 군중심리를 객관적으로 분석한 작품으로 유명하며,『여인의 신중함』(1634)은 고대 지역들에 대한 분쟁을 서술하고 있다. 또한, 성서에서

티르소 데 몰리나

소재를 가져와 극작품으로 만든『타마르의 복수』(1634)는 사랑을 둘러싼 증오와 복수를 사실적으로 묘사하고 있다. 티르소 데 몰리나는 비극

과 희극에서 모두 뛰어난 작품을 만들어 냈고, 그의 작품은 자연스러운 어법으로 구성되었다는 점이 특징이다.

사제이면서도 창작활동을 한 티르소 데 몰리나는 대중에게 종교적 교화와 문학적 즐거움을 제공하는 것에 가치를 두었다. 1621년에 발표된 『톨레도의 교외별장』은 대중에 대한 교화보다 즐거움에 비중을 두었으며, 작품의 쾌락적 소재로 인해 티르소 데 몰리나는 종교개혁위원회로부터 징계를 받았다. 징계 이후 티르소 데 몰리나는 대중의 흥미를 유발하면서도 종교적인 교화에 신경을 썼다. 1630년에 발표된 『세비야의 농락자와 초대받은 석상』은 바로 이러한 연장선상의 작품이다. 티르소 데 몰리나는 '돈 주앙'이라는 흥미로운 인물과 '초대받은 석상'이라는 종교적 교화를 절묘하게 결합하여 세기의 작품을 탄생시킨다.

작품의 서사구조

『세비야의 농락자와 초대받은 석상』은 티르소 데 몰리나의 작가적 명성을 세상에 널리 알려준 작품이자 스페인 문학의 대표작이다. 작품의 주인공 '돈 후안 테노리노'는 매력적인 외모를 지닌 미남자로 등장한다. '돈 후안'은 돈 주앙의 스페인어 발음이다. 돈 후안의 집안배경 역시 눈부신 후광을 받고 있다. 그의 아버지는 카스티야 스페인 왕의 총애를 받고 있고, 그의 삼촌 '돈 페드로'는 왕의 대신으로 직무를 맡고 있어 소위 명예와 권력이 집안에 한꺼번에 집중되어 있다. 그래서인지 그의 자신감과 당당함은 하늘을 찌를 듯하다. 바로 이 당당함과 자신감으로 여성들에게 다가가고, 그리하여 그가 원하는 여성들은 모두 그의 농락의 대상이 된다.

이 작품은 모두 3막으로 구성되어 있다. 1막의 무대는 나폴리이다. 세비야의 기사 돈 후안 테노리오는 나폴리 주재 스페인 대사의 명령에 따라 나폴리로 이주한다. 그는 이미 세비야에서 여자를 우롱한 바 있으며, 그 대가로 나폴리로 쫓겨 간 것이다. 그러나 돈 후안은 여기서도 친구인 옥타비아 공작의 약혼녀 이사벨라를 칠흑 같은 밤에 숲속으로 유인하여 자신을 옥타비아 공작이라 속이고 그녀를 유혹한다. 돈 후안의 첫 번째 여성편력의 희생양인 이사벨라는 자신을 범하고 욕되게 한 자가 바로 돈 후안이라 지목하고 옥타비아 공작은 돈 후안에게 분노를 느낀다. 이 사실을 알게 된 나폴리 총독은 돈 후안을 체포하라고 명령하고, 위기를 느낀 돈 후안은 삼촌인 돈 페드로의 도움을 청하여 하인 카탈리논과 함께 스페인으로 도주한다. 도망하던 중 배가 난파하게 되고, 그들은 어촌 마을 타라고나 해안에 도달한다. 그 곳의 아름다운 아가씨 티스베아가 돈 후안을 구해준다. 돈 후안은 티스베아에게 유혹을 느끼며 거

〈세비야의 농락자와 초대받은 석상〉의 돈 후안과 석상

짓 사랑과 결혼을 맹세한다. 순박한 시골처녀 티스베아 역시 돈 후안의 유혹에 넘어간다. 그러나 돈 후안은 그녀를 취하자마자 그녀가 내준 두 마리의 암말을 타고 하인 카탈리논과 세비야로 도망치며 티스베아는 절망에 빠진다.

2막에서 세비야로 돌아온 돈 후안은 지인인 모타 후작의 사촌 여동생 도냐 아나를 알게 되고 그녀의 아름다움에 반한다. 돈 후안은 도냐 아나가 모타 후작에게 전하는 메시지를 우연히 받게 되고, 후작의 망토를 받아 밤 11시에 후작 대신 도냐 아나를 만나 그녀를 속인 후 유혹한다. 이 과정에서 도냐 아나의 아버지 돈 곤살로와 마주치게 되며, 돈 곤살로는 돈 후안에게 달려들어 그를 죽이려 하지만, 돈 후안이 먼저 그를 죽이고 만다. 살인을 저지른 돈 후안은 세비야 근처의 마을 도스에르마나스로 피신한다. 피신 길에 돈 후안은 시골의 마을결혼식에 들르게 되며, 그곳에서 신부 아민타의 아름다움에 반하여 또 다시 거짓으로 그녀를 유혹하고 우롱한다.

3막에서는 세비야로 돌아오는 길에 돈 후안이 돈 곤살로의 석상을 만나 놀라며 그의 저녁 식사에 초대받는다. 석상은 신의 대리자로서 돈 후안이 회개할 것을 촉구하지만, 돈 후안은 이를 시행하지 않고 지옥으로 떨어지고 만다.

새로운 사랑을 찾아 끝없이 - '유혹자'로서의 돈 후안

작품에서 알 수 있듯이 돈 후안은 유행을 좇듯 끊임없이 새로운 여성들을 뒤 쫓고, 그녀들을 감언이설을 하며 온갖 방법과 수단을 동원하여 유혹한다. 그러나 그녀들을 정복한 뒤에는 가차 없이 떠남으로써 그녀들을 절망에 빠뜨린다. '돈 후안'에게는 사회적인 기준도 도덕적인 규율도 중요하지 않다. 그는 기존의 모든 사회적인 규율과 도덕을 무시한 채 이미 배필이 정해져 있는 약혼 여성, 또는 연인이 있는 여성, 결혼을 앞둔 여성 등 거리낌 없이 그녀들에게 접근하고 유혹한다. 그는 작품에서 총 4명의 여성을 유혹한다. 옥타비오 공작의 약혼녀 이사벨라, 어촌의 처녀 티스베아, 칼라트라바 승병단의 기사장 돈 곤살로의 딸 도냐 아나, 결혼식을 올린 직후의 농촌처녀 아민타가 그 대상이다. 그가 여성들을 유혹하는 방식은 다양하다. 신분이 높은 여성들은 그녀들의 약혼자나 애인을 가장하여 가면과 변장술로 접근하고, 신분이 낮은 여성들에게는 자신의 높은 신분을 이용, 혼인을 빙자하여 접근한다. 후자의 경우 돈 후안의 신분에 압도당하므로 굳이 변장이 필요하지 않다.

작품은 돈 후안이 이사벨라를 유혹한 뒤의 장면부터 시작한다. 평소 돈 후안은 자신의 친구인 '옥타비아 공작'의 약혼녀 '이사벨라'에게 마음을 두고 그녀를 유혹할 결심을 한다. 그는 칠흑 같은 밤에 자신을 '옥타비아 공작'이라 속이고 이사벨라를 숲 속으로 유인하여 그녀를 유혹하며 사랑을 나눈다.

> 이사벨라: 옥타비오 공작님, 여기로 오세요.
>   여기가 더 안전하답니다.
> 돈 후안: 공작부인, 그대에게 내 언약을 다시 맹세하오.
> 이사벨라: 제가 받은 영광이 진실이며
>   약속과 헌신이며
>   은총과 수행이며
>   의지와 우정인가요?
> 돈 후안: 그렇소, 내 사랑.

이사벨라: 불을 가져와야겠습니다.

돈 후안: 무슨 이유로 불을 밝히려 하오?

이사벨라: 제가 누린 이 행운이 진실인지 확인하고 싶습니다.

돈 후안: 가져온다 해도 내가 다시 꺼버리겠소.

이사벨라: 그렇게 말하는 당신은 정작 누구십니까?

돈 후안: 나로 말하면, 이름 없는 남자.

이사벨라: 그렇다면, 공작이 아니란 말입니까?

돈 후안: 아니요.

이사벨라: 아. 궁전 사람들이여!

돈 후안: 사람은 부르지 말고, 어서
　　　　당신의 손을 내게 주시오.

이사벨라: 닥쳐라, 사악한 놈.
　　　　아, 전하, 이 일을 어찌할지!
　　　　병사들이여, 어서 이 자를 잡아라!

　위의 장면은 돈 후안이 친구 옥타비오 공작으로 가장하여 그의 약혼녀 이사벨라를 숲으로 유인해 사랑을 나눈 뒤의 장면이다. 이사벨라는 돈 후안이 철석같이 자신의 약혼자 옥타비오 공작인 줄 알고 있다. 그녀는 돈 후안과 함께 나눈 사랑을 명문가의 고귀한 신부답게 영광과 진실, 약속과 헌신, 은총과 수행, 그리고 의지와 우정인 것을 확인하고 싶어 한다. 그녀는 촛불을 가져와 그녀의 사랑과 신의를 확신하고자 한다. 그러나 곧 돈 후안이 옥타비오 공작이 아니라는 것이 탄로 나고, 그녀는 자신의 명예에 치명적인 손상을 입게 된다. 궁지에 몰린 돈 후안은 위기를 느끼게 되고, 궁정에서 왕의 대신을 맡고 있는 삼촌 '돈 페드로'의 도움으로 하인 '카탈리논'과 함께 야밤에 세비야를 향해 배로 도주한다.

　그러나 배는 폭풍우에 난파되고 돈 후안이 탄 배는 타라고나 해변가로 밀려오며, 돈 후안은 정신을 잃고 쓰러진다. 때 마침 타라고나 어촌 마을의 아리따운 처녀 티스베아가 해변을 걷고 있었고, 그녀는 혼잣말로 사랑 없는 자유를 찬양한다. 마을의 총각들이 그녀에게 사랑을 고백하고 애원해도 티스베아는 모두 거절하며, 자유로운 영혼을 노래한다.

> 티스베아: 여자 중에 나만큼 자유로운 여자가 있을까.
> 　　나는 사랑에도 빠지지 않고 정념에도 관심이 없으니
> 　　어리석은 집착에서 스스로
> 　　나를 지키고 있지 않은가.
> 　　(…)
> 　　사랑이라는 독사가 쏘아 대는
> 　　독을 걱정하지 않는
> 　　자유로운 영혼을 즐기고 있네.

　그러나 티스베아의 이러한 의기양양한 독백은 돈 후안을 만나고 흔적 없이 사라진다. 하인 카탈리논은 폭풍우로 의식을 잃은 돈 후안을 티스베아에게 부탁하고, 돈 후안의 신상정보를 간략히 전달하며, 자신은 가까운 곳에 있는 어부들에게 도움을 청하러 간다. 이어지는 장면은 아직 깨어나지 않은 돈 후안과 그를 무릎에 안고 있는 티스베아의 대화 장면이다. 사랑의 독을 맹렬히 비판하던 티스베아는 간데없고, 어느새 그녀는 고귀한 신분의 돈 후안에게 매혹되어 설렌다.

> 티스베아: 이제 정신이 드시나요?
> 　　늠름하고, 고귀하며, 기품 있는 아름다운 도련님.
> 돈 후안: 내가 어디에 있는 것이지요?
> 티스베아: 어디기요. 한 여인의 품에 있지요.

돈 후안: 바다에서 죽었던 내가, 그대 품에서 살아있군요.
　　　　 나는 그때 저항할 수 없는 힘에 밀려
　　　　 모든 의식을 잃었으나,
　　　　 이제 지옥의 바다에서 그대의 맑은 하늘로 나왔군요.

　돈 후안은 의식을 찾자마자 곧바로 청순한 시골처녀 티스베아에 매료
당하며 그녀를 유혹할 결심을 한다. 그는 특유의 유창한 말솜씨와 미사
여구로 티스베아에게 아첨의 말을 던진다. 물론 티스베아는 돈 후안이
던지는 달콤한 사랑발림의 말을 의심스러운 눈으로 바라본다.

　　　　돈 후안: 하느님께 기도하고 싶소.
　　　　　　　　 당신에게 미쳐 죽느니
　　　　　　　　 제정신이 들도록
　　　　　　　　 다시 바다에 빠지게 해달라고.
　　　　　　　　 (…)
　　　　　　　　 태양이 당신에게 어떤 특별함을 준 것일까?
　　　　　　　　 당신은 태양의 모습을 닮았고
　　　　　　　　 눈처럼 희게 나타나는 것만으로도
　　　　　　　　 내 마음을 뜨겁게 사로잡는구려.
　　　　티스베아: 당신의 몸은 이렇게 차지만
　　　　　　　　　 그 안에 뜨거운 불을 가지고 있군요.
　　　　　　　　　 하여 제 마음도 그 불길에 휩싸여 갑니다.
　　　　　　　　　 부디, 당신의 그 말이 거짓이 아니기를!

　티스베아의 의심에도 불구하고 돈 후안의 말 한마디 한 마디는 그녀
의 가슴에 남아 커다란 잔상을 남긴다. 그러나 티스베아는 돈 후안을
의심한다. 자신과 돈 후안 사이에는 철벽같은 신분의 장벽이 있기 때문

이다. 어떻게 이 고귀한 신분의 도련님이 자신을 사랑할 수 있단 말인가!
과연 그 사랑이 실현될 수 있단 말인가! 그녀는 의심하고 또 의심한다.
그러나 그녀의 의심은 마침내 돈 후안이 혼인을 언급함으로써 종식되고
만다. 지체 높은 양반이 비천한 어촌 마을의 처녀에게 청혼을 하니 이
얼마나 영광스럽고 감탄할 만한 일인가. 더욱이 신분의 높낮이를 부정하
고 사랑의 공정함을 언급하는 돈 후안이야말로 깨어있는 지성인이며,
그야말로 꿈에 그리던 백마 탄 기사가 아니던가.

> 돈 후안: 내가 당신 안에 살고 있다면
> 나는 어떤 일도 감당할 수 있소.
> 당신과의 관계 때문에 내 생명을 잃는다 해도 말이오.
> 맹세컨대, 당신의 남편이 되고 싶소.
> 티스베아: 저는 당신과 근본이 다른 사람입니다.
> 돈 후안: 사랑에는 높고 낮음이 없으니
> 비단과 광목이 같은 것이 바로 사랑의 공정한 법이오.
> (…)
> 쳐다보기만 해도 멀 것 같은
> 그대의 아름다운 눈에 대고, 그대의
> 남편임을 맹세하겠소.
> 이것이 내 손이고, 내 믿음이오.
> 티스베아: 당신을 지성껏 모시는 데
> 부족함이 없는 여자가 되겠어요.

티스베아는 하등의 의심도 없이 돈 후안을 신뢰하며, 그를 깍듯이 모
셔야 할 남편으로 받아들인다. 그러나 티스베아가 안내한 갈대 숲속의
은밀한 사랑의 보금자리에서 사랑의 달콤함이 끝나자마자, 돈 후안은

티스베아의 철석같은 신뢰를 저버리고 그 동안 그녀가 애써 키운 암말 두 마리를 탄 채 하인 카탈리논과 함께 유유히 사라져 버린다. 티스베아의 절망과 탄식은 이루 말할 수 없다.

온갖 감언이설로 순진한 어촌 마을의 숫 처녀를 농락한 돈 후안은 뒤도 돌아보지 않고 다음 목표를 향해 달려간다. 돈 후안이 만난 세 번째 여성은 기사단장이자 후에 석상으로 등장하는 돈 골살로의 딸 도냐 아나이다. 도냐 아나는 돈 후안의 귀족 친구인 모타후작이 사랑하는 여인이다. 그녀 역시 모타후작을 사랑하지만, 왕이 점지해 놓은 남성과 결혼해야 할 운명에 처한 여성이다. 돈 후안은 안타까운 사랑의 이야기를 들으며 모타후작에게 과감히 사랑을 실현하라고 조언한다. 그러나 돈 후안은 모타후작에게 전달해 달라는 도냐 아나의 편지를 중간에 가로채고는 그녀를 유혹하기로 결심한다. 편지의 내용에 따르면, 도냐 아나의 아버지인 돈 골살로 기사단장과 왕이 합세하여 그녀를 다른 남성과 결혼시키려 해 그녀가 절망에 빠져있으니, 밤 11시에 그녀의 집으로 와 달라는 것이다. 그리고 대문을 열어놓고 아버지 몰래 모타후작을 집으로 들어오게 하는 것이니 증표로써 색 있는 망토를 걸치고 오라는 내용도 덧붙여져 있다. 편지를 가로챈 돈 후안은 모타후작에게 시간을 11시가 아닌 12시로 알려주고, 자신은 모타후작이 종종 들르는 사창가의 창녀 베아트리체의 정조를 시험한다는 명목으로 모타후작의 망토를 빌린다. 돈 후안을 철석같이 믿던 모타후작은 돈 후안에게 망토를 빌려주고 12시에 도냐 아나를 찾아갈 기대에 부풀어 있다. 그러나 그사이 이미 11시에 돈 후안은 모타후작의 망토를 빌려 입고 모타후작으로 변장하여 도냐 아나를 찾아간다.

작품에서는 돈 후안이 모타후작을 가장하여 도냐 아나를 만난 후의 장면을 관객에게 소개한다. 귀부인 이사벨라를 속였다가 들통나 쫓겨나는 것처럼, 무대 뒤로부터 돈 후안이 모타후작이 아님을 알아채고 소리치는 도냐 아나의 목소리가 들린다.

> 도냐 아나: 거짓말. 당신은 후작이 아니야!
> 　나를 속이고 있어.
> 돈 후안: 내가 그 사람이오.
> 도냐 아나: 거짓말을 정말처럼 말하는 걸 보니.
> 　당신은 위험한 남자임에 틀림없어.
> (돈 골살로. 칼을 꺼내 들고 나타난다.)
> 도냐 아나: (안에서) 내 정조를 더럽히려는
> 　저 사기꾼을 죽여 줄 사람 누구인가?

　도냐 아나의 아버지 돈 곤살로는 도냐 아나의 외침에 뛰어들어 돈 후안을 죽이려 하지만 돈 후안의 칼에 맞아 죽는다. 살인을 저지른 돈 후안은 하인 카탈리논과 함께 레브리하라로 유배를 떠난다. 그러던 중 유배길에 돈 후안은 시골 마을의 결혼식에 들르게 되며, 그 곳에서 아름다운 신부 아민타에게 매료된다. 돈 후안은 신랑인 시골 농부 바트리시오를 만나 자신의 귀족신분을 미끼로 그가 심리적 열등감을 느끼게 하고 신부 아민타를 포기하게 만든다. 그리고 아민타를 찾아 가 그녀를 유혹하려 들지만 그녀는 호락호락 넘어오지 않는다. 돈 후안은 아민타에게 신랑인 바트리시오가 그녀를 잊었다고 거짓 전달하며, 특유의 탁월한 수사와 화법으로 그녀로 하여금 바트리시오를 잊게 만든다. 그리고 자신의 귀족신분을 이용하여 그녀의 신랑이 될 것을 약속한다.

돈 후안: 나로 말하면 고귀한 기사이며,
　　　　세비야의 뼈대 있는 가문으로 소문난
　　　　테노리오 가문의 장자가 아니더냐.
　　　　내 아버지는 전하 다음으로 존경 받는 분이며
　　　　궁전에서는 그 분 한 마디에
　　　　목숨이 왔다 갔다 하느니라.
　　　　너를 보겠다는 마음으로 먼 길을 한걸음에 달려왔으니
　　　　사랑이란 이렇게 모든 것을 운명으로 바꿔 놓는 건지,
　　　　사랑 자신도 모든 것을 잊는 것인가 보다. (…)
　　　　이렇게 아름다운 행동을 너는 알아주어야
　　　　하지 않겠느냐?
　　　　온 나라가 우리 사랑으로 들썩이고
　　　　전하조차 우리 사랑을 징계하고
　　　　내 아버지마저 노하여
　　　　온갖 위협으로 우리 사랑을 방해할 지라도
　　　　나는 네 신랑이 꼭 될 것이다!

　돈 후안이 신부 아민타를 향해 구가한 수사법은 다양하다. 결혼식의 신부가 신랑을 버리고 다른 남자를 받아들인다는 것은 있을 수 없는 일이며, 따라서 아민타가 자신을 받아들이지 않을 것이 당연하기에 돈 후안은 지금까지 여성들에게 행한 것보다 더 교묘한 수사법을 사용한다. 그는 일차적으로 자신이 신랑 바트리시오와는 차원이 다른 고귀한 신분임을 강조한다. 자신의 아버지는 궁전에서 명예를 지닌 높은 분이며 왕과도 밀접한 관계를 갖고 있는 절대 권력을 지닌 인물이라고 언급함으로써 아민타가 평생 감히 넘볼 수 없는 존재임을 과시한다. 그러한 고귀한 신분의 귀족이 사랑 때문에 한 걸음에 시골 마을에 달려와 그것도 다른 남자와 결혼식을 치르는 신부 아민타에게 신부가 되어줄 것을 애원하고 있다는 것이다. 그러한 높은 신분의 자제가 오로지 사랑 때문에 왕과 아버지, 심지어 온 나라가 자신을 비난한다 하더라도 운명적인 사랑을 실현하겠다는 것이다. 돈 후안이 구가한 수사법은 한편으로, 시골 신부인 아민타의 신분 상승 욕구를 건드리면서, 다른 한편으로 운명적 사랑에 대한 낭만적 동경심을 자극하는 행위다. 물론 이 또한 아민타에 대한 돈 후안의 우롱으로 끝나고 만다.

돈 후안 - 반항아', '자유주의자', '치명적 유혹의 남성성'

돈 후안은 작품에서 4명의 여성을 유혹한다. 이 중 3명의 여성은 이미 배필이 있는 여성들이다. 즉 경쟁자와 라이벌이 있는 여성들에게 접근하여 그녀들을 라이벌의 남성으로부터 빼앗아 정복하는 것이다. 그리고 돈 후안은 정복을 위해 수단과 방법을 가리지 않는다. 귀족 출신의 약혼녀에게는 약혼자를 가장하여 접근하고, 서민출신의 여성에게는 신분상승을 부추겨 접근한다. 돈 후안의 시야에 들어온 여성들은 가슴으로 사랑하고 마음을 나누는 대상이 아니라, 빼앗고 쟁취해야 할 정복의 대상이다. 그리고 정복 후에는 뒤도 안 돌아보고 그녀들을 떠나버리는 것이다.

이러한 돈 후안의 모습은 어떻게 해석해야 할까? 돈 후안은 무엇보다 감각을 쫓는 '쾌락주의자'이자 '유혹자'이며 '자유주의자'이다. 그의 삶은 어떠한 규율에도 예속됨 없이 자유분방하다. 바로 이러한 돈 후안의 이미지는 당시 17세기 스페인의 사회상에 배반하는 것이며, 그러한 면에서 돈 후안을 기성도덕에 대립하는 반사회적인 인물로 볼 수 있다. 17세기 스페인의 사회는 가톨릭 중심 국가였고, 신과 세속, 정신과 감각은 엄격히 구분되어 있었다. 따라서 돈 후안을 통해 구현되는 쾌락과 감각, 자유분방함, 비도덕성과 규율 파괴는 당시의 종교사회에서는 위배되고 금지되어 있었다. 이러한 맥락에서 돈 후안의 탄생은 기존의 가치들과 질서들에 문제를 제기하고, 그러한 질서들을 사정없이 깨버리고 무시하며, 더 나아가 사회와 교회에 정면으로 공격하는 것이다.

돈 후안이 구현하는 사랑의 방식 역시 파격적이다. 당시만 해도 스페인의 가톨릭 사회가 표방했던 이상적인 사랑의 방식은 아가페에 근거한 경건한 사랑이자 이웃에 대한 사랑이었다. 돈 후안에게 나타나는 쾌락에 입각한 감각적 사랑은 금기시되고 있었다. 더욱이 돈 후안이 여성들을 만나면서 거치는 과정은 항시 '유혹 - 소유 - 도주'이다. 그리고 그가 유혹하는 여성들은 이미 배필이 있는 여성들로서 그러한 여성들을 농락하고 도주함으로써 그 여성들과 연결되어 있는 남성들의 명예도 우롱하고 있는 것이다. 그는 가는 곳마다 이성을 짓밟고 도덕과 미덕을 비웃으며 기존 사회체제와 질서에 위협을 가하는 '반항아'이다.

돈 후안이 보여주는 파격적인 모습은 상이한 반응을 불러일으켰다. 당시 이 작품이 발표되었을 때 기존 질서를 파괴하고 신을 모독한다 하여 비난받았고, 작가 티르소 데 몰리나는 부정한 작품을 썼다 하여 수도원장직을 박탈당하기도 했다. 물론 사제였던 티르소 데 몰리나는 종교적인 맥락에서 이 작품을 만들었고, 신의 뜻에 어긋나게 온갖 나쁜 행실을 저지르는 인간들은 작품의 끝에서 결국 돈 후안처럼 지옥으로 떨어진다는 것을 교훈적으로 암시했지만 말이다.

그러나 다른 한편으로 당시의 스페인 독자들은 돈 후안이 보여주는 새로운 '남성성'에 갈채를 보내고 해방감을 느꼈다. 숨 막히는 종교적 규율과 이성 중심의 보수적인 스페인 사회에서 돈 후안의 거리낌 없는 자유분방함과 쾌락주의는 그들을 숨통 트이게 했다. 특히 감각적이고 자유분방하며 수많은 여성을 편력하는 돈 후안의 이미지는 남성들에게 무의식적인 부러움과 선망의 대상이 되었다. 수려한 외모와 권력을 배경으로 여성들에게 쉽게 다가가고, 여성들이 좋아하고 여성들을 굴복시킬 수 있는 매력과 능력을 겸비한 그는 남성들의 이상이자 우상으로 자리 잡기까지 하였다.

심지어 돈 후안은 남성성의 위대한 상징이자 '남자다움'과 '남성성의 전형'으로 평가되어 이후 수많은 문학가와 예술가들의 사랑을 받았으며 새로운 '돈 주앙'의 모습으로 변주되었다. 따라서 티르소 데 몰리나의 '돈 후안'은 관능적인 성적매력과 권력으로 여성들을 매료시키고 그들을 쉽게 유혹하며, 그 목적이 달성되었을 때는 그녀들을 떠나 새로운 여성에게 다가감으로써 수많은 여성을 편력하는 '치명적인 유혹의 남성성'이자 '옴므 파탈'의 원형이라 할 수 있다.

2. 역사적 실존인물 카사노바

> "나는 여성을 사랑했다. 그러나 진정 사랑한 것은 자유였다."

"나는 여성을 사랑했다. 그러나 내가 진정 사랑한 것은 자유였다." 이 말은 세기의 바람둥이라고 알려져 있는 카사노바가 남긴 유명한 말이다. 그는 일생 가정을 가질 것을 거부하고 결혼을 하지 않았으며, 평생 132 명의 여성을 편력한 실존인물이다. 이러한 카사노바에 빗대어 여성들을 성적 대상으로 상정하고 차례대로 여성을 바꿔가며 여성을 다루는 솜씨가 능숙한 남성을 '카사노바 콤플렉스'라 부르고 있으며, 수많은 남성에게 카사노바는 부러움의 대상이 되기도 하고 있다.

자코모 지오바니 카사노바는 1725년 4월 2일 이탈리아에서 태어났다. 그는 학창시절 히브리어와 라틴어에 능통했고 고전 문학, 신학, 법학, 자연과학, 예능 등 다방면에 재능을 보였으며, 18세에는 명문 바도바대학에서 법학박사 학위를 받았을 정도로 뛰어난 두뇌를 지녔다. 처음에는 성직자 또는 군인으로 나가려 했으나, 추문으로 투옥되었다가 1756년 탈옥한 이후부터 인생의 나머지 기간을 유럽의 전역을 돌며 편력하였다. 특유의 박학다식과 교양으로 외교관, 재무관, 스파이 등 여러 직업을 갖기도 했고 평생 40여 권의 저서를 남겼으며, 76세의 나이로 세상을 떠났다.

그의 대표작은 회고록 『나의 편력 *Histoire de ma vie*』이다. 그가 65세 되던 해인 1789년에 회고록을 집필하기 시작하여 약 10여 년에 걸쳐 집필을 완성하였다.

> 나의 삶이 나의 소재가 된다는 것, 나의 소재가 나의 삶이 된다는 것, 그것은 가치 있는 일일 수도, 혹은 가치가 없는 일일 수도 있다. (…) 하나의 생각이 내게 떠올랐다. 나이가 들면, 내 인생의 이야기를 쓸 것이며 그리고 그것을 출판하겠다고.

카사노바는 서문에서 예전부터 언젠가 나이가 들면 자신의 삶에 관한 자서전을 집필하겠다는 구상을 하고 있다고 밝히고 있다. 이 책은 카사노바가 이탈리아는 물론 프랑스, 독일, 스위스, 영국, 스페인, 터키 심지어 러시아 등 유럽 전역을 돌아다니며 방랑한 일대기가 상세히 기록되어 있다. 이 책에는 모녀, 자매, 수녀를 포함한 132명의 여성들에 대한 편력의 기록이 있어 그의 자유분방한 생활과 쾌락주의적 사고를 엿볼 수 있

으며, 또한 당시 18세기 유럽 사회의 풍속도를 알 수 있는 중요한 자료
이기도 하다.

『나의 편력』의 첫머리는 데카르트의 "나는 생각한다. 고로 나는 존재
한다."를 카사노바 식으로 변형한 "나는 느낀다. 고로 존재한다."는 구절
로 시작한다. 이 구절에서도 알 수 있듯이 '감각', 즉 '쾌락'은 카사노바
의 삶에 있어 매우 중요한 요소이다. 그는 유럽전역의 다양한 국가의
수많은 여성을 만나면서 자유와 쾌락을 탐닉했고, 기존의 관습과 질서를
희롱한 낭만적 자유인이다. 그는 회고록에서 다음과 같이 쓰고 있다.
"나는 일생 내가 행한 모든 일이 설령 선한 일이든 악한 일이든 자유인
으로서 나의 자유의지에 따른 것이었음을 고백한다."

그의 고백대로 그의 삶은 자
유이고 방랑이었다. 결혼의 달
콤한 구속을 거부했으며, 한 곳
에 머물러 있는 것도 거부했다.
그의 삶 동안 유럽의 전역을 돌
아다니며 여행했고, 다양한 체
험과 다양한 직책을 맡았다. 독
일의 프로이센에서 프리드리히
2세를 만나 자신의 정치적 능
력을 과시하는 가하면, 러시아
의 예카테리나 여제를 만나 정
치적인 조언도 아끼지 않았다.

자코모 지오바니 카사노바

이렇듯 그는 정치적인 수완뿐만 아니라 해박한 지식으로 유럽의 정치가
들과 군주들을 만나 자신의 능력을 펼쳤다.

독일의 작가 스테판 츠바이크 Stefan Zweig는 카사노바의 자서전에 대해 문학적으로 딜레탕티즘이라 폄하하면서도 이탈리아의 문학사상 단테와 복카치오 이후 위대한 작가들을 제치고 대중의 사랑을 한몸에 받으면서 단숨에 작가들의 서열 맨 앞자리를 차지했다고 평하고 있다.

> 카사노바는 예외적인 인물이다. 문학계에 우연히 뛰어든 이단자이다. 이 유명한 허풍선이가 창조적인 천재성의 신전에 자리를 차지할 수 있는 자격은 거의 없다. (…) 그의 자서전은 여전히 많은 독자를 사로잡고 추종자로 만들 것이다. 카사노바라는 교활한 모험가는 단테와 복카치오 이후 이탈리아의 모든 위대한 작가들을 단숨에 제치고 맨 앞자리를 차지해 버린 것이다.

츠바이크는 수많은 작가가 안락한 삶을 희생하고 고단한 창작에 매달리며, 대신 작품 속의 주인공의 경험을 통해 대리만족한 데 반해, 카사노바야말로 스스로 작품의 주인공이 되어 온몸으로 세상을 체험하고 삶을 향유한 장본인이라고 밝히고 있다.

> 다른 작가들은 머리를 싸매고 생각해야 했던 것을 그는 실제로 경험했다. 다른 작가들은 상상 속에서 조직해야 하는 일들을 그는 자신의 따뜻하고 관능적인 육체에서 뽑아내었다. 카사노바는 굳이 상상으로 진실을 꾸밀 필요가 없었다. 이미 눈부시게 연출된 자신의 행적들을 추적해 글로 옮기기만 하면 되었다.

또한 츠바이크는 평하기를 18세기 카사노바와 동시대를 살아간 작가들인 괴테, 장 자크 루소 등 당대 대표적인 작가들과 비교할 때 카사노바만큼 다양한 경험을 한 작가도 없으며, 카사노바만큼 대담하고 자유분방한 삶을 산 사람도 없다고 말하고 있다. 츠바이크는 수많은 예술가들이 생애의 많은 부분을 창조적인 작업에 몰두하여 홀로 외롭게 살아가고, 오로지 자신의 예술작품 속에서 직접적인 경험이 아닌, 상상의 거울을 통해 즐거움을 누린 데 반해, 카사노바야말로 다른 작가들이 상상 속에서 조직하고 생각으로만 꿈꾸었던 것들을 몸으로 직접 체험하고 그것을 글로 옮긴 작가라 말하고 있다. 여타의 작가들이 현실 속에서 금기되었던 것들을 예술 속에서 구현해 내는데 반해, 카사노바는 직접 작품의 주인공이 되어 삶을 체험하고 인생의 즐거움을 추구하며 다양한 경험을 글로 써내려갔다. 츠바이크는 카사노바에 대한 평을 마무리하면서 지금까지 그 어떤 작가도 카사노바의 삶보다 더 낭만적인 이야기를 만들어내지 못했고, 더욱이 카사노바라는 인물보다 더 개성적인 인물을 창조하지 못했다고 밝히고 있다.

카사노바의 낭만적인 삶은 자유와 방랑, 사랑으로 채색되어 있다. 천성적으로 타고난 박학다식, 화술, 외교술, 사교술, 임기응변 등은 카사노바가 자유로운 삶을 누리는데 밑거름이 되었다. 카사노바의 탁월한 능력은 여성을 접하는 데서도 나타났다. 그는 본인의 타고난 능력으로 여성들에게 접근했고, 누구보다 여성들을 잘 이해했으며 그녀들을 사랑했다. 문학적 허구인물인 '돈 주앙'이 여성을 불명예스럽게 만들고 절망에 빠뜨렸다면, '카사노바'는 여성을 누구보다도 섬세하게 이해했으며, 그녀들에게 영적인 것을 선사했다. 다만 그가 한 여성에게 정착하지 못하고 또 다른 여성을 찾아 끝없이 방랑의 길을 떠났으며, 이를 통해 자유와 쾌락을 만끽했을 뿐이다. 그가 그의 생애 동안 만난 여성들은 14세에서부터 76세에 이르기까지 132명의 여성이다. 그의 화려한 경력과 여성편력은 이후 '카사노바-모티브'를 제공하며 끊임없이 문학의 주인공으로 재탄생되어졌다. 독일의 아르투어 슈니츨러, 후고 폰 호프만슈탈, 헤르만 헤세 등은 카사노바를 소재로 한 문학작품들을 만들어 내었다.

여학생 C.C와 수녀 M.M과의 '양다리 스캔들'

카사노바는 자서전 『나의 편력』에서 자신을 에로스의 영웅이자 모험가로서 서술하고 있다. 카사노바가 만난 여성들이 많이 있지만, 그의 자서전에서 세상을 떠들썩하게 한 가장 유명한 스캔들로는 수녀원에서 기숙하고 있던 15살의 여학생 C.C와 수녀 M.M과 동시에 사랑을 나누었던 사건이다. C.C와 M.M은 모두 약자로서 카사노바가 자서전에서 그녀들의 이름을 밝히지 않고 닉네임으로 처리한 것이다. 15살의 여학생 C.C와 수녀 M.M과의 스캔들은 이후 슈니츨러, 펠리니 등의 작가와 영화감독들에 의해 문학작품과 영화로 만들어졌다.

카사노바는 15살의 C.C에게 사랑에 빠졌다. 그는 C.C의 순진무구함, 청순한 아름다움에 흠뻑 매료되었다. 아직 남자를 모르는 15살 소녀의 천진난만함을 바라보며 거의 아버지뻘 되는 카사노바는 그녀에 대한 자신의 욕망을 다음과 같이 고백하고 있다.

> 천진난만한 소녀는 열다섯이라는 나이에도 불구하고 아직 사랑을 해본 적이 없었다. 그건 다른 소녀들에게는 아주 드문 일이었다. 그래서 그녀는 남자의 정욕이 얼마나 격렬한지, 또한 무엇이 남자의 정욕을 자극하는지를 모르고 있었다.

사랑에 빠진 카사노바는 C.C의 부모님을 찾아가 결혼을 허락해 달라고 했으나, 그녀의 아버지는 18살까지는 남자를 만나서는 안 된다며

C.C를 무라노의 수녀원에 가두었다. 카사노바는 절망에 빠지지만 카지노 등의 도박판에서 이내 돈을 모아 그녀를 수녀원에서 빼낼 결심을 한다. 그리고 이때부터 C.C를 '아내'라고 불렀다. 카사노바와 C.C는 비밀리에 편지로 서로 연락을 주고받았으며, 그러는 가운데 C.C는 임신하게 되고, 낙태로 인해 생명의 위험까지 다다르게 되었다. 카사노바는 C.C가 건강을 회복하도록 재정적으로 지원하였으며, 그녀가 완전히 회복할 때까지 무라노에 머물렀다.

카사노바는 수녀원에서 행해지는 미사에 정규적으로 참석하여 C.C를 만났다. 그런데 미사에서 M.M이라는 수녀가 카사노바의 눈에 띄었다. M.M은 카사노바에게 편지를 하나 건네주었고, 그 편지에는 카사노바와 가까운 관계를 맺고 싶다는 부탁이 담겨 있었다. 나중에 알려진 사실이지만, M.M은 C.C가 가장 신뢰하는 사람이었으며, C.C에게 프랑스어를 가르쳐준 수녀였다. M.M은 카사노바 이전에 이미 연인이 있었고, 그 연인의 별장에서 카사노바를 비밀리에 만났다. M.M을 처음 마주했을 때 카사노바의 감탄은 이루 말할 수 없었다. M.M은 C.C가 소유하고 있지 않은, 감히 범접할 수 없는 거룩한 아름다움과 고상함을 지니고 있었다.

나이는 스물둘이나 스물셋쯤 되어 보였고, 얼굴 윤곽이 아름답기 그지없었다. 키는 보통 여자들보다 훨씬 컸고, 안색은 창백했지만 고상하고 생기에 넘쳐 있었으며 동시에 수줍고 겸손했다. 그녀의 커다란 눈은 아름다운 푸른빛이었다. 표정은 부드럽고 쾌활했으며, 아름다운 입술은 가장 거룩한 관능을 숨 쉬고 있는 듯 보였다.

물론 카사노바가 C.C를 두고 미안한 마음을 느끼지 않은 것은 아니다.

여전히 매력적인 C.C를 사랑하고 있고, 스스로도 C.C를 배반하고 있다고 밝히고 있지만, C.C의 편지만을 기다리고 가끔 허용되는 수녀원에서의 면회만을 기다리기에는 지루하고 권태로웠으며, 그리하여 새로운 여성 M.M을 만나는 것에 대해 하등 양심의 가책을 느끼지 않았다. 심지어 그는 M.M과의 교제를 "낯선 땅으로의 잠깐의 여행"이라고 합리화하였다.

　　내가 C.C를 배반하는 길로 나아가고 있다는 것을 나는 너무나 잘 알고 있다. 그러나 그 매력적인 소녀를 사랑하고 있었음에도 양심의 가책은 전혀 느끼지 않았다. 그녀가 나의 배신을 안다 해도 전혀 불쾌하게 여기지 않을 것 같았다. 낯선 땅으로 잠깐 여행을 떠나는 것은 나에게 생기를 주고 그녀에게도 심신의 건강을 유지하도록 해주기 때문이다. 나는 너무나 지루해서 죽을 지경이었다.

M.M에 대해 호기심을 갖게 된 카사노바는 사교계에서 유명하다 하는 S백작부인을 통해 M.M에 관한 정보를 듣게 된다. M.M은 원래 재산도 많고 신분도 자유롭고 교육도 많이 받았으며, 영리하고, 게다가 예쁘기까지 하여 결코 수녀가 될 사람이 아닌데 수녀가 되었다고 한다. 백작부인은 M.M을 자유사상가라 칭하면서 그녀가 수녀가 된 것은 순전히 변덕이자 미스터리라고 칭하였다. M.M이 수녀가 된 이유에 대해서는 밝혀지지 않은 채 카사노바는 M.M에게 빠져든다. M.M은 다른 여타의 여성과는 다른 매력을 지니고 있었다. 빼어난 외모, 가문, 타고난 재치 외에도 그녀만이 지닌, 다른 여성에게서는 결코 발견할 수 없는 아름다움이 있다. 바로 거룩한 아름다움, 순결한 아름다움, 그리고 무엇보다 범접해서는 안 되는 '금단의 열매', 즉 종교적인 고귀한 아름다움이다.

가문이나 아름다움이나 재치를 고려하지 않고서라도, 나를 백 배나 더 행복하게 만들어주는 것은 그녀가 순결한 여인이라는 생각이었다. 그 것은 금단의 과일이었다. 이브 시대부터 오늘날까지 언제나 가장 맛있어 보이는 과일은 바로 금단의 과일이다. (…) 내가 보기에 M.M은 이 세상의 모든 여왕보다도 더욱 귀하게 보였다.

M.M은 놀랍게도 수녀로 있으면서 프랑스대사를 애인으로 두고 있었다. 그녀는 수녀원의 정원사, 요리사 등을 매수하여 수녀원 밖으로 빠져나가 프랑스대사의 별장에서 애인을 만나곤 했다. 그곳에서는 수녀 복대신에 화려한 드레스의 복장으로 변신하였다. 카사노바는 이중의 금기, 즉 애인이 있는 그러면서도 수녀인 M.M과의 만남에서 극도의 묘한 매력을 느꼈다. C.C에 대한 감정은 이제 편안한 감정으로 변해버렸고, M.M에 대해서는 지칠 줄 모르는 열정이 솟아났는데, 카사노바는 이에 대한 이유가 "M.M을 소유하면서도 늘 그녀를 잃지 않을까 하는 불안"에 사로잡혀 있기 때문이라고 밝히고 있다.

카사노바는 그렇게 C.C와 M.M 사이에서 위험한 줄타기를 했다. C.C와 M.M은 우연한 기회에 자신의 애인들이 동일한 인물임을 알게 된다. M.M은 카사노바와 만나기로 한 날, 자기 대신 C.C에게 수녀복을 입히고 카사노바에게 보냈다. 카사노바는 예상치 않던 C.C가 나타나자, 한편으로 깊은 실망감에 빠졌고 동시에 M.M이 C.C가 자신과 애인이라는 사실을 알아차린 것은 아닌지 불안해하면서도, 다른 한편으로 자신을 실망시킨 M.M에 대한 질투심과 복수심으로 들끓었다.

C.C를 보자마자 몸에서 기운이 다 빠져나가는 것 같았고, 마음도 몸처럼 무감각 상태에 빠졌다. 나는 헤어날 길 없는 미로에 빠져버린 걸

알았다. 나에게 그런 속임수를 쓴 것은 M.M이었다. 그런데 그녀는 내가 C.C의 애인이라는 걸 알아냈을까? C.C가 비밀을 털어놓은 것일까? 설사 그런 사실을 알았다 하더라도 M.M은 어떻게 나를 만나는 즐거움을 포기하고 친구이자 경쟁자인 C.C에게 양보할 수 있었을까?

실망한 카사노바가 M.M과의 관계를 끝내려 하자, 다음 날 그는 두 여성으로부터 편지를 받는다. 편지의 내용인즉슨, 두 여성은 자신들의 사랑과 순수함을 맹세하며, 각자 조금도 다른 사람에 대해 질투하지 않는다는 것을, 그리고 오히려 세 사람이 사랑으로 서로 결합되어 있다는 것에 대해 기뻐하고 있다는 것이다. 이후 M.M의 익명의 또 다른 연인이 C.C의 눈에 들어 왔으며, 그 두 사람이 사랑하기 시작했을 때, 옛 연인에 대한 카사노바의 사랑도 시들기 시작했다. 카사노바가 새로운 여성인 토니나와 또 다른 사랑의 모험을 시작하면서 M.M도 카사노바에게서 잊혀 갔다. 카사노바가 '아내'라 불렀던 C.C는 아버지가 죽자 친척들이 그녀를 빼내어 한 변호사와 결혼시키려 했다. 하지만 그녀는 카사노바가 언제든 자신과 결혼해주면 다른 혼담을 모두 거절하겠다고 말했다. 카사노바는 C.C에게 자신은 재산도 없고 전망도 없으니 혼담을 거절하지 말라고 조언한다. 카사노바가 베네치아의 피옴비 감옥에 투옥되어 탈출했다가 19년 만에 C.C를 만났을 때, 그녀는 가난에 쪼들리는 과부가 되어 있었다. 그는 자서전에서 자신의 얼마 안 되는 재산을 그녀에게 나눠주고 그녀와 오누이 같이 지내고 싶다고 기록하고 있다.

카사노바에게 있어 C.C와 M.M과의 소위 '양다리 스캔들' 만큼 유명한 사건은 '베네치아 감옥으로부터의 도주사건'이다. 카사노바는 공식적인 법적 절차 없이, 그리고 공식적인 이유도 없이 체포당하며, 당시 세계적으로 도망 나오기 힘들기로 유명한 감옥 중의 하나인 베네치아의 '피옴비 감옥'에 구금된다. 감옥에 투옥된 이유는 여러 가지가 있었다. 그는 사회불안을 조성하는 인물로서 친구들을 사취하고 젊은이들을 타락시킨다는 혐의를 받았다. 그러나 그가 감옥에 투옥된 결정적인 이유는 프랑스 외교관과 교류가 있었기 때문이라는 것이다. 이 외교관은 나중에 M.M의 애인으로 밝혀졌지만, 당시 베네치아인들에게 다른 나라의 외교관과의 교류는 스파이의 혐의를 불러일으켜 이를 엄격히 금지했다. 카사노바는 5년을 선고받고 베네치아의 피옴비 감옥에 투옥된다.

처음에는 특유의 타고난 기질과 사교성으로 간수들, 죄수들과 잘 지냈지만, 육체적 자유를 박탈당하고서는 견딜 수 없어 탈옥을 결심하게 된다. 카사노바가 이 철옹성의 감옥으로부터 어떻게 탈출했는가에 대한 상세한 묘사는 그야말로 압권이며 그의 모험은 후대에 두고두고 회자되고 있다. 탈옥을 결심한 뒤로 카사노바가 우선적으로 고민한 것은 과연 누구를 포섭하여 탈옥을 감행할 것인가이다.

> 나는 자유를 얻고 싶다. 내가 가지고 있는 도구는 훌륭하지만, 아침마다 천장을 제외한 감방 전체를 구석구석 쇠막대로 조사하는 상태에서는 도저히 그것을 사용할 수 없다. 하룻밤 사이에 통령궁 지붕에 구멍을 뚫어줄 협력자가 있으면 그도 나와 함께 탈옥할 수 있을 것이다. 따라서 구멍을 뚫어 줄 동지를 구하면 성공을 기대할 수 있다. (…) 누구를 동지

로 선택할 것인지를 우선 결정하고 그에게 연락을 취해야 한다. 하지만 내가 아는 사람은 수도사밖에 없다.

카사노바의 옆방에는 발비라는 수도사가 투옥되어 있다. 그는 4년 전부터 피옴비 감옥에 투옥되었으며, 그가 감옥에 수감된 이유는 순진한 숫 처녀 세 명을 차례로 임신시키고, 거기서 태어난 아이들에게 모두 자기 성을 주어 세례를 받게 했기 때문이라고 한다. 결국 수도사 발비의 행실이 재판소에 알려지고 그는 감옥형을 선고 받았다. 카사노바는 수도사 발비와 연락하여 비밀리에 라틴어로 편지를 주고받으며 탈옥을 도모한다. 카사노바는 책을 빌려 읽는다는 명목으로 책 속에 메시지를 숨겨 내용을 전달했다. 카사노바는 몰래 구멍 뚫는 도구를 만들었고, 이것을 발비에게 비밀리에 전달함으로써 함께 감옥에서 탈출할 것을 계획한다.

물론 카사노바가 감옥을 탈주하는 계획을 처음 시도한 것은 아니다.

피옴비 감옥

투옥된 후로 감옥을 뚫는 시도를 했다가 옆방의 죄수 소라다치가 밀고함으로써 좌절되고 만다. 그는 자신의 탈주를 위해 카사노바의 탈옥계획을 방해했다. 카사노바의 실망은 컸으나 그는 탈옥을 포기할 수 없었다. 탈옥 계획을 다시 실행하느냐 아니면 영원히 체념하느냐이다. 카사노바가 감옥에 들어온 지 거의 1년이 되어 가고, 1년을 지켜보면서 탈옥을 감행하기에 가장 적절하다고 판단되는 시기가 돌아왔다. 매년 11월 초 사법 재판소는 소장을 포함한 전 직원을 11월 초 사흘간 마을로 휴가를 보내는 것이 관례이다. 카사노바를 지키던 간수 로렌초는 상사가 쉬는 그 사흘 동안 밤마다 술에 절어 지냈고, 이튿날 아침 늦게까지 잠을 자고 나서야 감방을 순찰하러 돌아다녔다. 카사노바는 이 황금 같은 사흘의 시간 중 하루를 선택하여 탈옥할 것을 결심한다. 그것은 긴 고통의 끝이자 행복한 순간의 시작이다.

> 괴로워하고 있는 자에게는 그 고통에서 언젠가는 벗어날 수 있다는 기대만이 위안을 준다. 그는 불행의 종말을 알리는 행복한 순간을 상상하면서 한시라도 빨리 그때가 오기를 기다리지만, 언제 그때가 올지를 알기 위해서는 무슨 짓을 할 것이다.

카사노바는 10월 31일 마지막 날과 11월 1일 사이의 깊은 밤을 이용해 탈옥할 것을 결심한다. 그러나 탈옥은 결코 쉽지 않았다. 더욱이 이 철옹성의 피옴비 감옥을 혼자 빠져나간다는 것은 도저히 불가능한 일이다. 누군가의 힘이 절대적으로 필요했다. 카사노바의 탈옥을 방해했던 옆방의 소라다치를 마음 같아서는 때려눕히고 싶었지만, 또 다시 탈옥을 위해 그를 끌어안고 가야 했다. 그 역시 탈옥을 위해 필요한 인물이기 때문이다. 대신 카사노바는 고자질한 소라다치로 하여금 양심의 가책과 죄의식을 느끼도록 심리적으로 역 이용했다.

> 그는 일어나서 내 발치에 납작 엎드려 내 발에 입을 맞추고, 눈물을
> 흘리면서 자기를 용서해주지 않으면 오늘 안으로 죽어버릴 것 같은 기분
> 이 든다, 나리가 성모님께 기도한 복수의 저주가 몸에 내려오기 시작한
> 것 같다, 창자가 끊어질 듯 아프고 혓바늘이 잔뜩 돋았다고 하면서 혀를
> 보여주었다.

소라다치는 우둔한 인물이었다. 카사노바는 그를 용서해주는 척하면
서 그를 다시 자신의 탈옥계획에 이용하기로 결심한다. 물론, 소라다치
역시 자신의 우둔함을 미끼로 카사노바를 속일 수 있는 인물이고, 이
역시 카사노바는 알아채고 있었다.

> 배신자는 나를 속일 작정이었을 것이다. 하지만 나도 그를 속이기로
> 결심했으니까, 누가 더 잘 속이느냐가 문제였다. 나는 그가 절대로 방어
> 할 수 없는 공격 태세를 갖추었다.

카사노바는 소라다치를 탓하기 전에 감옥이라는 극한 상황에서 벗어
나기 위해 그를 다시 이용해야 했으며, 이를 위해 모든 방법을 다 동원했
다. 카사노바는 소라다치의 배신 이후 그가 카사노바에게 갖는 죄의식과
양심의 가책을 이용한다. 특히 소라다치의 우둔함과 미련함을 간파하고
그를 속여 탈옥에 가담시킨다. 카사노바는 소라다치에게 말하기를, 새벽
에 로사리오 성모가 나타나 자신을 구해줄 것이라는 계시를 내렸다고
한다. 조만간 하늘로부터 로사리오 성모가 보내는 천사가 인간의 모습으
로 나타날 것이며, 그 천사는 카사노바의 탈옥을 방해하고 배신한 소라

다치를 용서해 줄 것이고, 수일 내에 감방 천장을 뚫어 그들을 꺼내줄 예정이라는 것이다. 물론 이것은 순전히 카사노바가 지어낸 말이다.

> "자네한테 배신당했기 때문에 나는 불쾌해서 밤새도록 잠을 이루지 못했네. 자네가 소장한테 건네준 그 편지를 재판관들이 읽으면 나는 평생 여기서 썩어야 하니까 말야. (…) 그런데 자네도 초상화에서 본 성모가 살아 있는 모습으로 내 앞에 와서 입을 열고 이렇게 말씀하셨지. 소라다치는 내 로사리오의 신자니까 지켜주겠다. 너도 소라다치를 용서해주어라. 소라다치에게 건 저주도 효력이 없을 것이다. 네가 너그럽게 행동하면 그 대가로 내 천사를 내려보내겠다. 내 천사에게 인간의 모습으로 변하여 지금 곧 하늘에서 내려가라고 명령해주마. 그 천사는 이 감방 천장을 뚫고, 대엿새 뒤에는 너를 밖으로 꺼내줄 것이다. (…) 이렇게 말을 끝내고 성모는 사라졌고, 나도 그때 눈을 떴다네."

물론 로사리오 성모가 보낸 천사가 감방의 천장을 뚫는 행위는 실제로는 발비 수도사가 감행할 예정이었다. 카사노바는 사전에 발비 수도사와 공모하여 며칠에 걸쳐 천장을 뚫고 기다렸다가, 드디어 때가 되면 감옥 밖으로 나갈 계획을 한 것이다. 이러한 계획은 절대로 소라다치에게 사전에 누출해서는 안 된다. 그가 알았다가는 다시 간수에게 알리고 배반할 것이기 때문이다. 그러면서도 탈옥을 위해 감옥에서 벌어지는 일들을 소라다치가 침묵하고 간수인 로렌초에게 고자질하지 말아야 하는 것 또한 매우 중요하다. 그래서 카사노바는 로사리오 성모가 천사를 보내어 탈옥을 도울 것이라고 언급한 것이다.

미련하고 우둔한 소라다치는 카사노바가 지어낸 말을 모두 사실로 받아들이고 어쩔 줄 몰라 한다. 카사노바는 소라다치의 표정과 심리를 읽어가면서 감방 곳곳에 성수를 뿌리는 연기까지 한다. 카사노바가 자신을 배신했던 소라다치를 심리적으로 역습하여 탈옥에 적극 이용하는 장면은 압권이다.

> "배신자는 미움받는다는 것을 자네도 인정하고 있지 않나. 하지만 동시에 자네는 악에서 선을 끌어내는 신의 섭리를 사람들이 찬미한다는 것도 인정하고 있어. 자네는 지금까지 악랄하기 짝이 없는 사내였지. 하느님과 성모 마리아를 거역했어. 그래서 나는 자네가 죄값을 치르지 않는 한 자네 맹세 따위는 믿고 싶지 않아."
> "내가 무슨 죄를 지었다는 겁니까?"
> "그 편지를 소장한테 넘겨주고도 그것으로 나한테 은혜를 입으려 하다니, 오만한 것도 분수가 있지."
> "그럼 죗값을 어떻게 치르면 됩니까?"
> "이렇게 하게. 내일 로렌초가 오면 매트리스 위에 가만히 누워서 얼굴을 벽 쪽으로 돌린 채 그를 절대로 보지 말게. 로렌초가 말을 걸어도 돌아보지 말고, 잠을 못 자서 이러고 있다고 대답하게. 시키는 대로 하겠다고 대답하겠나?"
> "시키는 대로 하겠습니다."

미련하고 우둔한, 그러나 순진한 소라다치는 카사노바의 탈옥계획에 공모하고 그에게 협조한다. 그 사이에 발비 수도사는 천장을 뚫는 작업을 진행하고 있었고, 혹여나 소라다치의 순진함이 변덕스러움으로 변할까 우려한 카사노바는 탈옥을 계획한 10월 31일 밤까지 로사리오 성모에 관한 장황한 연설과 기도로 소라다치를 압박한다. 그리고 카사노바와 약속한 대로 10월 31일까지 간수인 로렌초가 나타나 몸이 어떠냐고 물어도 그를 쳐다보지 않는다. 만일 간수의 얼굴을 보았다가는 마음이 약하여 그사이 감방천장이 뚫린 것을 누설하게 되고, 그렇게 되면 모든 것이 들통날 것이기 때문이다.

드디어 10월 31일 밤, 감옥의 천장은 거의 뚫렸고 마지막 작업만이 남았다. 로사리오 성모가 보낸 천사가 발비 수도사임을 알게 된 소라다치는 자신이 속은 것을 알았지만, 이미 때는 늦었다. 다음날인 11월 1일 늦은 아침 간수인 로렌초가 나타나기까지는 시간이 많이 남아있기 때문이다. 카사노바는 마지막으로 자신과 탈출할 자들이 누구인지 묻는다. 겁 많은 소라다치는 거절했고, 감옥에서 책을 제공해주던 백작도 거절했다. 사태가 이렇게 되자 지금까지 천장을 뚫는 일을 해 왔던 발비 수도사 역시 탈주의 위험성을 거론하며 슬슬 발을 빼기 시작했다.

"다시 생각해 보세요. 지붕 납판에서 미끄러져 운하에 떨어져 버리면, 헤엄을 칠 줄 알아도 죽음을 면할 수 없어요. 지붕은 아주 높고 운하는

카사노바가 머문 감옥 방

아주 얕으니까, 익사하기 전에 추락의 충격으로 뼈가 부러져 죽어버릴 거요.”

이제 고지가 바로 저긴데, 그토록 탈옥을 기다려 왔건만, 지금까지 일을 공모해 왔던 수도사 발비가 배신하려 했다. 카사노바는 분노했지만, 현실적으로 홀로 탈주하기는 도저히 불가능했다. 누군가의 협조가 없으면 감옥을 탈주하기는 힘들었다. 카사노바는 화를 다스리고, 극도로 자제하여 부드럽게 수도사 발비를 다시 설득했다. 카사노바가 감옥으로부터 탈주하는 것은 육체적으로 극도로 힘든 일일 뿐만 아니라, 동료 죄수들을 끊임없이 설득하고 심리적으로 압도해야 하는 고단하고 피곤한 작업이었다. 마지막까지 버티는 겁쟁이 수도사 발비를 어르고 달래며 그의 명예심을 자극하여 끝내는 탈주에 끌어들인다. 소라다치와 백작은 탈주를 포기하고 오로지 카사노바와 발비 수도사만이 야반도주를 감행하게 된다. 카사노바는 마지막으로 재판관들에게 보내는 편지를 써서 소라다치에게 넘긴다. 그는 편지의 처음과 끝을 성서의 구절을 인용하면서 자신의 탈옥이 정당한 것이며, 또한 탈옥이 마땅한 것임을 밝히고 있다.

'나는 죽지 않고 살아서, 주께서 하신 일을 선포할 것이다.'(시편 118장 17절)
우리 사법재판소 재판관들이 죄수를 강력한 권력으로 감옥에 가두기 위해 온갖 수단을 다 쓰는 것은 당연합니다. 하지만 석방될 수 없는 죄수가 자유를 얻기 위해 모든 수단을 강구하는 것도 당연합니다. (…)
'주께서 나를 엄하게 징계하셔도, 나를 죽게 내버려두지는 않으신다.'(시편 118장 18절)

카사노바는 편지를 남기고 수도사 발비와 그동안 수일 동안 뚫어 놓았던 천장 밖으로 빠져 나온다. 시간은 자정이고 밖은 보름달로 훤하였다. 휴가일을 축하라도 하듯, 산마르코 광장에는 사람들이 줄지어 있었으며, 카사노바가 감옥 위 지붕 위로 걷는 장면이 달빛에 비춰기라도 한다면 탈주계획은 수포로 돌아간다. 카사노바는 궁리 끝에 천창 밖으로 나와 지붕 위로 미끄러져 내려가 내부의 건물로 빠져나갈 계획을 세운다. 달이 지고 사람들이 집으로 다시 들어갈 때까지 몇 시간 기다려야 했다. 아침 6시 종이 울리자 카사노바는 행동을 개시했다. 건물 내부의 각의실로 들어가 죄수복을 벗고 밖으로 나갈 옷으로 근사하게 갈아입었다. 그 옷들은 미리 준비해 놓았던 것이고 마치 간밤의 축제에 참여한 일반인처럼 보이기 위해서이다. 카사노바가 창문을 열었을 때 마침 경비원이 그를 발견했다. 경비원들이 달려왔고, 그들은 카사노바가 간밤의 축제로 건물에 잘못 갇힌 것으로 간주했던 것이다. 축제 다음 날 그러한 일들이 종종 일어났다는 소식을 카사노바는 익히 알고 있었다. 그럼에도 불구하고 카사노바는 행여 다시 붙잡힐까봐 노심초사하며, 문이 열리자마자 뒤도 돌아보지 않고 계단을 통해 밖으로 빠져나갔다. 그리고 운하의 곤돌라가 있는 것을 확인하고 곤돌라에 올라 타 유유히 베네치아를 빠져나간다. 카사노바는 푸르른 하늘을 보며 자유로운 몸이 된 것에 무한한 행복과 감동을 느낀다. 당시의 심경은 자서전에 다음과 같이 기록되어 있다.

고개를 뒤로 돌려 아름다운 운하를 둘러보고 곤돌라가 한 척도 없는 것을 확인한 나는 더 이상 바랄 수 없을 만큼 아름다운 날씨에 황홀해지고, 수평선에 얼굴을 내밀기 시작한 태양과 힘차게 노를 젓는 두 젊은 사공의 모습에서 말할 수 없는 기쁨을 맛보았다. 그와 동시에 지금은 지나가 버린 추악한 밤과 어제까지 갇혀 있었던 감옥을 생각하고, 모든 게 순조롭게 진행되어 이렇게 자유의 몸이 되었음을 생각하자 내 마음은 자비로운 신을 찬미하는 기분으로 가득 찼다. (…) 갑자기 눈물이 넘쳐 흘러 마음을 가라앉혀 주었지만, 너무 기뻐서 숨이 막힐 것 같았다. 나는 어린아이처럼 소리 내어 엉엉 울었다.

에로스의 영웅이자 모험가로서의 카사노바

자서전 『나의 편력』에서 카사노바는 자신을 '에로스의 영웅'으로 묘사하고 있다. 그는 전 세계를 돌아다니며, 132명의 여성과 사랑을 나누었는데, 그중 자서전에서 많은 지면을 할애하여 집중적으로 다룬 여성들이 앞에서도 언급한 C.C와 M.M이다. 카사노바는 자서전에서 자신이 매력적이라 느끼고 만났던 여성들은 거의 모두 카사노바가 일방적으로 사랑을 고백해서 만남이 이루어진 것이 아니라, 상대방의 여성들도 카사노바의 매력에 반해 가능했다고 서술하고 있다.

C.C와 M.M, 토니나는 18세기라는 시대적 상황을 두고 보더라도 적극적인 여성들이었으며, 성적으로도 대단히 개방적인 여성들이었다. 특히 수녀인 M.M이 카사노바와 사랑에 빠졌다는 것은 받아들이기가 쉽지 않다. 카사노바는 이들이 카사노바의 매력에 끌려 사랑이 가능했다고 서술하고 있으며, 자신의 매력을 '자연 현상', 즉 천성적으로 타고난 힘이라 말하고 있다.

여성들이 자신을 동경의 대상으로 삼고 있고, 자신의 매력을 천성적인 힘으로 묘사하는 카사노바는 자서전에서 스스로를 '에로스의 영웅'으로 승격시킨다. 그는 여성들을 만나 그녀들을 절망에 빠뜨리는 것이 아니라

기쁨을 가져다주기 때문에, 여성들 역시 카사노바와의 만남을 후회하지 않는다고 서술하고 있다. 물론 카사노바는 결코 한 여성만을 충실하게 만나고, 한 여성에게만 사랑을 맹세하지는 않았다. 바로 여기에 카사노바의 궤변이 있다. 자신의 눈부신 남성적 매력으로 인해 18세기 사회에서도 여성들이 적극적으로 자신에게 다가오고, 그로 인해 자신은 다가오는 여성들 모두를 기쁘게 해주는 '에로스의 영웅'이라는 것이다. 그리고 자신의 이러한 천성적 능력 때문에 가능한 한 많은 여성에게 기쁨을 베풀어 주어야 하고, 따라서 한 여성에게만 머무는 순정파가 될 수 없다는 것이다.

카사노바에게서 발견되는 에로스의 또 다른 특징은 카사노바가 한 여성에 빠진 순간만큼 그 여성은 지상에서 가장 이상적인 여성으로 간주되고 있다는 것이다. 물론 각각의 여성들이 보여주는 이상적인 아름다움은 모두 다르다. C.C는 그녀의 아름다움과 총명함 그리고 순진함을 통해 완벽한 여성으로 보여졌고, M.M은 고상하고, 정신적인 측면에서 이상적인 여성이며, 토니나는 "나의 아내, 나의 애인, 나의 가정을 지켜주는 여인"이라는 측면에서 카사노바에게 이상적인 여성이었다. C.C는 "아름다움의 전형"이자 "기적"으로 간주되었고, M.M은 마치 세속의 모든 것을 초월한 "천사"의 이미지로 비추어졌다.

카사노바는 매 순간 상대 여성을 사랑하면서 그 여성을 절대화시키고 그 여성을 지상에서 가장 아름다운 여성으로 승격시켰다. 그러나 카사노바에게 있어 매 순간순간의 사랑이 영원히 지속되지 않는 것 또한 더욱 중요했다. 왜냐하면, 하나의 사랑이 종식됨으로써 또 다른 사랑이 시작되기 때문이다.

자서전에서 카사노바는 자신을 일방적으로 '에로스의 영웅'이라 묘사하고 있는 데 반해, 자신을 '모험가'로 묘사할 때는 양가적인 태도를 보이고 있다. 자신을 베네치아 감옥에 투옥된 죄수로 묘사하는 부분에서는 인간적인 약점도 보여주고 있다. 놀라울 정도로 진실되게 카사노바는 죄수생활을 상세히 묘사하고 감옥에서의 절박한 생활과 신체의 변화를 세세히 기록하고 있다. 또한, 자신을 투옥시킨 자들을 어떻게 복수할 것인지에 대한 계획과 상상들도 상세히 서술하고 있다.

> 나는 민중의 꼭대기에서 나를 감옥에 처넣은 정부를 무너뜨리는 것을 보고 있다. 나는 한 치의 동정심도 없이 이들을 무찌르고 먼지로 날려 보낼 것이다.

인상적인 것은 카사노바가 감옥에 수감 중이면서 자신의 주변 인물들과 어떻게 소통하고 그들과 관계를 맺는가이다. 독자는 그의 자서전을 읽으면서 카사노바가 사람을 파악하는 데 탁월한 능력이 있다는 것을 알게 된다. 그는 죄수 중 누가 말이 많고, 누가 쓸모가 있으며, 누가 겁쟁이인지, 그리고 누구와 힘을 합쳐 탈출을 도모해야 하는지 잘 파악하고 있다.

이 중 수도사 발비와 반역자 소다라치는 우둔한 인물이다. 카사노바는 소다라치의 배반을 무릅쓰고, 발비와 우여곡절 끝에 탈출한다. 카사노바는 자서전에서 한편으로 인간적인 약점을 솔직하게 고백하고, 다른 한편 고도의 전략을 통해 탈출에 성공하는 모험가로서의 면모를 보인다.

'옴므 파탈'- 유혹과 남성성

    돈 주앙과 카사노바는 전 세계적으로 동서고금을 막론하고 '옴므 파탈, 치명적 유혹'의 아이콘으로 간주된다. 돈 주앙은 17세기 스페인의 작가 티르소 데 몰리나의 『세비야의 농락자와 초대받은 석상』에 탄생된 문학적 허구인물이다. 그리고 이로부터 100년 뒤인 18세기 이탈리아의 자코모 지오바니 카사노바는 더 이상 문학적 허구 인물이 아닌, 실존 인물로서 자서전 『나의 편력』을 출판하고, 이를 통해 세상을 떠들썩하게 했다.

    돈 주앙과 카사노바는 모든 '유혹하는 남성'의 원형으로 이후 18세기에서부터 21세기인 오늘에 이르기까지 수많은 작가의 문학 창작의 소재이자 예술가들에게 영감을 불어넣고 있다. '돈 주앙'과 '카사노바'의 등장 이후 오늘날까지 400여 년의 시간이 지났으며, 그동안 이들을 소재로 한 문학작품과 뮤지컬, 영화 등 수많은 예술작품이 창작되었다. 흥미로운 사실은 400년 동안 돈 주앙과 카사노바의 모습이 모두 동일한 것이 아니고, 시대와 문화의 변화에 따라 각양각색으로 달라졌다는 것이다.

이것은 '옴므 파탈'인 돈 주앙과 카사노바가 고정된 주체가 아니라, 가변적이며 유동적인 '만들어진 남성성'이기 때문이다. 그런데도, 17세기의 문학적 허구인물인 '돈 주앙'과 18세기의 '카사노바'라는 역사적 실존인물에서 우리는 원형으로서의 '옴므 파탈'의 특징들을 끄집어낼 수 있다. 그리고 이러한 특징들은 18세기로부터 21세기에 이르기까지 다양한 모습으로 발전하며, 이것은 곧 시대에 따른 '남성성'의 변화와 밀접한 연관을 갖고 있다. 그 변화 양상은 다음 장에서부터 살펴볼 것이고, 여기서는 '돈 주앙'과 카사노바가 원형으로서 지니는 대표적인 특징들이 무엇인지 살펴보도록 한다.

첫째, '돈 주앙'과 '카사노바'는 여성을 유혹하는 '유혹자'의 특징을 지니고 있다. 이들의 인생에서 중요한 삶의 원동력은 에로스이다. 따라서 삶의 에너지와 감각적 쾌락을 추구하기 위해 이들은 단일한 여성이 아닌, 다수의 여성을 통해 만족하려 한다. 이들에게는 당대 사회가 정한 기준은 중요하지 않으며, 모든 도덕적 규율을 무시한 채 이미 결혼한 여성, 결혼할 신부, 연인이 있는 여성 등 거리낌 없이 여성들에게 접근하고 그녀들을 유혹한다는 공통점이 있다.

둘째, '돈 주앙'과 '카사노바'는 성적으로도 매력적이며, 권력과 부, 뛰어난 언변과 박학다식을 갖추고 있다. 이들은 수많은 여성에게 접근하고, 그녀들이 자신에게 쉽게 넘어올 만큼 수려한 외모를 지녔다. 이러한 남성적인 매력 외에도 문학작품 속의 돈 주앙은 재산과 권력을 지니고, 언변과 화술이 뛰어난 귀족으로 등장한다. 18세기 역사적 실존 인물인 카사노바는 히브리어와 라틴어에 능통했고, 고전 문학, 신학, 법학, 자연과학, 예능 등 다방면으로 재능을 지니고 있었다. 그는 18세의 나이에 법학박사를 받을 정도로 지능이 뛰어나고 박학다식했으며, 이후 외교관,

재무관을 지내기도 했다.

셋째, '돈 주앙'과 '카사노바'는 당대 사회의 규율과 법칙에 저항하는 반항아이자 자유주의자의 특성을 지니고 있다. 17세기 스페인 사회는 엄격한 가톨릭국가로 신 중심적이었으며, 세속적이고 감각적인 것은 금기시 되던 시대였다. 돈 주앙은 이러한 스페인 사회에서 쾌락과 감각적인 것을 추구하고, 수많은 여성을 유혹함으로써 기존의 가치들과 질서들을 깨뜨렸으며, 사회와 교회에 저항한 반항아이다. 18세기의 실존 인물 카사노바 역시 수많은 여성을 사랑했지만, 그보다는 결혼이라는 틀에 얽매이지 않고 세상을 자유로이 떠돌아다니며 세상을 섭렵한 자유주의자이다.

넷째, '돈 주앙'과 '카사노바'는 시대와 사회의 규율을 무시하고 수많은 여성을 유혹하며 스캔들을 일으켰다는 이유로 사회로부터 처벌을 당한다. 돈 주앙은 '초대받지 않는 석상'으로부터 회개할 것을 세 번이나 권고 받지만 이를 어겨 지옥행에 이르는 천벌을 받게 되고, 카사노바는 그의 지나친 자유행각으로 인해 베네치아 의회로부터 추방명령을 받으며 베네치아에서 가장 견고하다는 피옴비 감옥에 수감된다.

이상에서 살펴본 바와 같이, 돈 주앙과 카사노바가 보여주는 네 가지 주요 특징, 즉 첫째 '유혹', 둘째 '남성적 매력', 셋째 '반항아이자 자유주의자', 넷째 '지옥행과 베네치아 추방'은 이후 수많은 작가의 문학작품에서 반복적으로 또는 변형되어 재탄생되어 나타나는 주요모티브들이라 할 수 있다.

3

에테아 호프만의 『돈 주앙』

- 이상추구의 낭만주의자 돈 주앙

모차르트의 <돈 조반니>와
에테아 호프만의 『돈 주앙』

1. 모차르트의 오페라 <돈 조반니>

17세기 스페인의 작가 티르소 데 몰리나가 '돈 주앙'을 세상에 탄생시킨 뒤, 이후 수많은 작가가 돈 주앙을 소재로 하여 새로운 작품을 만들어냈다. 이 중 특이한 것은 문학작품 이외의 돈 주앙이 선을 보이게 되었다는 사실이다. 독일 오페라의 창시자라 불리우는 크리스토프 빌리발트 글루크 Christoph Willibald Gluck는 1761년 돈 주앙을 모티브로 한 발레공연을 상연하였고, 이어 1787년 아마데우스 볼프강 폰 모차르트 Amadeus Wolfgang von Mozart의 오페라 <돈 조반니 Don Giovanni>가 무대에 올랐다. 그리고 25년 뒤 독일의 에테아 호프만 E.T.A. Hoffmann이 모차르트의 오페라 <돈 조반니>를 바탕으로 노벨레 『돈 주앙 Don Juan』을 만들게 된다. 부제는 '열광자의 여행 중 일어난 신기한 사건 Eine fabelhafte Begebenhet, die sich mit einem reisenden Enthusiasten zugetragen'이다. 티르소 데 몰리나의 '돈 후안'이라는 이름은 프랑스에서는 '동 주앙'으로, 독일에서는 '돈 주안'으로 발음된다. 모차르트는 이탈리아식으로 오페라를 만들었으며, 돈 주앙은 이탈리아어로 '돈 조반니'이다. 한국에서는 '돈 주앙'으로 표기되는 것이 일반적이어서 티르소 데 몰리나의 '돈 후안'과 모차르트의 '돈 조반니'를 제외한 나머지 작품들은 모두 이 책에서 '돈 주앙'으로 통일해 표기하기로 한다.

에테아 호프만의 노벨레 『돈 주앙』은 모차르트의 <돈 조반니>를 새롭게 각색한 작품으로 문학적으로도 뛰어난 작품이기도 하다. 작품의 주인공은 열광자이다. 그는 여행 중 모차르트의 오페라 <돈 주앙>을 관람하게 되고, 이에 대한 감상을 친구에게 편지로 쓴다. 호프만의 작품에서는 모차르트의 '돈 조반니 Don Giovanni'가 '돈 주앙 Don Juan'으로 표기된다. 호프만의 노벨레 『돈 주앙』에서 '돈 주앙'은 작품의 주인공이 아니라, 열광자가 여행 중 관람하게 되는 오페라의 주인공이다. 말하자면 열광자는 작품의 주인공이자 사건을 보고하는 서술자이다. 그는 오페라 <돈 주앙>에 대한 감상을 주관적이고 자의적으로 기술하여 작품에 대한 새로운 해석을 시도한다.

오스트리아의 작곡가 모차르트와 오페라 <돈 조반니>

그렇다면, 모차르트의 오페라 <돈 조반니>는 어떠하며, 에테아 호프만은 모차르트의 <돈 조반니>를 어떻게 해석했을까? 에테아 호프만의 『돈 주앙』이 모차르트의 <돈 조반니>를 토대로 전개되는 것이므로 <돈 조반니>에 대한 선이해가 필요하다.

우선, 모차르트는 1756년 오스트리아의 잘츠부르크에서 태어났다. 어린 나이부터 엄격한 아버지로부터 음악교육을 받았으며, '신동'이라는 명성을 업고 오스트리아와 유럽에서 음악연주 여행을 하며 유럽의 여러 도시에서 거주하였다. 1778년 어머니가 죽자, 1781년부터는 오스트리아 빈으로 옮겨와 음악활동을 했다. 콘스탄체 베버와 결혼 해 6명의 아이들을 낳았으나 이 중 두 아이만 살아남게 되고, 1791년 모차르트는 병으로 35세의 젊은 나이로 죽는다. 빈으로 옮겨 와 활동하면서 모차르트는 1784년 빈의 유명한 대본 극작가인 로렌초 다 폰테 Lorenzo da Ponte와 함께 일을 시작했고 <돈 조반니>에 착수하게 된다. 다 폰테가 이탈리아어로 완성한 대본에 모차르트가 곡을 만든 것이다. 다 폰테와는 <돈 조반니> 이외에도 <피가로의 결혼>, <마술피리>와 같은 오페라를 함께 만들었다. <돈 조반니>, <피가로의 결혼>, <마술피리>는 모차르트의 3대 오페라로 불리운다. 모차르트가 주옥같은 곡들을 창작한 천재 작곡가이지만, 그의 명성을 더욱 높게 한 것은 18세기 후반의 오페라를 대중이

아마데우스 볼프강 폰 모차르트

선호하는 음악장르로 만들었다는 사실이다. 이미 18세기 중엽부터 독일에서는 오페라의 창시자라 불리는 글루크가 오페라의 연극적 요소를 부각시켰다. 지나친 장식음들은 생략하고 합창을 부각하며 연극적 요소를 강조하는 등 글루크의 다양한 시도들을 모차르트가 적극적으로 받아들임으로써 오페라의 대중화가 이루어졌다.

<돈 조반니> 공연에 앞서 모차르트는 1786년 오스트리아의 쇤부른 궁전에서 <피가로의 결혼>을 성공리에 공연하게 된다. 이 공연의 성공에 힘입어 이듬 해 스페인의 전설적인 호색한 '돈 후안'을 소재로 한 오페라를 쓰기로 결심한다. 다 폰테가 이탈리아어로 대본을 만들고 모차르트가 작곡하여 빈이 아닌 프라하에서 공연을 기획한다. 모차르트의 오페라 <돈 조반니>는 스페인 작가 티르소 데 몰리나의 『세비야의 농락자와 초대받은 석상』의 내용을 상당수 수용하여 만들어진다. '돈 후안'이 '돈 주앙'의 스페인어 이름이라면, '돈 조반니'는 이탈리아어 이름이다. '돈 주앙' 모티브가 여러 작가들에 의해 재탄생되었다는 이유로 모차르트의 오페라 <돈 조반니>는 빈이 아닌 프라하의 에스타테츠 극장에서 1787년 10월 성공리에 공연된다.

모차르트의 <돈 조반니>는 이후 수많은 예술가에 의해 칭송받는다. 독일의 문호 괴테는 "우리가 오페라에 대해 품을 수 있는 최고의 욕망"이라 표현하였고, 러시아의 작곡가 차이코프스키는 다음과 같이 극찬하였다. "모차르트를 좋아하는 정도가 아닙니다. 저는 그를 숭배합니다. 돈 조반니는 모든 오페라 가운데 최고라고 생각합니다. 저는 돈 조반니를 너무도 사랑하여, 그것에 대해 글을 쓰는 이 순간에도 흥분과 감동으로 울고 싶은 심정입니다. 제가 이 오페라에 대해 침착하게 이야기하는 것은 불가능합니다. 셰익스피어의 비극을 뛰어넘는 최고의 음악적 전율

입니다." 미국의 뉴욕 타임스는 "인류 역사상 최고의 것 중 하나"라 표현했으며, 음악가 샤를르 구노는 다음과 같이 말하기도 했다. "돈 조반니는 평생 나에게 계시와 같은 영향을 미쳤다. 이 작품은 음악적인 면이나 극적인 면에서도 신이 내려준 완전한 작품이었고 지금도 그렇게 인식하고 있다. 내가 보기에도 이 작품은 결함이 없는 완벽한 작품이다. 이러한 설명은 모차르트를 숭배하는 마음을 보이기 위한 보잘것없는 찬사에 불과한 것이며, 음악가인 나에게 가장 순수하고 변함없는 즐거움을 누리게 해준 천재에게 드리는 극히 작은 감사에 지나지 않는 것이다." 덴마크의 철학자 키에르케고르 역시 그의 저서 『이것이냐, 저것이냐』에서 <돈 조반니>를 최고의 예술작품이라 극찬했다.

오페라 <돈 조반니>의 서사구조

수많은 사람이 극찬하는 <돈 조반니>는 과연 어떤 내용인가? 돈 주앙의 전설을 토대로 만들어진 여러 오페라 중 가장 뛰어난 오페라로 일컬어지는 모차르트의 <돈 조반니>는 장르상 '드라마 지오코조'라는 18세기 이탈리아 오페라에 속한다. 이것은 일종의 해악극으로 완전히 희극적이지도 비극적이지도 않은, 진지하면서도 코믹한 특징을 지니고 있다. 오페라 <돈 조반니>는 전체 2막으로 구성되어 있으며, 1막은 20개의 장면으로, 2막은 16개의 장면으로 이루어져 있다. 시간상으로는 17세기, 공간적으로는 스페인의 세비야가 무대이다. 주요 등장인물은 다음과 같다. 주인공은 돈 조반니이며, 그는 방탕한 귀족으로 등장한다. 아리따운 처녀 돈나 안나는 돈 오타비오의 약혼녀이다. 돈 페드로는 돈나 안나의 아버지이자 세비야의 기사장이다. 돈나 엘비라는 원래 수녀였으나 돈 조반니가 청혼하여 속세로 나오지만, 그에게 버림받는다. 이 외에 돈 조반니의 시종인 레포렐로, 시골 처녀 체를리나, 그녀의 애인 마제토가 등장한다.

모차르트의 오페라〈돈 조반니〉에서
돈 조반니

1막의 무대는 세비야의 기사장의 집과 돈 조반니의 저택 밖 광장 그리고 돈 조반니의 저택이다. 1막은 세비야의 기사장인 돈 페드로의 집 정원에서부터 시작한다. 천하의 호색한 돈 조반니는 기사장의 딸이자 돈 오타비오의 약혼녀인 돈나 안나를 유혹하려고 집에 침입해 들어가고, 돈 조반니의 시종인 레포렐로는 주인을 위해 정원에서 망을 보고 있다. 가면을 쓰고 돈나 안나에게 접근했다가 돈나 안나가 소리를 지르자 돈나 안나의 아버지이자 기사장인 돈 페드로가 나타난다. 돈나 안나는 도움을 청하러 나가고, 그 사이 돈 조반니는 기사장과 결투를 하게 되며, 결투 끝에 돈 조반니가 기사장을 죽이고 레포렐로와 함께 도망간다. 도움을 청하러 갔던 돈나 안나가 약혼자 돈 오타비오와 함께 돌아와 아버지의 시체를 발견하고는 절규하며, 당시의 상황을 약혼자에게 고한다.

> 돈나 안나: 이미 밤이 되어 가는 때였어요. 나는 방에 혼자 있었는데 그때 내게 불행한 일이 왔어요. 나는 망토로 감싼 누군가가 들어오는 것을 봤을 때 처음엔 그 사람이 당신인 줄 알았어요.
> 돈 오타비오: 오 하느님!
> 돈나 안나: 그런데 알고 보니 나를 속인 자였어요.

돈 오타비오: 오 하느님! 오 하나님! 계속 해봐요!

돈나 안나: 그는 조용히 나에게 다가왔고

　나를 껴안으려 했어요.

　나는 나의 모든 힘을 다했지만

　그는 나를 더욱 꽉 잡았어요.

　나는 소리 질렀어요!

　하지만 아무도 오지 않았어요.

　한손으로는 내 입을 막고

　다른 한손으로는 나를 세게 껴안았어요!

　나는 이제 끝장이라고 생각했어요.

돈 오타비오: 나쁜 사람! 결국 어떻게 되었소?

돈나 안나: 결국엔 그 수치심과 고통

　나에게 벗어날 힘을 주어,

　있는 힘을 다해 내 몸을 뒤틀고

　몸부림 쳐서 겨우 그에게 벗어났어요!

　돈 오타비오와 돈나 안나는 돈 조반니를 찾아 복수할 것을 결심한다. 장면은 다시 바뀌어 돈 조반니의 저택 밖 광장이다. 광장에서는 연인에게 버림받고 복수를 다짐하는 한 여인의 울부짖음이 들려온다. 무사히 도망쳐 광장에 도착한 돈 조반니가 새로이 여자 냄새를 맡고 그녀에게 접근한다. 하지만 그녀는 최근까지 돈 조반니가 만나다가 차버린 돈나 엘비라이다. 돈나 엘비라는 원래 수녀였다. 돈 조반니가 결혼하자고 하여 수녀원을 나왔으나 그녀는 버림받는다. 돈 조반니는 레포렐로에게 돈나 엘비라의 뒤처리를 맡긴 채 다시 도망간다. 혼자 남은 레포렐로는 돈 조반니의 애인 목록을 펼쳐 읽어주며 돈나 엘비라를 위로하려고 애쓴다. 여기서 그 유명한 돈 조반니의 여성편력 카탈로그 장면이 등장한다.

레포렐로는 돈 조반니가 이탈리아에서 640명, 독일에서 231명, 프랑스에서 100명, 터키에서 91명, 스페인에서 1,003명의 여자를 정복했다고 카탈로그를 보이며 돈 조반니의 여성 편력을 코믹하게 설명한다.

장면이 바뀌어 마을의 결혼식이 열린다. 시골 처녀 체를리나와 마제토가 결혼하는 것이다. 체를리나의 아름다움에 매료된 돈 조반니가 자신의 저택에서 연회를 베풀게 한다. 그리고는 마제토를 체를리나로부터 떼어놓는다. 마제토는 체를리나를 크게 비난하고 레포렐로에게 끌려 나간다. 돈 조반니는 체를리나를 유혹하고 그녀에게 사랑을 고백한다.

> 돈 조반니: 누구? 그가?
> 　명예롭고 고귀한 기사인 내가
> 　작고 사랑스럽고 고귀한 당신이
> 　낮고 천한 촌뜨기에게
> 　모욕당하도록
> 　내버려 둘 것 같소?
> 체를리나: 그렇지만 나리,
> 　그는 나와 결혼하기로 한 사람이에요.
> 돈 조반니: 그런 말은 아무 의미가 없소.
> 　당신은 이런 촌구석에 있을 여자가 아니오.
> 　또 다른 운명이 당신에게 준비되어있소.
> 　당신의 그 매혹적인 두 눈
> 　작고 사랑스러운 입술
> 　그 향기롭고 하얀 손은 마치 생치즈를
> 　만지고 장미 향기를 맡는 것과 같소.
> 체를리나: 아, 나 그렇게 되는 걸 원치 않는데.
> 돈 조반니: 어째서 원치 않는 거지?

체를리나: 결국은 버림받게 되는 거예요.

　　　　나리 같은 귀족들이 여자들에게

　　　　정직하고 순수하게 하는 것이

　　　　거의 드물다는 거 알고 있어요.

돈 조반니: 음, 그건 평민들이 하는 거짓말이지.

　　　　귀족들은 솔직함을 눈으로 말하지.

　　　　자 어서! 시간 버리지 맙시다.

　　　　난 이 순간 그대와 결혼 하고 싶소.

체를리나: 당신하고요?

돈 조반니: 물론 나요. 저기에 내 별장이 있어요.

　　　　우리 둘만 있을 수 있소.

　　　　저 곳에서 우리는 결혼하게 될 것이오.

체를리나의 의심과 회의에도 불구하고 마침내 돈 조반니는 그녀의 마음을 사고 그녀에게 청혼한다. 망설이던 체를리나는 결국 돈 조반니와 함께 사랑의 듀엣을 부른다.

이때 돈나 엘비라가 등장한다. 돈 조반니의 마수에 빠져드는 체를리나에게 돈 조반니의 정체를 밝히며 경고한다. 그리고 돈나 안나와 돈 오타비오가 등장한다. 이들은 돈 조반니가 아버지를 죽인 범인이라는 것을 모른 채 범인을 찾게 해달라고 도움을 청한다. 이 때 돈나 엘비라가 나타나 돈 조반니가 자신을 배신했다고 말하며, 이들에게 돈 조반니를 조심하라고 경고한다. 아직도 돈나 안나에게 미련을 갖고 있는 돈 조반니는 기사장을 죽인 범인을 찾는데 협조하겠다고 맹세하며 떠나자, 순간 돈나 안나는 돈 조반니의 목소리를 듣고 그가 자신을 범하려 하고 아버지를 죽인 범인이라는 것을 알아채며 복수를 맹세한다.

한편 돈 조반니는 돈나 엘비라를 잘 처리한 레포렐로를 칭찬하고 와

인과 파티를 준비할 것을 명령하며 체를리나와 마제토를 자신의 저택에서 열리는 무도회에 초대한다. 돈나 엘비라와 돈나 안나, 돈 오타비오가 가면을 쓴 채로 등장하고 돈 조반니는 이들도 파티에 초대한다. 파티가 시작된 가운데 돈 조반니가 체를리나를 유혹하고 체를리나가 도움을 청하는 비명을 지른다. 돈 조반니는 레포렐로가 체를리나를 유혹했다고 죄를 뒤집어씌우지만 아무도 믿지 않는다. 돈 오타비오가 가면을 벗자 돈 조반니는 레포렐로와 함께 도망친다.

2막의 무대는 돈나 엘비라의 집 바깥, 무덤, 석상의 집이다. 돈 조반니와 레포렐로는 돈나 엘비라의 집 근처로 도망쳐 온다. 레포렐로는 더이상 못 참겠다며 돈 조반니를 떠나려 하자 돈 조반니는 돈으로 그를 매수한다. 그 사이 돈나 엘비라의 하녀에게 마음을 뺏긴 돈 조반니는 레포렐로와 옷을 바꿔 입고 돈 조반니로 변장한 레포렐로 뒤에 숨어 세레나데를 부르며 돈나 엘비라를 유혹해 낸다. 분장한 레포렐로가 돈나

돈 조반니와 여성들

엘비라의 주의를 끄는 동안, 돈 조반니는 돈나 엘비라의 하녀를 유혹한다. 이때 돈 조반니를 죽이기 위해 무장한 마제토와 마을 사람들이 나타난다. 레포렐로인 척하면서 마을 사람들을 다른 곳으로 보낸 돈 조반니는 마제토의 무기를 빼앗고 때려눕히고는 달아난다. 한편 레포렐로는 돈나 엘비라를 비롯한 여러 사람들에게 정체가 드러나자 횡설수설 변명하다가 도망친다. 돈 오타비오는 돈나 안나의 눈물을 닦아주며 돈 조반니를 죽이지 않는 한 결코 돌아오지 않겠다고 결심한다. 돈나 엘비라는 돈 조반니에게 다가올 재앙을 알고 복잡한 마음이 든다.

도망친 돈 조반니와 레포렐로가 무덤에서 만나고 있을 때, 죽은 기사장의 목소리가 들려오고 돈 조반니는 기사장의 석상을 저녁에 초대한다. 돈 조반니가 오페라 <피가로의 결혼>의 음악을 들으며 식사하고 있을 때 돈나 엘비라가 등장하여 돈 조반니에게 뉘우칠 것을 애원한다. 그러나 돈 조반니는 여자와 와인이야말로 인생의 목적이라고 이야기한다.

이 때 석상이 등장하여 자신의 저녁식사에 돈 조반니를 초대하고 돈 조반니는 이를 받아들인다. 석상은 돈 조반니의 손을 움켜잡고 회개할 것을 세 번이나 요구하지만, 돈 조반니는 세 번 모두 거절한다. 네 번째 거절에서 석상은 돈 조반니의 시간이 끝났음을 선언한다. 불꽃이 치솟고 땅이 흔들리면서 돈 조반니는 불길이 타오르는 지옥으로 끌려간다. 두려움에 떠는 레포렐로만 남은 가운데 돈 조반니를 잡으러 사람들이 들이닥친다. 레포렐로는 자신이 목격한 일을 이야기하고 돈 오타비오와 돈나 안나, 체를리나와 마제토는 악한 자의 종말을 노래한다.

돈 조반니 - 인간 심연의 마성을 끌어내는 관능의 천재

모차르트의 오페라 <돈 조반니>는 티르소 데 몰리나의 희곡 『세비야의 농락자와 초대받은 석상』에서와 마찬가지로 '유혹자'로서의 돈 조반니와 '지옥행'이라는 두 개의 이야기를 가지고 있다. 돈 조반니는 티르소 데 몰리나의 돈 후안처럼 새로운 여성에 대한 끊임없는 욕망을 가지고, 그녀를 유혹하며, 유혹한 후에는 가차 없이 떠난다. 수녀였던 돈나 엘비라를 결혼하자고 유혹하여 그녀를 정복한 후에는 그녀로부터 도주한다. 세비야의 기사장의 집에 몰래 침입해 약혼자가 있는 돈나 안나를 겁탈하려다 들켜 돈나 안나의 아버지를 죽이고 도망쳐 나온다. 돈 조반니에게는 양심의 가책도 윤리도 존재하지 않는다. 이후 돈나 안나를 다시 만나지만 그에게는 아버지를 잃은 돈나 안나의 슬픔 따위는 관심이 없다. 그는 어떻게든 다시 돈나 안나를 유혹할지 기회만 엿보고 있다. 그는 자신이 무슨 짓을 했는지 어떤 잘못을 저질렀는지 반성도 성찰도 없다. 그는 끊임없이 새로운 여성을 찾아 나서며, 그 대상이 누구든 그에게는 상관없다. 심지어 결혼식장의 신부 체를리나를 가로 채 유혹하고 청혼하며, 자신이 버린 돈나 엘비라의 하녀를 유혹하기도 한다.

그에게는 오로지 세 가지 원칙이 있을 뿐이다. '욕망'하고, '유혹'하고, '도주'한다. 새로운 여성을 찾아 욕망하고, 온갖 감언이설로 그녀를 유혹하며, 그리고 정복한 뒤에는 도주한다. 그렇게 하여 만난 여성이 이탈리아에서 640명, 독일에서 231명, 프랑스에서 100명, 터키에서 91명, 스페인에서 1,003명이다. 이것은 돈 조반니의 시종 레포렐로가 돈 조반니의 여성편력을 카탈로그로 보이며 설명하는 코믹한 장면이다. 카탈로그에는 백작부인, 공작부인, 후작부인, 남작 부인, 귀족 여인들, 동네여자들,

하녀, 창녀 등 계급과 신분, 연령을 불문하고 모든 종류의 여성을 총망라하고 있다. 금발여인은 부드러움이 있다고 칭찬하고, 갈색머리의 여인은 절개가 있어서 좋고, 백인여자는 사랑스럽고, 겨울엔 통통한 여자가 좋고, 여름엔 날씬한 여자가 좋고, 키가 큰 여자는 근엄해서 좋고, 작은 여자는 귀여워서 좋다 한다. 나이 많은 여자는 오직 카탈로그의 숫자를 채우기 위함이고, 특히 돈 조반니가 흥미를 갖는 여성은 숫처녀라 한다. 부자건, 못생겼건, 예쁘건, 밉건, 일단 치마를 둘렀다 하면 상관이 없이 여성에게 접근하는 자가 돈 조반니라고 말하며 하인 레포렐로는 돈나 엘비라에게 돈 조반니를 단념할 것을 권고한다.

돈 조반니의 명대사 "여자와 와인이야말로 인생의 목적"이라는 발언은 그의 인생의 의미가 무엇인지 잘 말해주고 있다. 티르소 데 몰리나의 돈 후안처럼 모차르트의 돈 조반니 역시 욕망과 감각을 좇는 '쾌락주의자'이자 '유혹자'이며 '자유주의자'이다. 욕망에 사로잡혀 수많은 여성

신부 체를리나를 낚아 채 가는 돈 조반니

을 농락하고 회개하지 않는 돈 조반니는 그 형벌로 지옥에 떨어지고 만다. 그렇다면, 다분히 '권선징악'적 구도의 모차르트의 오페라 <돈 조반니>에 왜 수많은 사람이 열광하고 있는가? 앞에서도 언급하였듯이, 괴테는 모차르트의 <돈 조반니>를 "우리가 오페라에 대해 품을 수 있는 최고의 욕망"이라 했고, 차이코프스키는 "셰익스피어의 비극을 뛰어넘는 최고의 음악적 전율"이라 했다. 또한 구노는 "신이 내려준 완전한 작품"이라 했으며, 키에르케고르는 "최고의 예술작품"이라 극찬하였다. 모차르트의 <돈 조반니>를 토대로 수많은 예술가가 새로운 작품들을 만들어내기도 했다. 문학 작품은 물론이고, 연극과 영화 등 장르를 불문하고 제2, 제3의 돈 조반니가 탄생되었다. 특히 에테아 호프만은 모차르트의 <돈 조반니>를 '오페라 중의 오페라'라 극찬하며 <돈 조반니>를 바탕으로 노벨레 『돈 주앙』을 만들어내기에 이른다.

그렇다면, 모차르트의 <돈 조반니>는 여성을 농락하는 쾌락주의자라는 의미 이외에 어떤 새로운 해석이 가능할까? 덴마크의 철학자 키에르케고르는 모차르트의 <돈 조반니>에 관한 획기적인 해석을 보여주고 있다. 그는 왕립 오페라관에서 모차르트의 <돈 조반니>를 공연할 때마다 1층 맨 뒤 좌석에 앉아 공연을 반복적으로 관람한 것으로 유명하다. 그는 모차르트의 오페라 <돈 조반니>를 내용과 형식이 완벽하게 결합한 것이라 칭하였다. 그에 의하면, '에로스'와 '음악'은 둘 다 인간의 감성에 직접적으로 호소하는 것으로 <돈 조반니>야 말로 사랑이라는 내용을 음악이라는 형식에 빗어 만든, "모든 장르의 예술을 통틀어 가장 위대한 작품"이라 극찬하였다.

그는 저서 『이것이냐 저것이냐 _Entweder - Oder_』에서 모차르트의 <돈 조반니>에 대해 흥미로운 해석을 하고 있다. 그에 의하면 돈 조반니는

"생사를 걸고 정신적인 것에 반항하여 감성적인 것을 강조한 존재"로서 돈 조반니야말로 "정열과 감성의 천재"이자 "감성적 영역의 마성"을 드러낸 전대미문의 인물이라 평가하고 있다.

키에르케고르는 인간의 삶을 '미적 단계', '윤리적 단계', '종교적 단계'의 세 국면으로 나누었다. 미적 단계는 심미적인 요소가, 윤리적 단계는 도덕적인 근거가, 종교적 단계는 종교적인 기준이 바탕을 이루고 있다고 한다. 그에 의하면, 미적 단계의 바탕은 심미적인 감각과 감성적인 요소이며 이를 통해 인간은 "삶을 감각적으로 향유"한다고 한다. 고도로 세련된 감각으로 음악을 즐기고, 미적인 감각과 감성으로 정열적인 사랑을 하는 것이 곧 '미적 단계'의 특징이다. 따라서 모차르트의 돈 조반니야말로 이러한 미적 단계의 국면을 가장 충실하게 수행하는 인물로서 키에르케고르의 관심을 끌기에 충분하다. 키에르케고르는 프랑스의 작가 몰리에르가 만든 '돈 주앙'이 희극적, 윤리적인 주인공이라면, 모차르트의 '돈 조반니'는 윤리를 넘어서는 정열과 초자연적 감성, 인간 심연의 마성을 드러내는 주인공으로 평가하였다.

키에르케고르에 의하면, 철저하게 관능적인 사랑만을 욕구하는 돈 조반니는 그 사랑의 형태에 있어서 중세 초 기사도의 사랑과 흡사하다고 한다. 중세 초 기사도의 사랑은 기독교적인 금욕과 규율이 지배하기 이전의 사랑의 형태이다. 기사도의 사랑은 관능적 사랑으로 인간의 전 존재가 마치 마법에 걸린 듯 전율에 떨고, 열정적이며, 자유롭고 감성적인 사랑이다. 그러나 기사도의 사랑이 한 대상에 집중하여 성실한 데 반해, 돈 조반니의 사랑은 불성실하고 반복적이라는 점에서 차이점을 보인다. 기사도의 사랑이 한 대상을 선택하여 관능적인 사랑을 추구하는 데 반해, 돈 조반니의 사랑은 모든 여성을 대상으로 한다. 돈 조반니를 행복하게 만들어주는 것은 모든 여성이 가지고 있는 다양한 매력들이며, 따라서 돈 조반니는 모든 여성을 취한다. 그에게는 어떠한 여성도 "범상"하고 특별하며, 그 어떤 사랑도 "모험"이다. 돈 조반니는 여성이 가져다주는 정열과 욕망의 만족을 즐기며, 그것이 끝나면 또다시 새로운 열정과 모험을 찾아 나선다. 따라서 돈 조반니는 특정한 한 여성을 사랑하기보다는 모든 여성을 사랑하며, 여성 그 자체를 욕망한다고 할 수 있다.

그러나 이러한 이유로 돈 조반니는 사회의 규율과 도덕을 유린하고 인간관계를 조롱하게 된다. 수녀원에 있는 돈나 엘비라에게 청혼하여 그녀를 속세로 끌어내고, 약혼자가 있는 돈나 안나를 유혹하며, 심지어 결혼식을 치르는 시골 처녀 체를리나에게 결혼하자고 속삭인다. 돈 조반니는 여성을 유혹함으로써 그들이 맺었던 연인의 관계, 가족의 관계, 공동체의 관계 및 규칙들을 희롱하고 파괴시킨다. 그리고 그 파괴와 함께 그녀들에 내재해 있는 마성을 끌어낸다. '마성'이란 데몬 Dämon을 뜻하는 말로, 인간의 심연에 들어 있는 어두운 영역, 즉 열정, 격정, 공포, 분노, 증오, 절망 등의 감정을 말한다.

사랑과 분노와 절망을 일으키는 마성적 존재이자 활활 타오르는 관능과 격정의 화신인 돈 조반니는 수녀원의 고요하고 종교적인 규율에 침잠해 있는 돈나 엘비라를 속세로 나오게 하며, 그녀를 애증에 불타오르게 한다. 돈 조반니의 속삭임에 결혼식에서 신랑을 버리고 돈 조반니에게 넘어갈 뻔한 시골처녀 체를리나, 기품 있는 상류층 여성이지만 돈 조반니의 유혹에 밤거리를 헤매며, 약혼자 돈 오타비오가 결혼하자고 재촉해도 결혼을 1년이나 미루는 돈나 안나, 이들은 모두 돈 조반니의 관능과 마성에 매료되어 격정과 파토스에 사로잡힌 여인들이다. 이들은 거부하고 싶지만 주체할 수 없는 사랑의 감정으로 절망과 격정에 빠진다. 돈나 엘비라는 "아, 마음아! 어찌하여 너는 두려워하느냐! 그이로 인한 두근거림을 멈추어 다오"라고 울부짖으며, 시골처녀 체를리나는 돈 조반니로 인해 잠시 격정에 빠져 눈이 멀었던 자신을 뉘우치며 신랑인 마제토에게 "때려주오, 때려주오, 마제토. 순한 양 되어 나 체를리나 맞으리니"라고 외치며, 돈나 안나 역시 "눈물의 위로를 내게 베풀어 주오. 무덤에서야 나의 갈망, 나의 고통이 사그라지리니"라며 고통의 눈물을 흘린다. 지루한 일상과 단조로움, 흐트러짐이 없는 따분한 삶으로부터 감성과 정열, 관능과 욕망을 일깨우고 인간 심연의 파토스와 마성을 불러일으키는 돈 조반니는 가히 감성과 관능의 천재라 할 것이다.

2. 모차르트의 오페라 <돈 조반니>와 에테아 호프만의 노벨레 『돈 주앙』 비교

에테아 호프만과 모차르트의 <돈 조반니>

에테아 호프만은 1776년 쾨니히스베르크에서 태어났다. 대학에서 법학을 전공하고 프로이센의 법률관을 지냈으며, 1802년 마리아 로러 트진스카와 결혼했다. 이후 자유 예술가로 활동했고 낭만주의를 대표하는 예술가로도 명성을 날렸다. 그는 다방면에 걸쳐 재능이 있다. 작곡가, 음악비평가, 지휘자, 화가 등 다양한 활동을 펼쳤다. 특히 음악은 그에게 깊은 영감을 불러 일으켰는데, 법조인으로 활동하면서도 부수적으로 작곡하는 일을 겸했으며, 개인 음악교습도 하였다. 바르샤바에서는 '음악학회'를 건립하여 콘서트를 열기도 했다. 그가 음악적 재능이 있기는 했으나 항상 성공한 것만은 아니었다. 베를린에서는 어느 누구도 그의 재능을 인정하지 않았으며, 밤베르크에서는 지휘관으로서의 지위를 잃기도 했다. 그럼에도 불구하고 라이프치히의 <일반음악신문>에는 음악비평가로서 음악평론을 기고하였고, 그의 글은 매번 좋은 평가를 받았다. 또한 그는 작곡가로서 명성을 얻고자 하였

에테아 호프만

고, 그의 전 생애를 통틀어 이를 위해 노력을 했다. 1814년까지 대략 80곡을 작곡하였으며, 이 중 8개는 징슈필 Singspiel과 오페라이다. 그가 작곡한 오페라로 유명한 것은 <운디네>가 있으며, 이것은 베를린에서 성공적으로 초연되었다.

베를린 대법원 판사로 임명된 뒤에는 밤에는 문학 동료와 어울리며 기괴함과 환상이 넘치는 소설을 썼다. 호프만은 독일 낭만주의시대의 작가로 환상으로 가득 찬 노벨레, 동화, 소설 등을 발표했다. 대표적인 작품으로는 『호두까기 인형』, 『수코양이 무어』, 『악마의 묘약』, 『모래 사나이』, 『스퀴데리 양』, 『클라인 자헤스』, 『황금단지』, 『브람빌라 공주』, 『벼룩대왕』 등이 있다. 특히 『호두까기 인형』은 차이코프스키의 발레곡으로 개작되어 전 세계적으로 유명한 작품이기도 하다.

호프만이 노벨레 『돈 주앙』을 착안하게 된 것은 무엇보다 그의 음악적 관심 때문이었다. 1810년 10월 15일과 1811년 10월 30일 사이에 밤베르크 극장에서 모차르트의 <돈 조반니>가 공연되었다. 당시 홀바인

Franz Ignaz von Holbein이 총감독을 맡았고 호프만이 부감독을 했다. 호프만은 부감독을 맡으며 오페라에 깊은 감명을 받고, <돈 조반니>를 '최고의 오페라'로 평가한다.

특히 호프만이 『돈 주앙』을 만들게 된 계기는 호프만의 사적인 연애경험이 크게 작용했다. 1811년까지 밤베르크에서 모차르트의 <돈 조반니> 공연이 있은 후, 1년 뒤인 1812년 호프만은 노벨레 『돈 주앙』을 발표하게 된다. 호프만은 밤베르크의 부감독으로 활동하면서 경제적인 수입이 여의치 않아 개인 음악 레슨을 사사한 바 있다. 당시 호프만에게 음악 레슨을 받던 소녀가 율리아 마르크Julia Marc였다. 호프만은 36살이었고, 율리아는 호프만보다 20살이 어린 16세 소녀였다. 호프만은 이미 26살에 결혼했지만, 36살이 되던 무렵 율리아에게 음악 레슨을 하면서 사랑을 느낀다. 이미 결혼한 호프만은 율리아에 대한 사랑의 감정을 접게 되지만, 얼마 지나지 않아 율리아가 볼품없는 남자와 결혼하게 된다는 소식을 듣고 분노한다. 이 일을 계기로 호프만의 노벨레 『돈 주앙』이 3주 만에 만들어지게 되며, 호프만의 경험과 그가 겪은 사건들이 재가공되어 탄생된다. 밤베르크 극장에서의 <돈 조반니> 부감독 활동과 율리아에게 음악 레슨을 하면서 느꼈던 사랑의 감정이 『돈 주앙』으로 재탄생되기에 이른다.

에테아 호프만의 노벨레 『돈 주앙』과 작품의 서사구조

호프만의 노벨레 『돈 주앙』은 '열광자의 여행 중 일어난 신기한 사건'이라는 부제가 붙어 있다. 작품의 주인공은 열광자이다. 독일어로 '열광자 Enthusiast'란 '무언가에 열정적인 관심이 있고, 열광과 감동을 하며,

몽상하는 자'를 의미한다. 미리 밝히자면, 작품의 주인공인 열광자는 오페라 <돈 주앙>의 주인공 돈 주앙에 열광한다. 작품은 열광자가 여행 중에 보고 들은 일들을 시간 순서대로 기록하여 그의 친구 테오도르에게 보내는 편지형식으로 이루어졌다. 시간상으로는 열광자가 여행 중 어느 호텔에 도착하여, 그 날 저녁부터 다음날 정오까지 일어난 사건들을 다루고있다. 전체 노벨레의 분량은 16쪽이라는 비교적 상당히 적은 분량으로 이루어져 있다. 노벨레는 다시 1부, 2부, 그리고 후기로 나뉘어져 있다. 1부는 열광자가 모차르트의 오페라 <돈 주앙> 공연을 보고 그 공연을 묘사하는 것이 주 내용이다. 2부는 '특별석 23호에서'라는 소제목이 붙어 있고 열광자가 공연을 본 후 그것을 재해석하는 것이 내용이다. 후기는 '식당에서의 정오의 대화'라는 소제목이 붙어있다.

작품에서 주인공의 이름은 정확히 명시되지 않고 있다. 단지 '열광자'로만 묘사되고 있을 뿐이다. 1부에서 주인공 열광자는 여행 도중에 어느 한 호텔에 머물게 된다. 그리고 호텔 종업원으로부터 그날 저녁 모차르트의 오페라 <돈 주앙> 공연이 있다는 정보를 얻는다. 그 날 저녁 열광자는 호텔과 연결되어 있는 극장의 특별석으로 가 공연을 관람한다. 모차르트의 <돈 주앙>을 관람하면서 열광자는 공연의 장면들을 자신의 주관적인 시각으로 재해석한다. 1막을 관람하던 중 열광자는 특별석의 뒤쪽에서 인기척을 느끼지만 공연에 그대로 집중한다. 1막의 공연이 끝난 뒤 열광자는 뒤를 돌아보게 되고, 거기에 무대에서 공연하던 돈나 안나 역의 여배우가 서 있는 것을 보고 놀란다. 1막과 2막 사이의 휴식이 끝나자 여배우는 특별석에서 사라진다.

2막이 시작되고 열광자는 다시 공연을 관람하면서 장면마다 주관적인 관점에서 해석하고 기록한다. 공연이 끝나자 열광자는 호텔의 식당에 내려가 공연을 관람한 다른 손님들과 오페라에 대해 얘기를 나눈다. 그러나 그들의 대화가 너무 진부하고 식상하다는 판단으로 그 자리를 떠나 호텔방으로 들어온다. 여기까지가 노벨레의 1부 내용이다. 말하자면 노벨레의 1부는 열광자가 모차르트의 오페라 <돈 주앙>의 1막과 2막을 관람하고 자신의 주관적인 관점에 따라 재해석하는 것이 중심 내용이다.

노벨레의 2부는 '특별석 23호에서'라는 소제목이 붙어 있다. 새벽 2시경이 되자 열광자는 자신이 공연을 관람했던 극장의 특별석 23호로 다시 올라간다. 텅 빈 극장에 홀로 앉아 전날 밤 관람한 공연을 재해석하며 이를 기록한다.

노벨레의 1부와 2부 다음에는 '후기'가 첨가되어 있다. 후기는 '식당에서의 정오의 대화'라는 소제목이 붙어 있다. 다음 날 정오가 되자 열광자는 식당에 내려가고, 식당에는 사람들이 여기저기 모여 전날 밤의 공연에 대해 얘기를 나눈다. 그리고 사람들로부터 새벽 2시에 돈나 안나역을 맡은 여배우가 죽었다는 사실을 알게 된다.

호프만의 노벨레『돈 주앙』은 16쪽이라는 비교적 짧은 분량에 비해 구성은 복잡하다. 작품의 주인공과 오페라의 주인공이 교차되고, 오페라 속의 여주인공 돈나 안나가 무대 밖으로 나와 작품의 주인공과 대화를 나누는 등 다소 복잡한 구성을 갖고 있다. 작품을 다시 한번 간략히 정리하면, 주인공 열광자가 여행 중 한 호텔에 도착하여, 그 날 밤 모차르트의 <돈 주앙> 공연을 관람하고 공연에 대해 자신이 본 것을 묘사하며, 관람 도중 자신이 앉은 특별석에서 여배우와 대화를 나누는 신기한 체험을 한다. 그리고 그 놀라운 체험을 잊지 못해 다시 새벽 2시에 특별석으로 올라가 전날 밤 본 공연을 재해석하지만, 다음 날 정오 식당에서 손님들로부터 새벽 2시에 여배우가 죽었다는 사실을 접하고 작품은 끝이 난다.

노벨레의 줄거리는 이렇게 간략하지만, 중요한 것은 주인공인 열광자가 모차르트의 오페라 <돈 주앙>을 관람하면서 공연 중 어떤 장면에 관심을 갖고 그것에 대해 묘사하고 기록을 남겼는지 알 필요가 있다. 그리고 여배우와는 무슨 대화를 나누었고, 마지막으로 새벽 2시에 극장에 다시 올라가 전날 본 공연에 대해 어떤 해석을 남겼으며, 그 해석은 과연 어떠한지 살펴보는 것이 중요하다. 이를 통해 모차르트의 오페라에 대한 호프만의 해석을 알 수 있을 것이다.

먼저, 주인공 열광자는 오페라의 공연 중 어떤 장면에 관심을 갖고 기록으로 남겨놓았는가? 원래 모차르트의 오페라 <돈 조반니>는 2막으로 이루어졌으며, 1막은 20장, 2막은 16장으로 구성되어 있다. 1막의 내용을 다시 한 번 간략히 살펴보면 다음과 같다. 천하의 호색한이자 귀족인 돈 조반니가 하인 레포렐로를 데리고 밤중에 세비야의 기사장의 집에 숨어 들어가 그의 딸 돈나 안나를 겁탈하려하지만 성공하지 못하고 도망쳐 나온다. 딸의 고함소리에 뛰쳐나온 기사장과 돈 조반니에 사이에 결투가 벌어지고 기사장은 돈 조반니의 칼에 찔려 죽는다. 돈나 안나와 돈 오타비오가 기사장의 주검을 발견하고 복수를 맹세한다. 도망친 돈

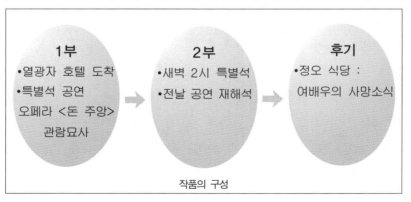

작품의 구성

조반니는 자신의 저택 앞에서 한 여인을 발견하고 그녀에게 접근하지만, 그녀가 자신이 청혼했다 버린 돈나 엘비라인 것을 알고 하인에게 맡긴 후 다시 도망친다. 마을의 결혼식에서 신부인 체를리나에게 반하여 그녀를 다시 유혹하지만 돈나 엘비라가 나타나 방해하며, 돈나 안나와 돈 오타비오가 나타나 돈 조반니가 기사장을 죽인 범인이라는 것을 알게 된다. 2막은 돈나 안나와 돈 오타비오, 체를리나, 마제토의 추적망에 쫓겨 도망친 돈 조반니가 다시금 돈나 엘비라의 하녀를 유혹하다가 마제토의 추적에 도망치다가 기사장의 석상이 놓여있는 무덤까지 오게 된다. 돈 조반니는 석상을 집에 초대하고 석상은 돈 조반니에게 회개할 것을 권유하지만 이를 거부하던 돈 조반니는 땅이 꺼져 땅속으로 사라진다.

그렇다면, 호프만의 노벨레 『돈 주앙』의 주인공 열광자는 위의 1막 20개의 장면과 2막 16개의 장면 중에서 어떤 장면들에 관심을 갖고 기록하였는가? 열광자는 공연이 시작하자마자 오페라의 서곡에 대해 깊은 감동을 받으며 관람하다가 1막의 1장부터 5장 앞부분까지 돈 주앙의 외모에 대한 묘사만을 기록하고, 5장부터 15장까지는 열광자가 특별석 뒤의 인기척 때문에 기록을 놓친다. 15장과 16장은 순서가 뒤바뀌어 선별적으로만 기록하고, 17장에서 20장까지는 생략한다. 1막의 5장부터 특별석 뒤에 인기척을 느꼈던 열광자는 1막이 끝나자 뒤돌아보는데, 거기에 돈나 안나역을 맡은 여배우가 서 있다. 열광자는 여배우와 대화를 나눈다. 2막이 시작하면서 여배우는 사라지고, 열광자는 흥분으로 2막의 전반부에 집중을 하지 못하게 되며, 이로 인해 2막의 1장부터 12장까지 모두 놓친다. 13장과 14장은 간단히 묘사하며, 15장은 비교적 많은 언급을 하고 16장의 합창은 생략한다. 오페라 <돈 주앙>의 각 장과 열광자가 선별적으로 기록한 장면들을 표로 정리하면 다음과 같다.

1막	모차르트의 오페라 〈돈 주앙〉	열광자의 기록
1장	정원, 밤: 돈나 안나를 유혹하는 돈 주앙	○
2장	돈 주앙과 하인 레포렐로의 대화	○
3장	돈 오타비오, 돈나 안나의 복수 결심	○
4장	밤, 길거리에서 돈 주앙과 돈나 엘비라	○
5장	돈 주앙과 돈나 엘비라의 대화	○
6장	돈 주앙의 배신에 분노하는 돈나 엘비라	×
7장	체를리나의 시골 결혼식 장면	×
8장	돈 주앙이 마제토를 위협	×
9장	돈 주앙, 체를리나를 유혹	×
10장	돈나 엘비라 등장, 돈 주앙의 만행 폭로	×
11장	돈 주앙, 돈나 안나, 돈 오타비오 대면	×
12장	돈나 엘비라의 폭로에 돈 주앙 반격	×
13장	돈나 안나는 돈 주앙이 범인임을 앎	×
14장	돈 오타비오 복수의 노래	×
15장	돈 주앙 샴페인의 노래	순서 바뀜
16장	체를리나, 마제토 위로 장면	순서 바뀜
17장	시골의 흥겨운 파티	×
18장	돈 주앙, 체를리나 유혹하여 청혼	×
19장	돈나 엘비라, 돈나 안나, 돈 오타비오 복수 결심	×
20장	돈 주앙, 체를리나 별실로 유인, 비명	×

〈열광자에 의한 2막 기록 장면〉

2막	모차르트의 오페라 〈돈 주앙〉	열광자의 기록
1장	엘비라의 하녀를 유혹하고자 레포렐로와 옷을 바꿔 입는 돈 주앙	×
2장	돈 주앙, 돈나 엘비라, 레포렐로	×
3장	돈 주앙이 엘비라의 하녀 유혹	×
4장	마제토가 무장하고 돈 주앙을 잡으려함	×
5장	마제토를 폭행하고 도주하는 돈 주앙	×
6장	상처입은 마제토를 체를리나가 위로	×

7장	돈나 안나, 돈 오타비오, 돈나 엘비라	×
8장	레포렐로가 돈 주앙이 아님이 밝혀짐	×
9장	레포렐로, 돈 주앙의 만행 폭로	×
10장	돈 주앙, 레포렐로 무덤가로 도망	×
11장	돈 주앙, 석상을 저녁에 초대하기로 함	×
12장	돈나 안나, 돈 오타비오에 사랑확인시킴	×
13장	돈 주앙, 레포렐로 여인들과 술, 잡담	○
14장	돈나 엘비라, 돈 주앙에 사랑고백	○
15장	회개 않는 돈 주앙 땅속으로 들어감	○
16장	악인이 사라진 후 행복한 합창	×

위의 표들에서 뚜렷이 나타나는 바와 같이, 호프만의 노벨레 『돈 주앙』의 주인공 열광자가 관심을 갖고 기록한 장면은 1막에서는 1장부터 5장까지 그리고 15장과 16장이다. 2막에서는 13장부터 14장까지가 전부이다. 1막의 1장부터 5장까지는 돈 주앙이 기사장의 집에 숨어 들어가 돈나 안나를 겁탈하려다 실패하고 도망쳐 나오다 기사장과 마주쳐 결투하여 그를 칼로 죽이고 도망치는 내용이다. 그리고 이어서 기록된 장면들은 16장과 15장이 뒤바뀌어 체를리나가 마제토를 위로하는 장면, 그리고 돈 주앙이 샴페인을 들고 노래부르는 장면이다. 2막은 13장부터 15장까지 기록되어 있다. 13장은 돈 주앙이 술을 마시며 여인들과 대화하는 장면이고, 14장은 돈나 엘비라가 돈 주앙에게 절절한 사랑을 고백하는 장면이다. 15장은 저녁 식사에 초대받은 석상이 돈 주앙에게 회개하라고 말하고, 돈 주앙은 이를 거부하는 장면이다.

따라서, 돈나 엘비라와 돈 주앙의 관계와 이에 관련된 사건들, 시골처녀 체를리나와 마제토의 결혼식장에서 돈 주앙이 체를리나를 유혹하는 장면들, 또한 돈 주앙이 돈 엘비라의 하녀를 유혹하는 사건들은 모두 열광자의 관심 밖의 일들로 기록에서 제외되었다. 특히 이 사건들은 돈 주앙을 부정적으로 보여주는 장면들로써 열광자는 이 장면들을 의도적으로 생략하고 있다. 더욱이 돈 주앙의 여성편력을 나타내는 그 유명한 '카탈로그 노래'도 빠져 돈 주앙의 치부를 드러내는 장면들은 모두 생략되었다고 할 수 있다.

열광자는 돈 주앙에게 불리하거나 부정적인 장면들은 모두 생략하고, 대신 그를 최고의 남성으로 묘사하여 기록하고 있다. 심지어 돈 주앙이 기사장인 돈나 안나의 아버지를 죽이는 장면도 돈 주앙의 잘못이 아닌, 늙은 부친이 힘센 상대에게 덤벼든 어리석음 때문에 초래된 죽음이라고 평가한다. 1막이 끝나갈 무렵, 모차르트의 오페라에서는 돈 오타비오, 마제토 등이 돈 주앙에게 복수를 다짐한다. 하지만 열광자는 돈 주앙을 폭군에 맞서 싸우는 정의의 기사 롤란트로 미화시켜 이들과의 싸움에서 승리하는 것으로 묘사한다.

따라서 모차르트의 <돈 주앙>을 관람한 열광자는 오페라의 내용과 무관하게 돈 주앙에게 불리하거나 부정적인 사건들은 모두 생략하고 열광자 자신의 주관적인 판단과 평가에 따라 돈 주앙을 묘사한다. 또한 모차르트의 오페라에서 비중을 많이 차지하던 돈나 엘비라, 돈 오타비오,

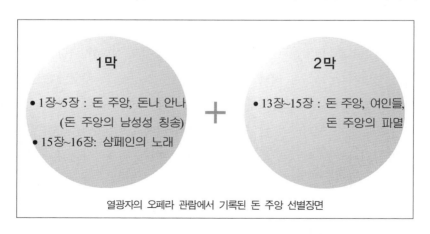

열광자의 오페라 관람에서 기록된 돈 주앙 선별장면

체를리나, 마제토, 레포렐로 등의 인물들은 열광자의 기록에서는 그 역할이 크게 축소된다. 말하자면, 열광자의 오페라 관람에서는 돈 주앙과 돈나 안나만이 강조되고 다른 인물들은 모두 뒷전으로 물러나 있다.

낭만주의자 돈 주앙과 무한한 동경

1. 낭만주의자 돈 주앙

그렇다면, 노벨레의 주인공 열광자는 돈 주앙과 돈나 안나를 어떻게 부각시키고 있나? 열광자는 1부의 무대 위에 돈 주앙이 나타나자 그의 모습에 열광하며 감탄과 찬사를 아끼지 않는다. 열광자는 무대 위에 등장하는 돈 주앙의 모습을 마치 구름으로부터 나타나는 신의 모습처럼 묘사하고 있다. "돈 주앙은 외투를 벗어젖히고, 은박이 수놓인 붉은 색 비로드를 입고 등장한다." 돈 주앙의 의상은 마치 왕의 의상과도 흡사하며, 그를 둘러싸고 있는 눈부신 아우라와 외모는 계속해서 열광자에 의해 다음과 같이 묘사되고 있다.

힘 있고 훌륭한 외모, 얼굴에는 남성적인 아름다움이 있다. 우뚝 솟은 코, 사물을 꿰뚫어 보는 눈, 부드러운 입술, 눈썹 위 이마의 근육은 마치 메피스토펠레스를 연상시킨다. 그러나 그것이 그의 남성적인 아름다움을 상쇄하지 않는다. 오히려 몸서리치도록 마적인 분위기를 자아낸다.

그가 여인들을 한번 바라보기만 해도, 여인들은 그에게서 벗어날 수 없게 되고, 그 무시무시한 힘에 사로잡혀 어쩔 수 없이 스스로 파멸해 버릴 것 같았다.

사물을 꿰뚫어보는 눈은 지성을 나타내고, 부드러운 입술은 감성을 의미한다. 외모에서 나타나는 남성적인 매력과 지성을 겸비한 돈 주앙은 마적인 매력까지도 지니고 있다. "눈썹 위 이마의 근육"은 마치 메피스토펠레스를 연상시키며 돈 주앙은 마적인 요소와도 결합된다. 그의 치명적인 남성적 매력으로 인해, 여성들은 그가 지닌 눈부신 아우라와 마성에 사로잡혀 헤어나지 못하며 파멸한다는 것이다. 모차르트가 돈 조반니를 탐욕과 쾌락에 빠져 여성을 파괴하는 부정적인 인물로 설정한 데 반해, 호프만의 작품에서 돈 주앙은 긍정적인 인물로 묘사된다. 돈 주앙에 대한 찬사는 2부에서도 이어진다. 열광자는 돈 주앙을 "신이 가장 총애하고 사랑하는 자"로 묘사하며, 평범함을 넘어 신의 경지에서 높은 이상을 품는 이상주의자로 묘사한다.

모든 사람으로부터 질타의 대상이 되고 있는 돈 주앙의 여성편력을 열광자는 '낭만주의 이상'과 연결 짓고 있다. 그에 의하면, 돈 주앙이 끊임없이 여성을 추구하는 것은 그가 단순히 에로스에 탐닉하고, 감각에 몰두하는 유혹자가 아니라 현실을 넘어 이상을 추구하는 낭만주의자이기 때문이라는 것이다. 돈 주앙은 "모든 평범한 군중들 위에 군림하는 고독한 영웅"이자, 끊임없이 더 나은 세계를 추구하는 낭만주의적 이상주의자로 격상된다.

호프만의 돈 주앙과 낭만주의가 어떻게 연결되는지 잠시 독일 낭만주의에 대해 살펴보자. 독일 낭만주의는 18세기 말부터 19세기 전반에 걸쳐 형성된 독일 정신사의 한 흐름이며, 특히 계몽주의의 고루한 법칙과 객관주의, 이성 중심에 항거하여 독일 고유의 신비적·사변적·형이상학적 경향을 나타내고 있다. 18세기 후반 낭만주의 이론의 토대를 마련한 것은 슐레겔 형제이다. 이들은 객관주의에 대한 '주관의 절대적 자유'와 '무한한 동경'을 강조했다. 또한, 환상을 사랑하고, 모든 형식적 속박을 배척했다. 전기 낭만파의 대표작가로는 노발리스, 루드비히 티크가 있으며, 후기 낭만파로는 그림형제 등이 있다. 『돈 주앙』의 저자 호프만 역시 낭만주의 대표작가이다.

따라서 독일 낭만주의는 주관의 절대적 자유, 현실 초월의 무한한 동경, 기이하고 환상적인 것의 추구, 형식적이고 틀에 박힌 것에 대한 배척 등을 특징으로 한다. 호프만은 모차르트의 <돈 조반니>를 낭만주의적 관점에서 새롭게 해석하여 '돈 주앙'이라는 새로운 인물을 탄생시킨다. 호프만의 『돈 주앙』에서 작품의 주인공인 열광자는 공연을 관람하면서 돈 주앙을 이상추구의 낭만주의자로 해석한다. 그에 의하면, 돈 주앙은 인간을 제약하는 모든 형식적인 틀을 거부하고, 현실을 초월한 이상을 동경하는 자이며, 그 이상은 여인들을 통해 실현된다는 것이다. 즉 열광자는 여인들에 대한 돈 주앙의 욕망을 "생명에 대한 강렬한 욕구"로 표현하고 있다. 여인들과의 사랑과 에로스는 원초적인 생명력을 제공하는 강렬한 자극이자 원동력이라는 것이다. 열광자는 이것을 "영원한 불길처럼 타오르는 동경"이라고 부르며, 이는 곧 낭만주의의 핵심어인 '무한한 동경'과도 맥을 같이한다.

더 아름다운 여인을 찾아 끊임없이 쉬지 않고 도주하면서, 파괴적 도취상태에 이를 때까지 불같은 열정으로 여인들의 매력을 즐기면서 항상 속아서 선택을 잘못했다고 생각하면서도 언제나 궁극적인 만족을 안겨 줄 이상을 찾기를 원했다. (…) 돈 주앙은 지상의 생활이 너무나 무기력 하고 무미건조하게만 느껴졌다.

열광자는 돈 주앙의 지상의 생활을 답답하고 무미건조한 것으로 파악 한다. 자로 잰 듯한 일상, 숨 막힐 것 같은 도덕률에는 어떠한 생명력과 새로움도 존재하지 않으며, 그리하여 돈 주앙이 진부한 현실을 초월하여 무한한 세계를 동경하고 있다고 기록한다. 그리고 이 무한한 동경을 여 인들에 대한 사랑을 통해서 충족하려 하지만, 돈 주앙의 노력은 그를 처단하려는 악의 무리들에 의해 중단된다고 해석하고 있다. 열광자는 돈 주앙을 '신성한 세력'으로 묘사한 데 반해, 돈 오타비오, 마제토, 기사 장의 석상을 돈 주앙을 방해하는 '악의 무리'로 보고 있다. 낭만주의의 무한한 동경과 이상을 실현하려던 돈 주앙은 악의 세력에 의해 좌절되는 것으로 재해석되고 있다.

돈 주앙이 자신의 가슴을 갈기갈기 찢어내고 그 동경을 사랑으로 잠 재울 수 있기를 희망하고, 악마가 이것을 이용하여 그의 목에 올가미를 씌웠다 해도 무엇이 이상하겠는가?

2. 낭만주의의 '무한한 동경' - 돈나 안나

모차르트의 오페라 <돈 조반니>에 등장하는 여성들은 모두 개성이 있다. 돈나 엘비라, 돈나 안나, 체를리나 등의 여성들은 그들이 맡은 역 할에 따라 강한 개성을 지니고 비중도 크다. 이 중 특히 돈나 엘비라는 모차르트의 오페라에서 눈에 띄는 여성이다. 그녀는 수녀원에 있었으나 돈 조반니가 청혼을 하자 수녀원의 생활을 저버리고 속세로 나온 여성이다. 그리고 돈 조반니의 사랑을 찾아 끈질기게 그를 쫓아다니며, 그가 새로운 여성을 만날 때마다 방해하고 그의 행적을 폭로하며, 끝까지 그에게 사랑을 갈구하던 여성이다. 돈 조반니에 대한 그녀의 절절함과 간절함, 눈물과 한숨, 격정과 절망 등 그녀의 애증의 감정은 관객으로 하여금 진한 감동을 불러일으키기도 한다.

그러나 모차르트가 주목했던 돈나 엘비라, 체를리나는 호프만의 노벨레 『돈 주앙』에서는 모두 도외시 당하고, 오로지 돈나 안나만이 돈 주앙의 파트너로서 크게 부각된다. 그녀는 모차르트의 오페라에서는 돈나 엘비라, 체를리나, 돈나 엘비라의 하녀와 함께 돈 조반니가 상대하는 4명의 여성 중 한 명에 불과하다. 호프만은 1811년 밤베르크 극장의 모차르트 <돈 조반니> 공연에서 부감독을 맡고, 1년 뒤 노벨레 『돈 주앙』을 창작한다. 여주인공 돈나 안나의 모델은 실은 호프만이 밤베르크에서 음악레슨을 주던 율리아 마르크를 상징하고, 그녀에 대한 사랑이 돈나 안나에 투영되어 나타난 것이다.

원래 모차르트의 <돈 조반니>에서 돈나 안나보다는 돈나 엘비라가 더 많은 비중을 차지한다. 여기서 돈나 엘비라는 돈 조반니의 배반에 절망하고, 사랑을 갈구하며, 그가 새로운 여성을 만날 때마다 방해하고 복수하는 여성이다. 이러한 돈나 엘비라의 역할과 특성을 호프만의 『돈 주앙』에서는 돈나 안나가 대신 맡고 있다. 돈나 안나가 무대에 등장하자 주인공인 열광자는 돈나 안나의 모습과 자태에 감탄한다. 돈나 안나는 자신을 모욕한 돈 주앙의 외투를 잡고 울분을 터뜨린다.

돈 주앙이 달려 나온다. 그리고 그 뒤에 돈나 안나가 달려 나오며, 모욕자의 외투를 단단히 잡고 있다. 이 얼마나 대단한 광경인가?

특히 열광자는 돈나 안나의 눈빛에 주목한다. "사랑, 분노, 증오, 절망" 등 폭발적인 감정을 한꺼번에 담고 있는 돈나 안나의 눈빛은 "마음속 가장 깊은 곳에 있는 것까지도 불태워 버릴듯한 그리스의 화산"과 같다고 기록하고 있다. 돈나 안나는 마치 천둥과 불길을 온 세상에 뿜어대는 그리스의 여신처럼 분노와 격정에 사로잡혀 있다. 이것은 그녀의 사랑의 감정이 얼마나 격한지, 그리고 그 고통으로 그녀가 얼마나 괴로워하는지 잘 드러낸다. 열광자는 계속해서 무대 위에 등장한 돈나 안나의 열정적인 모습과 황홀한 목소리에 감탄한다. 특히 그녀의 목소리는 폭풍우 같은 악기들 사이로 마치 한 줄기 빛처럼 찬란히 빛나는 천상의 소리로 비유되고 있다. 돈나 안나는 천상의 "신성한 여인"으로 격상되며, 돈 주앙 만큼이나 이 작품에서 중요한 비중을 차지한다.

무대 위에서 열연하는 돈나 안나는 주인공인 열광자가 앉아 있는 특별석 23호에 나타난다. 1막이 진행되는 도중 5장에 이르면 열광자는 특별석 23호의 뒤쪽에 인기척을 느끼지만 뒤돌아보지 않고 공연을 감상한다. 그리고 1막이 끝난 후 뒤를 돌아보자 여배우가 서 있는 것을 발견한다. 열광자는 그녀를 '돈나 안나'라 믿고 그녀와 대화를 나눈다. 말하자면 공연이 진행되는 동안 여배우가 객석인 특별석 23호에 와 열광자와 대화를 나누는 그야말로 '진기한, 비현실적인 일'이 벌어진다. 이러한 맥락에서 '특별석 23호'는 현실의 순간과 환상의 세계가 동시에 존재하는 마법의 공간이다. 이는 곧 '기이하고 진기한 것', '현실을 초월한 환상적인 것'을 표방하는 낭만주의 세계를 보여주는 사례이다.

이미 여러 번 나는 내 바로 뒤에서 부드럽고 따스한 숨결이 느껴지고 실크 드레스의 부스럭거리는 소리가 들렸다고 생각했다. 그래서 어떤 여자가 있을지 모른다는 예감이 들었다. 그러나 오페라가 내 앞에 펼쳐 보이는 시적인 세계에 완전히 몰입되어 거기에는 관심을 기울이지 못했다. 막이 내려졌을 때 비로소 나는 내 곁에 있는 사람을 바라보았다. 그리고 어떤 말로도 나의 놀라움을 표현할 수 가 없을 것이다. 돈나 안나가 방금 무대에서 내가 본 바로 그 옷을 입고 내 뒤에 서서 깊은 정감이 어린 눈으로 나를 뚫어져라 바라보고 있었다. 나는 아무 말도 못한 채 단지 그녀를 응시하였다.

열광자는 돈나 안나역을 맡은 여배우와 대화를 나누며, 이에 대해 "오래 전에 약속했던 것 같은, 전혀 다른 세상의 아름다운 꿈이 마치 현실에서 실현되는 것 같았다"고 고백한다. 현실과 꿈이 공존하는 마법의 공간 특별석 23호에서 열광자는 여배우의 감미로운 숨결에 도취된다. 그는 여배우의 관능적인 매력에 사로잡히고, 그녀의 키스를 "영원한 갈증으로 목말라하는 동경의 음악"이라고 고백한다. 여기서 돈나 안나는 낭만주의의 '무한한 동경'을 상징한다. 여배우와의 대화와 체험을 통해 열광자는 마치 자신이 무대 위의 돈 주앙이라는 환상을 갖고, 돈 주앙과 자신을 동일시하게 된다.

호프만은 모차르트의 오페라 <돈 조반니>를 낭만주의 관점에서 새롭게 해석하였다. 그는 노벨레『돈 주앙』에서 낭만주의 사조의 특징이라 할 '주관의 절대적 자유, 기이하고 환상적인 것의 추구, 현실 초월의 무한한 동경' 등을 장면의 요소요소에 결합시키고 있다. 오페라 <돈 주앙>에 대한 주인공 열광자의 자의적인 해석은 '주관의 절대적 자유'로 치환해 볼 수 있다. 특히 사랑과 에로스는 윤리적 기준에서보다는 '원초적

생명력으로서의 무한한 동경'이라는 낭만주의 모토와 연결되고 있다. 또한 오페라의 배우와 현실의 인물이 서로 교차하고, 무대 안의 주인공과 무대 밖의 주인공이 서로 동일시되는 진기하고 환상적인 일들을 장면 속에 배치시킴으로써 모차르트의 오페라는 낭만주의 관점에서 재해석된다. 마지막으로, '낭만주의의 무한한 동경'으로 상징되는 '돈나 안나'의 죽음은 끝없이 추구하는, 그리하여 지상에서 결코 완성될 수 없는 '영원성의 동경'으로 남는다.

4

슈니츨러의 『카사노바의 귀향』

\- 노년의 카사노바와 정체성

빈 모더니즘과 작가 아르투어 슈니츨러

아르투어 슈니츨러 Arthur Schnitzler의 『카사노바의 귀향 Casanovas Heimfahrt』(1917)은 세기 전환기 오스트리아 빈 모더니즘을 반영하는 작품이다. 19세기에서 20세기로 넘어가는 시기를 통상 '세기 전환기' 또는 '세기 말'이라 일컫는다. 19세기라는 한 세기를 마감하고 새로운 시대의 막을 열면서 문학과 예술도 극심한 진통을 겪었다. 독일은 어떤 한 사조로 정의내리기 힘들 정도로 다양한 형태의 양식들이 공존했다. 이 시기의 문학을 '양식다원주의'라 일컬으며, 인상주의, 신낭만주의, 신고전주의, 상징주의가 이에 해당한다. 반면 오스트리아는 '빈 모더니즘'이 세기 전환기의 중요한 예술사조로 자리 잡는다. 이 무렵 오스트리아의 빈은 정치적으로 불안정했다. 독일뿐만 아니라, 오스트리아도 제국건설기를 맞아 밖으로는 팽창을, 안으로는 급격한 경제적 성장을 이루었다. 은행과 공장, 주식회사가 이 무렵에 설립되었고, 산업혁명으로 인해 농촌에 거주하던 사람들이 대도시로 몰려들었다. 철도와 도로망이 확대되었고, 국가의 경제력이 빈에 집중하였다. 빈의 인구 역시 팽창되어 150만에

달했으며, 이 규모는 런던, 파리 다음이었다.

이러한 배경 하에 탄생된 세기전환기 빈의 예술은 근본적으로 도시의 예술이라 칭할 수 있다. 빈의 대도시 문화는 호화로운 백화점과 상점들, 즐비한 카페들과 함께 탄생했다. 다른 한편 이러한 근대화는 불안과 소외를 불러일으켰으며, 빈 모더니즘의 예술가들은 이를 극복하기 위해 예술에 몰두했다. 당시 활동했던 세계적인 사상가와 예술가들로 정신분석학자인 프로이트, 언어철학자 비트겐슈타인, 문학에서는 호프만스탈, 슈니츨러, 무질을 들 수 있다. 음악에서는 쇤베르크와 말러가, 회화에서는 에곤 실레, 클림트가 명성을 날렸다. 이들은 빈의 카페를 중심으로 지적 교류를 나누었고 '빈 모더니즘 Wiener Moderne'을 주도하였다. 빈 모더니즘의 주요특징은 미래에 대한 희망보다는 한 세기가 몰락한다는 데카당스한 분위기이다. 개별 존재의 불안, 욕망, 고독, 정념, 기성세대에 대한 거부 등이 문학과 예술 속에서 드러났다. 그 한 예로 슈니츨러의 작품에 등장하는 주인공들은 정체성을 잃고 무의식적 욕망에 갇혀 있으며, 섹스와 죽음의 경계선상에 놓인다. 호프만슈탈은 세기말의 멜랑콜리와 몽상적이고 도취적인 분위기에서 죽음을 예찬한다.

아르투어 슈니츨러

빈 모더니즘을 대표하는 작가 아르투어 슈니츨러는 1862년 오스트리아 빈에서 태어나고 아버지는 의사였다. 슈니츨러는 아버지처럼 의사가 되고자 빈 대학에서 의학을 공부했으며, 의학박사 학위를 취득하고 정신과 의사로 활동했다. 그러나 31세가 되던 1893년에 의사직을 그만두고 문학에 관심을 두면서 작가로서 활동하기 시작했다. 슈니츨러는 의사로서의 직업을 포기하고 문학 창작에 삶을 바쳤지만, 그의 박사학위 취득과 의사로서의 정신분석적인 직업 활동은 그의 문학작품에도 고스란히 담겨지게 되었다. 세기말의 빈에 관한 연구로 유명한 역사학자 칼 쇼스케 Carl E. Schorske는 슈니츨러에 관해 다음과 같이 기술하고 있다.

> 슈니츨러는 분노할 줄 모르는 예언가였다. 그의 속에 자리 잡은 학자정신은 도덕주의자와 예술가에게 보복하였다. 사회의 관찰자와 정신분석가로서 그는 자신에게 제시되는 세계의 모습을 그 자체 내에서 그럴 수밖에 없는 필연적인 것으로서 묘사했으나 정당화시키지는 않았다. 도덕은 본능적 충동 및 역사 속에서 벌어지는 파워게임과는 양립될 수 없는 것이다. 그는 용서할 수도 없었고 저주할 수도 없었다.

특히 슈니츨러는 프로이드와 친분을 쌓으면서 인간 내면에 존재하는 어두운 욕망, 무의식적 리비도와 섹스충동을 문학적으로 표현함으로써 세기 말 빈 사회를 중심으로 시민계급의 내면 깊숙이 자리 잡은 성적 욕망을 드러내었다.

슈니츨러는 1890년부터 후고 폰 호프만슈탈, 리하르트 베어호프만 등과 함께 세기말 빈 모더니즘의 형성에 기여한 '청년 빈파 Das junge Wien'의 대표적인 작가로 활동했다. 인간의 내면을 심리적으로 해부한 책을 써 프로이트의 경탄을 자아내기도 했다. 그의 대표작으로 『아나톨』이외에, 『구스틀 소위』(1901), 『카사노바의 귀향』(1917), 『엘제 양』(1924), 『꿈의 노벨레』(1926)이 있다. 장편소설로 『테레제, 어떤 여자의 일생』(1928)이 있으며, 1931년 뇌출혈로 사망한다.

노년의 카사노바, 과거와 현재에서 방황하다

1. 작품의 서사구조

1918년에 발표된 아르투어 슈니츨러의 『카사노바의 귀향』은 더 이상 젊고 매력적인 카사노바가 아닌, 노년의 길에 접어 든 카사노바를 주인 공으로 하고 있다. 그는 젊은 날 수많은 여성과 문란한 생활을 하여 추방 당했다가 53세가 되어 고향인 베네치아로 다시 돌아가고자 한다. 53세 인 주인공 카사노바는 오늘날의 기준으로 볼 때는 비교적 '중년'에 해당 한다고 할 수 있으나, 19세기 말 20세기 초 남성의 평균 수명이 45세였 다는 점을 감안해 볼 때 카사노바를 중년보다는 노년에 가까운 것으로 해석하는 것이 타당하다.

베네치아로 가는 길목에서 카사노바는 예전에 자신이 도움을 주었던 올리보를 만나게 되고 그의 집에 며칠간 머물게 된다. 그 곳에서 올리보 의 조카인 마르콜리나에게 반하게 되며, 그녀를 유혹하려 한다. 하지만, 그녀는 그에게 쉽게 넘어오지 않으며, 그러기에 그녀는 너무도 지적이고 총명한 여성으로 등장한다. 더욱이 그녀의 옆에는 젊고 건장한 애인 로렌치가 있다. 마르콜리나에게 애인이 있음을 알게 된 카사노바는 자신이 더 이상 옛날처럼 젊고 매력이 넘치는 '쾌남'이 아니라, 이제는 쓸모없는 '늙은이'에 불과하다는 것을 깨닫게 된다. 그는 좌절하게 되고, 절망감 속에서 올리보의 큰 딸 테레시아를 성추행한다. 또한 로렌치의 외투를 걸치고 마르콜리아의 방에 몰래 들어가 그녀를 범하며, 밖에서 기다리던 로렌치와 결투하여 그를 죽이고 도망친다. 그리고는 베네치아로 가 이전에 자신을 추격하던 사람들을 위해 스파이로 일하는 모멸감을 감수하게 된다.

2. '그리 늙지 않은, 그러나 결코 젊지 않은' 카사노바

작품의 주인공 카사노바는 53세이다. 53세의 나이는 그리 늙은 나이는 아니다. 그렇다고 결코 젊은 나이도 아니다. 그의 외모도 과거의 모습처럼 더 이상 젊고 매력적이지도 않다. 세상을 떠돌아다니다 조금 있으면 노년이 다가오고 있다는 불안감 때문에 카사노바는 이제 고향인 베네치아로 돌아가려 한다. 그리고 정말로 서서히 노년이 다가오고 있다. 카사노바는 자신의 정체성을 잃을 것 같은 두려움에 빠지기 시작하며, 작품의 시작부터 정체성에 대한 불안이 카사노바를 짓누르고 있다.

> 카사노바가 더 이상 청춘의 모험 욕 때문이 아니라 노년이 다가오고 있다는 불안 때문에 세상을 쏘다닌 지 이미 오래된, 쉰세 살 때였다. 그는 고향 베네치아에 대한 향수가 마음속에 사무치게 넘쳐나, 공중을 높

이 날다 죽기 위해 서서히 하강하는 새처럼 고향 주위를 원을 그리듯 가까이, 점점 가까이 맴돌기 시작했다.

　작품의 시작부터 '죽기 위해 서서히 하강하는 새'에 비유되고 있는 카사노바는 과거에 저지른 악행들, 즉 쾌활한 천성에서 기인하는 방자함과 논쟁벽, 거짓말 등으로 인해 베네치아 대평의회 의원들을 심기를 건드리게 되고 그로 인해 추방당하였다. 특히 그의 몹쓸 행동들, 예를 들면 여성들을 현혹하고 지나치게 문란한 생활은 돌이킬 수 없는 죄악으로 치부되면서 그가 베네치아에 발을 들여놓을 수 없게 만들었다. 그리하여 카사노바는 10년 전부터 대평의회 의원들에게 베네치아로 돌아갈 수 있게 해달라고 청원서를 제출해 왔다. 처음에는 반항과 고집이 담긴 청원서였으나, 날이 갈수록 진심어린 후회와 뉘우침이 담긴 내용의 청원서였으며, 최근에는 심지어 비굴한 느낌이 들 정도로 굽신거리는 탄원서를 보내게 되었다. 그리고 두달 전부터 카사노바가 머물고 있는 만토바에 베네치아의 한 영향력있는 인물이 편지를 보내어 조만간 유리한 방향으로 결정이 날 거라는 소식을 보내주게 된다. 그리고 카사노바는 수수한 한 작은 여관에서 그 사면통지를 기다리기로 마음먹고, 그동안 무신론자 볼테르에 대한 반박글을 써서 베네치아로 돌아가 출판하면 새로운 입지와 명망을 얻으리라 생각한다.

　온 세상을 떠돌아다니다 이제 고향인 베네치아로 간절히 돌아가고 싶어 하는 53세의 카사노바는 더 이상 과거의 화려한 영광을 지니고 있지 않다.

　방랑과 모험으로 수년, 아니 수십 년을 보내고, 온갖 행복과 불행을 겪고, 온갖 명예와 치욕을 경험하고 승리와 패배를 겪은 후, 그는 마침내 안식처, 고향을 가져야 했다. 그리고 그에게 베네치아 말고 다른 고향이 있는가? (…) 행운을 잡을 힘이 아직 남아 있긴 했지만, 더 이상 꽉 움켜쥐지는 못했다. 남자든 여자든 그는 이제 인간들에게 영향력을 미치지 못했다. 그가 추억을 말할 때만 그의 말, 목소리, 눈빛이 마력을 발휘했다. 그의 현재 모습은 영향을 미치지 못했다. 한창때는 지나갔다!

베네치아로 발을 들이려고 하는 53세의 카사노바에게서는 그야말로 '한창때'의 모습은 온데간데없이 사라졌다. 작품의 곳곳에는 카사노바의 과거의 화려했던 행적과 53세의 카사노바의 현재의 모습이 끊임없이 교차하며 비교되고 있다.

3. 카사노바의 과거를 숭배하는 인물들

카사노바의 과거와 현재의 모습이 그를 알고 있는 사람들을 통해 들추어진다. 사면통지를 받게 될 작은 여관으로 가는 도중에서 카사노바는 올리보를 만나게 된다. 올리보는 16년 전 카사노바가 도움을 베풀었던 인물이다. 그는 16년이나 지난 후 카사노바를 보고서 다음과 같이 말한다. "카사노바 선생님, 전혀 변하지 않으신 것 같아요! 게다가 16년이나 지났는데도 말이에요." 올리보에게는 16년 전 37살의 카사노바나 16년이 지난 53세의 카사노바가 똑같은 모습으로 비춰지고 있다.

그렇다면 올리보는 누구인가? 올리보는 16년 전 가난한 학교선생이었고, 궁핍하게 살아가는 한 아리따운 아가씨 아말리아와 사랑에 빠졌다. 그리하여 올리보의 아버지도 그리고 아말리아의 어머니도 이 비전 없는 결혼에 대해 극구 반대했다. 아말리아의 어머니는 당시 37살의 미망인이었으며 매혹적이었다. 카사노바는 아말리아의 어머니와 금세 친해졌고, 따라서 카사노바는 올리보에 대한 아말리아의 생각들을 아말리아 대신 모두 어머니에게 대변해줌으로써 어머니의 마음을 돌려놓았다. 또한 카사노바가 신부의 먼 친척이라 소개되었으며, 이 친척이 아량을 베풀어 결혼식 비용은 물론 지참금도 내준다고 약속하여 올리보의 아버지도 결혼을 반대할 수가 없었다. 그리고 결혼 전날 밤, 아말리아는 마치 전령처럼 나타난 이 귀족 후원자에게 고마움을 표시하려고 카사노바를 찾아가게 된다. "뺨이 달아오른 채" 카사노바의 "마지막 포옹"에서 몸을 빼면서 아말리아는 이 사실을 신랑인 올리보에게 영원한 비밀로 남긴다. 말하자면, 카사노바는 아말리아의 어머니와도 그리고 그녀의 딸이자 올리보의 신부인 아말리아와도 동시에 사랑의 행각을 벌였던 것이다. 그리고 이 사실을 전혀 모르는 올리보는 지금까지 카사노바를 생명의 은인으로 간주하고 있다. 올리보는 당시 카사노바가 주었던 금화 150개로 시작하여 성실하게 일하고 돈을 불려서 16년이 지난 지금은 크게 성공하였다. 3년 전에는 빚을 진 마을의 한 백작으로부터 포도농원이 딸린 낡은 성을 구입해서 안락하게 살 수 있었다. 올리보는 비옥한 땅과 성, 아내 아말리아, 세명의 딸과 행복하게 살 수 있게 된 것은 모두 카사노바의 은총 덕분이라고 말한다. 그리고 올리보는 카사노바가 베푼 은혜를 자신이 다소나마 갚을 수 있도록 며칠간 자신의 집에 머물다 가기를 간청한다.

이러한 이유로 올리보는 카사노바를 객관적으로 볼 수 있는 판단이 애초부터 봉쇄되어 있다. 그의 현재의 행복이 곧 카사노바가 베푼 은총으로부터 왔다고 생각하기 때문이다. 카사노바에 대한 감사의 마음은 과거 카사노바의 명성과 연결되면서 현재까지도 그대로 지배하게 만들며, 따라서 카사노바의 실상과 현재의 모습을 볼 수 없게 만든다.

이러한 현상은 올리보의 아내 아말리아에게서도 나타난다. 아말리아는 집에 도착한 카사노바를 보고서는 거리낌 없이 반가워 한다. 아말리아에게는 카사노바가 여전히 예전 그대로이다. 16년 전처럼 카사노바의 음성은 그녀에게 유혹적으로 들린다. 그녀는 식사 도중 카사노바가 들려주는 말에 눈빛을 반짝이며, 넋이 나간 듯 바라본다. 그리고 산책 중에 카사노바와 단 둘이서만 남게 되었을 때는 심지어 다음과 같이 고백한다.

> 카사노바, 당신이 이렇게 다시 왔네요! 이 날을 얼마나 고대했는지 몰라요. 이런 날이 오리라는 것을 알고 있었어요. (…) 나는 지난 16년 동안 오늘 만을 꿈꾸었어요!

아말리아는 16년 전 결혼 전날 밤, 카사노바와의 사랑을 아직도 잊지 못한다. 심지어 카사노바가 그녀의 꿈속에까지 나타나며, 카사노바의 모습은 16년 전 이래로 변함없이 똑같은 모습이라고 말한다. 카사노바는 아말리아에게 최초로 육체의 쾌감을 일깨워준 남성이며, 이러한 카사노바에게 아말리아는 거의 숭배에 가까운 태도를 보인다. 16년이 지나 나타난 카사노바는 아말리아에게 결코 늙은 남성이 아니다. 카사노바에 대한 아말리아의 욕망도 예전이나 지금이나 똑같다. 아말리아는 카사노바가 예전의 모습과 똑같다고 말한다.

> 당신은 늙지 않았어요. 내게 당신은 결코 늙을 수 없어요. 당신의 품에서 나는 처음으로 황홀함을 맛보았어요. 그래서 나는 내 마지막 환희도 당신과 함께 할 거라고 확신해요!

아말리아에게 카사노바는 마치 초자연적인 존재로 비춰진다. 16년 전 결혼 전날 밤, 올리보와의 결혼을 성사시키게 해 준 대가로 처녀성을 바쳤던, 그러나 그로부터 육체의 환희를 알게 해준 카사노바는 아말리아에게 세상의 사람들과는 무언가 다른 더 높은 세계의 사람처럼 느껴진다. 카사노바에 대한 아말리아의 존경과 숭배는 마치 그녀가 성직자를 대하는 것과도 같다. 마치 거룩한 성직자의 손에 입 맞추듯 아말리아는 카사노바의 손에 입맞춤하며, 그녀의 태도 역시 순종적이다.

16년 전 카사노바가 만났던 올리보와 아말리아는 모두 과거의 인물들이다. 올리보는 카사노바의 도움으로 아말리아와 결혼할 수 있었으며, 오늘의 성공을 누릴 수 있었다. 따라서 올리보에게는 카사노바의 현재의 모습이 눈에 들어오지 않으며, 카사노바를 객관적으로 바라볼 수 있는 판단이 차단되어 있다. 아말리아도 결코 다르지 않다. 그녀 역시 카사노바가 베푼 은총과 더욱이 카사노바를 통해 일깨워진 육체의 감각을 아직도 기억하며 그를 변하지 않은 과거 속의 인물로 박제화시키고 있다.

4. 과거의 영광과 초라한 현실에서 방황하는 카사노바

그러나 16년 전 과거의 인물들이 카사노바를 추어올릴수록 카사노바는 자신의 늙고 쭈글쭈글한 외모에 좌절하고 만다. 아말리아가 카사노바의 모습이 예나 지금이나 전혀 다를 바 없다고 말하지만, 카사노바는 아말리아에게 절규하듯 다음과 같이 말한다.

> 아말리아, 나를 좀 봐요! 내 이마의 주름을… 그리고 내 목의 주름살

을 말이오! 또 여기 눈에서 관자놀이 쪽으로 깊이 팬 곳을! 그리고 여기, 그래요, 여기 안쪽에는 어금니가 하나 없소. (…) 그리고 아말리아, 이 손을 봐요! 이 손을 좀 봐요! 손가락은 짐승 발톱 같고… 손톱에는 작고 노란 반점들이 있소… 아말리아, 여기 핏줄들은 시퍼렇고 부풀어 올라서 영락없는 늙은이 손이오!

카사노바는 53세라는 나이와 함께 자신이 늙어가고 있다는 사실을 너무도 잘 알고 있다. 이마와 목에는 깊은 주름이 잡혀있고, 얼굴의 관자놀이도 깊이 패였으며, 이는 빠지고 손과 손톱은 부풀어 올라 이제 카사노바는 세월을 어쩔 수 없는 '늙은이'가 되고 있는 것이다.

올리보의 집에 며칠 머물면서 카사노바는 여러 사람과 만난다. 후작과 후작부인, 올리보의 조카 마르콜리나와 로렌치, 마르케스, 마을의 신부 등과 식사를 나누면서 이들로부터 자신의 화려했던 과거의 행적과 명성에 대해 얘기를 나눈다. 이들에게 카사노바는 하나의 상징이자 전설이다.

과거 카사노바는 외교적인 업무로 온 세계를 돌아다녔다. 마드리드, 파리, 런던, 암스테르담, 페테르부르크를 돌며 여러 계층의 남녀와 쾌활한 만남과 진지한 대화를 나누었다. 또한 러시아의 예카테리나 여제의 궁전에서 친절하게 영접을 받기도 했으며, 프리드리히 대제가 그를 포메른 지방의 융커들을 위한 사관학교의 교사로 임명할 뻔하기도 했다. 속세의 제후들과 성직자들에게 온갖 총애와 특별대우를 받았고, 돈도 많아 큰돈을 흥청망청 쓰고 도박으로 날리고 사람들에게 선심을 베풀기도 했다. 어디 그뿐인가? 젊고 매력적인 카사노바에게는 늘 여성들이 뒤따랐다. 수많은 여성들이 카사노바의 매력에 사로잡혀 그의 주위를 맴돌았다. 장교복장을 하고 카사노바와 함께 여행했던 이름 모를 여성, 마드리드 귀족출신 신기료장수의 딸, 어떤 여군주보다 말을 잘 탔던 토리노의 아름다운 유대 여자 리아, 결혼할 뻔했던 유일한 여자인 사랑스럽고 순결한 마농 발레티, 바르샤바의 여가수, 수녀, 노름꾼 크로체, 그리고 아말리아 등 카사노바는 수많은 여성들과 만나며 사랑을 나누었다. 그렇게 '카사노바'는 수많은 사람들의 입에 올리며 '자유와 사랑을 꿈꾸며 세계를 방랑하는 전설적인 존재'로 자리매김 되고 있었다.

그렇다면, 과거의 화려한 영광을 뒤로 하고 현재의 카사노바는 어떠한가? 53세의 카사노바, 아주 늙은 나이는 아니지만, 그렇다고 결코 더 이상 젊은 나이도 아니다. 그의 화려한 젊음도 세월과 함께 사라졌다. 얼굴과 목에는 노화를 나타내는 주름이 깊이 패고, 손발은 영락없는 '늙은이'의 모습을 보여주고 있다. 더욱이 중요한 것은 카사노바에게는 예전처럼 부와 권력이 더 이상 존재하지 않는다는 것이다. 그는 이제 그저 영국과 스페인의 옛 친구들에게서 얼마 안 되는 푼돈이나 얻어 쓰는 가난뱅이이며, 고향에서 추방당한 미천한 시민이자 거지일 뿐이다. 카사노바는 과거의 영광과 현재의 초라함 속에서 방황한다. 심지어 과거의 화려한 이력들 속에서 현재의 비루함을 잊기까지 한다.

그는 자신이 실제로 지금도 복이 터지고 부끄러움을 모르고 화색이 만연한 카사노바인 것 같았다. 영국과 스페인의 예 친구들한테서 얼마 안 되는 푼돈이나 얻어 쓰는 영락한 가난뱅이가 아니라, 아름다운 여자들과 세상을 돌아다니고, 속세의 제후들과 고위 성직자들에게서 상당한 총애와 특별대우를 받고, 큰돈을 흥청망청 쓰고 도박으로 날리고 사람들에게 선심을 풀었던 카사노바 그대로인 것 같았다. 얻어 쓰는 푼돈마저 들어오지 않는 경우가 종종 있어서, 페로티 남작이나 그의 손님들이 주는 보잘것없는 몇 푼에 의지하는 신세이면서 말이다.

그러나 과거의 영광이 크면 클수록 비루한 현실을 살고 있는 카사노바를 더욱 초라하게 만들었다. 그는 노년이 다가오는 것에 대해 불안을 느낀다. 그리고 이제는 예전처럼 자신이 사람들에게 영향력을 발휘하지 못한다는 것을 너무도 잘 알고 있다. 예전에는 그의 말과 목소리, 눈빛이 마력을 발휘해 사람들을 휘어잡았지만, 이제는 그렇지 못하다. 그의 한창때가 지나간 것이다. 심지어 그에게는 후회감마저 든다. 그가 젊음을 그리 낭비하지 않고, 좀 더 인내하고 신중했더라면 지금쯤 자산가나 외교관으로서 최고가 되었을 것이라고 반문한다. 그러나 다시금 성공하기에는 너무 늦었고, 그는 너무 늙었다.

노년의 카사노바, 여전히 카사노바인가?

1. 노년의 카사노바와 마지막 모험

카사노바가 여타 다른 사람과 다른 점이 있다면 새로운 모험에 대한 끊임없는 욕구와 열정이다. 과거에 그는 여자들이 가져다주는 새로운 모험을 위해 매 순간 전부 내던져버리고 그것에 몰두했다. "열망에서 욕망으로, 욕망에서 열망으로" 끊임없이 새로운 모험을 찾아 나섰으며, 그러한 자신의 삶을 후회하지 않았다. 진부하기 짝이 없는 지루한 일상에서 벗어나 늘 자신을 설레게 하는 새로운 모험과 열정, 그것을 좇아 평생을 달려왔던 것이다. 물론 초라한 현실의 모습에서 잠시 후회하는 마음과 늙어가는 자신의 추한 모습에서 자괴감을 갖긴 했지만, 그는 곧 자신의 정체성이 '모험'을 찾아 나서는 열정이라고 규정하며, 그것이 자기 삶의 방식, 즉 '카사노바식 삶의 방식'이라 규정하고 있다.

　　그는 여자들을 위해 매 순간 뭐든지 전부 내던졌다. 신분이 높거나 낮거나, 정열적이거나 냉정하거나, 처녀나 창녀나 가리지 않고 말이다. 새로운 사랑의 보금자리를 위해 하룻밤 동안에는 현세의 온갖 명예와 저세상의 온갖 지복도 그는 늘 관심 밖이었다. 그런 그가 삶에서 뭔가 놓쳤을지 모른다고 후회할까? 이처럼 영원히 추구하지만 못 찾는다고 해서, 그러니까 열망에서 욕망으로, 욕망에서 열망으로 이처럼 현세적이고 초현세적으로 도망다닌다고 해서 말이다. 아니다. 그는 전혀 후회하지 않았다. 그는 그 누구 못지않게 자기 인생을 살았다. 그리고 여전히 자기식대로 살고 있지 않은가?

'카사노바식 삶의 방식'에는 새로운 모험에 대한 욕구와 열정, 그리고 즉흥성이 뒤따른다. 자신을 설레게 하는 새로운 모험을 따라 그때그때마다 계획도 즉흥적으로 수정하며 새로운 모험이 가져다주는 열정에 몸을 내맡기는 것이다. 카사노바는 과거에도 그러했지만, 53세의 노년이 된 나이에도 여전히 새로운 모험에 전율하며 그 모험을 따라 즉흥적으로 움직인다.

젊은 날 문란한 생활로 고향인 베네치아에서 추방당한 카사노바는 사면통지를 받고 고향으로 돌아가고자 하며, 만토바의 한 여관에서 사면통지를 기다릴 계획을 하고 있다. 그는 여관으로 가는 도중 올리보를 만난다. 올리보는 16년 전 카사노바가 준 금화로 지금은 크게 성공했다며, 자신의 집에서 며칠 머물 것을 간곡하게 부탁했다. 카사노바는 처음에는 시큰 둥 했으나, 곧이어 올리보가 자신의 조카인 마르콜리나가 함께 머물고 있어 필요한 책들은 그녀로부터 빌려 볼 수 있을 것이라는 말에 귀를 쫑긋한다. 그리고는 여관에 머물려고 했던 원래의 계획을 바꾸고 올리버의 집에 며칠 간 거주하기로 결심한다. 이유는 바로 새로운 모험, 즉 올리버의 조카인 마르콜리나를 유혹하고자 하는 욕망 때문이다. 여관

주인에게 사면통지에 대한 정보를 안내해주고 간단한 짐을 챙긴 후 올리버를 다시 만나 그의 집으로 가는 마차에 올라탔을 때 벌써 카사노바는 마르콜리나에 대한 상상으로 몸이 달아오른다.

　　　그는 아직 한 번도 본 적이 없는 마르콜리나양을 상상했다. 창 맞은편의 하얀 침대에 누워, 흘러내린 이불 아래 반쯤 벗은 채 잠에 취한 손으로, 방으로 들어오는 장과와 개암을 막는 모습이었다. 그러자 불현 듯 어처구니없는 열정이 솟아났다. 그는 마르콜리나가 로렌치 소위의 애인일 거라고 거의 확신했다. 마치 두 사람이 몹시 다정하게 포옹하고 있는 것을 보았다는 듯 말이다. 그는 본 적도 없는 마르콜리나가 죽도록 보고 싶어졌고 누군지도 모르는 로렌치가 미워졌다.

마르콜리나는 올리버의 이복형제의 딸이다. 20살이 채 안 되었지만, 나이에 비해 상당히 박식한 젊은 아가씨이다. 어머니는 일찍 돌아가시고 볼로냐에서 의사로 일하던 아버지와 살면서 그녀는 일찍이 총명함으로 주위를 놀라게 했으며, 몇 년 전 아버지가 세상을 떠난 뒤에는 볼로냐 대학의 저명한 교수인 모르가니 교수로부터 고등수학의 기초를 배우고 있다. 그녀는 여름마다 몇 달씩 숙부인 올리버의 집에 머문다. 그리고 며칠 전 책이 가득 담긴 상자를 들고 올리버의 집에 내려와 이른 아침 6시부터 점심때까지 정원에서 공부하고, 오후에는 올리버의 세 딸과 놀이를 하며 시골의 한적함과 여유를 누린다.

카사노바는 로렌치 소위가 올리버의 집을 방문한다는 소리를 듣고 그가 마르콜리나의 애인이라는 것을 직감하게 된다. 아직 한 번도 보지 못한, 20살이 채 안 된 젊은 아가씨 마르콜리나를 새로운 모험이자, 어쩌면 마지막 도전으로 생각하면서 벌써 카사노바는 마르콜리나에 대한 상상과 환상, 열정으로 가득 차 있다. 그리고 마르콜리나와 포옹하고 있는 로렌치소위를 떠올리면서 벌써 질투심과 증오심으로 불타오른다. 마르콜리나에게 로렌치소위가 있다는 것이 오히려 더 카사노바의 도전의식과 승부욕을 자극하면서 마르콜리나를 차지하려는 욕망을 부추긴다.

마르콜리나는 과거의 영광과 현재의 초라함 속에서 흔들리는 카사노바에게 자신의 정체성을 다시 되찾게 만드는 대상이다. 또한 그녀의 싱그러운 젊음은 늙어가는 카사노바를 다시 젊게 해주고, 그로 하여금 과거의 화려했던 영광을 다시금 되찾게 한다는 상징적인 의미를 지니고 있다. 따라서 카사노바가 마르콜리나에게 목을 매는 이유는 '늙어가고 있는' 현실의 초라함을 극복하고자 하는 욕망이자 도전 욕구 때문이다. 53세의 노년인 카사노바에게 있어 마르콜리나는 자신의 남성성을 시험해 보는, 어쩌면 생의 마지막 모험이라는 절박감이 내포된 것이다.

2. 마르콜리나, 세기 전환기의 신여성?

카사노바가 마르콜리나를 처음 대면하는 장면에서 마르콜리나는 그다지 특별하거나 매력적인 모습으로 나타나지 않는다. 카사노바가 아래층 식당으로 내려갔을 때, 마르콜리나는 그저 "아래로 흘러내리는 칙칙한 회색 옷을 입은" 사랑스러운 용모의 아가씨일 뿐이다. 올리보가 마르콜리나에게 카사노바를 소개할 때도 마르콜리나는 별 반응 없이 시큰둥하게 인사할 뿐이다. 과거 카사노바가 화려한 시절을 지낼 때는 이러지 않았다. 그가 "매혹적인 광채"를 뿜어내던 청년시절이나, "위험한 매력"을 풍기던 장년시절에 그를 처음 보는 사람일지라도 모두 눈을 반짝거리며 그를 맞이하곤 했었다. 여자들은 카사노바를 보고서 "입술에 경탄의 표현이나 떨림"이 나타나곤 했었다. 그러나 지금 카사노바 앞에 앉아 있는 마르콜리나에게는 그러한 반응과 표현이 전혀 나타나지 않았다. 오히려 카사노바가 그녀를 향해 "열광과 열망의 불꽃"을 가득 담은 눈으로 바라볼 때도 그녀는 어떠한 반응도 없이 그저 시큰둥할 뿐이다. 마르콜리나의 옆에 자리를 잡은 카사노바는 그녀의 육체에 대한 상상으로 어쩔 줄을 모른다.

그는 그녀를 감싸고 있는 칙칙한 겉옷 너머로 그녀의 벗은 몸을 떠올렸다. 도도록한 가슴이 그를 향해 활짝 펼쳐졌다. 그리고 그녀가 바닥으로 미끄러진 손수건을 집어 올리려고 몸을 한 번 구부리자, 불붙은 카사노바의 환상이 그녀의 움직임에 음탕한 의미를 부여해 그는 거의 기절할 지경이었다.

카사노바가 음흉한 눈으로 마르콜리나를 바라보자, 그녀는 매우 불쾌하고 언짢다는 표정으로 그를 바라볼 뿐이다. 과거에 여성들에게 접근하는 수법과 방법이 마르콜리나에게 전혀 먹히지 않자 저녁나절, 산책길에서 카사노바는 대화법을 바꾼다. 그리고 그녀가 좋아하는 학문과 수학에 대한 이야기로 그녀에게 조심스럽게 다시 접근한다. 심지어 경건함으로, 그리고 "지체 높은 사람에게 대하듯, 그녀의 마음에 들 수밖에 없는 공손한 어조"로 그녀에게 대화를 청한다. 그녀가 골똘히 몰두하고 있는 고등수학과 수학자 카발라에 관해 대화를 나누게 되었을 때 카사노바는 카발라가 수학의 한 지류가 아니라 형이상학적 완성이라고 말함으로써 고등수학을 다소 폄하하는 발언을 하게 된다. 이에 대해 마르콜리나가 겸손하고 정중하면서도 날카롭게 논박한다.

경애하는 카사노바 선생님, 선생님의 유명한 말재주를 입증할 엄선된 증거를 제게 제시하려는 것 같은데, 그 점에 대해서는 솔직히 감사드립니다. 그러나 선생님은 카발라가 수학과 아무 관련이 없을 뿐만 아니라 바로 수학 고유의 본질에 죄를 범하는 것을 의미한다는 것을 잘 알고 계십니다. 수학과 카발라의 관계는, 소피스트들의 종잡을 수 없고 터무니없는 허튼소리와 플라톤과 아리스토텔레스의 분명하고 수준 높은 이론들의 관계와 같습니다.

마르콜리나의 논리는 카사노바를 당황시킬 만큼 탁월했다. 그녀는 그의 "적수"였다. 그녀는 지식에 있어서나, 명민한 사고력에 있어서나 그에게 조금도 뒤지지 않았고, 비록 말재주는 카사노바만큼은 아니었어도, 표현의 명확함에 있어서는 카사노바를 능가하고 있다. 그는 마리콜리나의 말을 경청하면서 놀라움을 금치 못한다. 심지어 마르콜리나가 이의를 제기하자 답변이 궁해지면서 자신의 정신 상태가 완전히 붕괴될 위험에 직면했음을 인식하게 된다. 그리고는 다음과 같이 속말을 하게 된다.

마르콜리나는 그냥 여자가 아냐. 학자이고 철학자이며, 내 생각에는 세계적인 기적일 뿐이야. 하지만 여자는 아냐.

카사노바에게 자신의 정체성이란 여성들 위에 군림해서 "강하고, 위엄 있고, 남성적"이어야 하는 것을 의미한다. 그러나 자신을 위협하는 마르콜리나의 지적인 능력 앞에서 카사노바는 마르콜리나를 "여자가 아냐. 세계적인 기적일 뿐이야." 라고 단정함으로써 마르콜리나가 지닌 여성성을 폄하하고 있을 뿐만 아니라, 남성으로서의 자신의 정체성을 은연중에 변호하고 있다. 마르콜리나의 여성성을 부인함으로써 카사노바는 자신의 지적인 열등감을 속이고, 나아가 자신의 남성성을 위로하며, 구제하고 있다.

마르콜리나는 지금껏 카사노바가 만난 여성 중 가장 총명한 여성이다. 그리고 카사노바는 지금까지 만난 여성들에게서, 더욱이 채 스무 살도 안 된 젊은 아가씨에게서 이처럼 자유로운 사상을 접해 본 적이 없다. 벌써 다양한 독서를 통해 20세가 안된 젊은 나이에도 수많은 지식을 갖추고 있었고, 명민한 사고력과 표현의 명확함을 갖추고 있다. 이러한 마르콜리나의 모습은 세기 말 이후 새롭게 등장하는 신여성의 이미지를 상징한다. 그녀는 전통적인 가치관에 얽매어 여성의 역할에만 매몰되어 있는 대다수 여성의 모습과는 전혀 다른 이미지를 하고 있었다. 외모에는 별로 신경을 쓰지 않지만, 그동안 남성들이 몰두해 왔던 학문의 영역에 발을 들여놓고 있다. 그녀는 볼로냐 상인과 로렌치로부터 청혼을 받았음에도 불구하고 모두 거절했으며, 볼로냐의 교수의 지도로 평생 여류 수학자로 학문에 몰두하고 있다. 마르콜리나의 여성이미지는 세기말을 거치면서 당시 20세기 초반의 여성운동과 여권신장과도 일정정도 연관이 있다. 전통적인 현모양처의 여성 생활패턴이 아닌, 학문의 영역에 몸을 담고 삶을 주체적으로 살아가는 마르콜리나의 모습은 20세기 초반 등장하는 '신여성'의 이미지를 반영하고 있다.

바로 이러한 이유로 마르콜리나와 다른 세대를 살았던 카사노바에게 이 새로운 유형의 여성은 낯설기 그지없으며, 다가가기가 쉽지 않다. 말하자면, 이 새로운 유형의 여성성에 "노화된" 남성성이 대면하고 있기 때문이다.

3. '왕년의 카사노바', 남성성에 깊은 상처를 받다

마르콜리나가 보여주는 모습은 대단히 지적이지만, 다른 한편 어린아이 같은 순수한 모습도 보여주고 있다. 그녀는 올리보의 세 딸 중 큰딸인 테레지아와 키가 비슷하며, 세 딸과 노는 모습은 해맑기 그지없다. 카사노바는 이런 마르콜리나의 모습에서 신선함과 새로움, 그리고 지금껏 느끼지 못한 새로운 열정과 욕망을 느낀다. 그러나 마르콜리나의 젊음을 욕망하면서도, 예전의 다른 여성들을 유혹하듯 그녀를 그렇게 쉽게 유혹할 수 없다는 것을 알게 된 카사노바는 아말리아에게 중간에서 '뚜쟁이' 노릇을 해 줄 것을 부탁한다.

> 마르콜리나는 나를 다시 젊게 해줄거요. 아말리아, 내가 그녀를 차지할 수 있도록 주선해주오. (⋯) 그녀가 처녀든 창녀든 결혼한 새색시든 과부든. 그게 나와 무슨 상관이겠어. 나는 그녀를 가질 거요. 나는 그녀를 원해! (⋯) 처녀의 포옹이 나를 다시 건강하게 만들어줄 수 있다고 그녀에게 말해주오. 그렇소. 그녀에게 그렇게 말해요.

카사노바에게 있어 마르콜리나는 젊음과 청춘을 뜻한다. 그러나 맹목적으로 젊음을 찾으려는 카사노바는 도덕의식이 결여된 채 수단과 방법을 가리지 않고 마르콜리나를 취하고자 한다. 아말리아를 '뚜쟁이'로 내세우려 하기도 하고, 마르콜리나의 환심을 사고자 이러 저러한 방법들을 떠올린다.

> 내가 부자라면⋯ 금화 만 두카텐이 있다면⋯ (⋯) 오, 내가 영주라면⋯ (⋯) 내게 사람들을 투옥하고 사형에 처할 권력이 있다면⋯

카사노바는 더 이상 자신에게 없는 젊음을 되찾고자 마르콜리나를 유혹할 수 있는 방법들로 부와 권력을 떠올린다. "내가 부자라면, 내가 영주라면, 내게 권력이 있다면"이라고 부르짖는 카사노바는 부와 권력을 거머쥐면 쌀쌀한 마르콜리나도 자신에게 다가올 것이라고 착각하고 있는 것이다. 이 방법은 카사노바가 과거에 여성들에게 종종 써 왔던 익숙한 방법이었다. 하지만 현실적으로 그는 부도, 권력도 모두 지니고 있지 않다.

카사노바를 더욱 불안하고 절망에 빠뜨리는 것은 로렌치 소위의 존재이다. 그는 사람들 간에 마르콜리나의 애인이라는 소문도 있고, 마르콜리나에게 청혼했다가 거절당했다는 소문도 있다. 로렌치 소위는 젊고 수려한 외모와 당당함을 지니고 있다.

> 로렌치는 준수하고 호리호리한 용모에 표정이 젊은 나이임에도 불구하고 눈에 띄게 날카로웠다. (…) 카사노바는 아주 잠깐 동안 로렌치가 누구를 연상시키는지 곰곰이 생각했다. 그러고는 여기서 그에게 맞서고 있는 사람이 다름 아닌 30년 정도 젊은 모습의 자신임을 깨달았다. 내가 로렌치의 모습으로 되돌아온 걸까?

마르콜리나를 사이에 두고 카사노바와 로렌치가 라이벌이지만, 카사노바는 로렌치에게서 30년 전 자신의 모습을 떠올린다. 로렌치는 카사노바가 예전에 지녔던 '제2의 자아 Alter Ego'인 것이다.

그 다음 날 새벽 카사노바는 볼테르에 대한 반박문을 생각하며 밖에 나갔다가 우연히 마르콜리나의 방에서 창밖으로 몰래 빠져나가는 로렌치 소위를 발견한다. 카사노바는 심한 충격을 받는다. 어린애처럼 순진무구하고, 학문에만 몰두하여 로렌치 소위의 청혼도 거절했다던, 그래서 자신에게도 시큰둥하며 쌀쌀맞던 그 마르콜리나가 로렌치 소위와 밤을 지새운 것이다. 카사노바는 마치 "매 맞던 개가 인간으로 되돌아온 것처럼" 심한 충격으로부터 정신을 차린다. "매질을 육체적인 고통이 아니라, 심한 수치로 느끼도록 저주받은 인간"처럼 카사노바가 받은 충격은 이루 말할 수 없다. 그는 마르콜리나가 자신을 배반이라도 한 것처럼 욕을 퍼부어댄다.

> 위선자, 거짓말쟁이, 매춘부… 그는 그럴 권리가 있기라도 한 듯 그녀에게 욕지거리해댔다. 그녀가 애인한테 정절을 맹세해 놓고 배반이라도 한 것처럼. 그는 그녀에게 직접 해명을 요구하겠다고 다짐했다. 올리보, 아말리아, 후작, 신부, 하녀와 하인들 앞에서 그녀의 면전에 대고, 그녀는 음탕한 어린 창녀일 뿐 아무것도 아니라고 공공연히 말하겠다고 속으로 다짐했다.

카사노바는 자신의 남성성에 깊은 상처를 받고 충격과 패배감으로 축 늘어져 자기 방으로 되돌아온다. 그러나 서랍장 위의 거울 앞에 서자 더욱 비참한 느낌이 들었다. 거울에 비친 얼굴은 바로 창백한 "늙은이"의 모습이다. 그리고 자신의 늙고 추한 모습을 바라보면서 카사노바는 마르콜리나를 향하여 다시 욕하기 시작한다.

> 너도 다른 여자들처럼 뚱뚱해지고 쭈글쭈글해지고 늙게 될 거야. 가슴은 축 처지고 머리는 푸석푸석 하얗게 세고, 이는 빠지고, 냄새는 지독한 늙은 여자가 되어서… 마침내 죽게 될 거야! 그리고 썩겠지! 그러면 벌레들의 먹이가 되겠지.

카사노바가 마르콜리나를 욕하는 장면은 우스꽝스럽고 심지어 코믹하기까지 하다. 세상을 주름잡고, 수많은 여성을 유혹했던 '왕년의 카사노바'는 채 20살도 안된 마르콜리나로부터 자신의 남성성에 심하게 상처를 받고, 그 보복 심리로 앙심을 품으며 철부지 어린 애처럼 욕을 해댄다. 지금은 그 젊음으로 자신의 남성성을 마구 짓밟았지만, 언젠가는 마르콜리나의 여성성도 빛을 잃을 것이고, 얼굴에 주름이 자글자글할 것이며, 그리고는 끔찍하게 늙어서 죽을 거라고. 그렇게 악담을 퍼부으면서 카사노바는 자신을 위로하고, 자신의 남성성을 변호하려 한다.

그러나 마르콜리나로부터 받은 상처가 아물기도 전에 카사노바를 또다시 깊은 충격으로 빠뜨린 사건이 생긴다. 베네치아로부터 추방된 이후 카사노바는 고향으로 다시 돌아갈 수 있도록 수많은 간청의 편지를 보냈다. 그리고 드디어 대평의회 의원의 한 사람이자 카사노바를 위해 열심히 변론을 해준 브라가디노씨로부터 편지가 온다. 편지의 내용인즉슨, 카사노바가 베네치아로 들어오는 것을 허용하는 대신, 그 대가로 카사노바를 쫓아냈던 사람들을 위해 스파이노릇을 해야 한다는 것이다. 자신을 추방시킨 사람들을 위해 베네치아에 돌아가 비굴하게도 스파이 노릇이나 해야 한다는 사실에 카사노바는 크게 분노한다. 그것은 지금까지 자신이 쌓아놓은 명예와 존재감, 정체성에 먹칠하는 것이나 다름없다.

4. 카사노바, '유혹자'에서 '성 추행범'으로 전락하다

로렌치가 마르콜리나와 밤을 지새운 사건과 스파이를 전제로 한 카사노바의 베네치아 입국허용은 둘 다 카사노바의 남성성에 깊은 상처를 주고 좌절감을 가져다준다. 이 이중의 상처와 좌절감으로 인해 카사노바는 공격적으로 변한다. 그리고 그 공격의 대상은 올리보의 첫째 딸인 테레시나였다. 13살의 테레시나는 올리보의 심부름으로 카사노바의 방에 올라온다. 사람들이 아래에서 모두 모여 카드놀이를 하려고 기다린다는 메시지를 전달하러 온 것이다. 상처와 좌절감, 분노로 가득 차 있던 카사노바는 홧김에 어린 테레시나를 완력으로 끌어당기고 침대에 눕혀 추행한다.

> 카사노바는 테레시나의 어깨를 붙잡아 얼굴에 입김을 내뿜고는 그녀를 끌어당겨 침대에 눕혔다. 그녀는 어쩔 줄 몰라하는 커다란 눈으로 그를 바라보았다. 그녀가 소리를 지르려고 입을 벌리자, 카사노바는 무서운 표정을 지었다. 그러자 그녀는 마비라도 된 듯 모든 것을 그가 원하는 대로 내버려두었다. 그는 그녀에게 다정하면서도 거칠게 키스하고 속삭였다.

위의 장면에서 카사노바는 더 이상 '사랑'과 '정열'을 노래하는 로맨티스트로서의 카사노바가 아니다. 그는 13살 어린 소녀를 힘으로 누르고, 공포감을 조성하며, 미성년자를 겁탈하는 파렴치한 성추행범일 뿐이다. 심지어 그는 "테레시나, 이 일을 신부에게 말하면 안 돼. 고백성사 때도 안 돼. 그리고 나중에 애인이나 신랑감이나 남편이 생긴다면 그들도 알 필요가 없어. 어쨌든 항상 거짓말해야 해. 부모형제도 속여야 해."라고 말하며 테레시나로 하여금 발설하지 않도록 협박까지 한다. 과거의 젊음을 되찾으려는, 그리고 젊음을 통해 자신의 '남성성'을 확인하려는 카사노바는 급기야 미성년자를 추행하는 범행까지 저지르게 된다. 젊음에 대한 맹목적, 편집증적 욕구가 왜곡되고 뒤틀린 욕망으로 변질된 것이다.

늙은 카사노바는 그 옛날 화려한 '여성 유혹자'에서 끔찍한 '성 추행범'으로 전락한다. 이것은 어린 테레시나를 추행하는 일로 끝나지 않는다. 그 날 저녁 카사노바는 마르콜리나를 몰래 범하게 된다. 식사 후 저녁나절 카드놀이에서 카사노바는 로렌치로부터 돈을 모두 딴다. 로렌치는 후작에게서 2천 두카텐이라는 어마어마한 돈을 빌려 카드놀이를 하다 카사노바에게 모두 잃은 것이다. 그리고 후작은 그 돈을 다음 날 아침까지 가져다주지 않으면 로렌치를 파멸시키겠다고 엄포를 낸다. 후작이 이렇게 강하게 나오게 된 이유는 얼마 전부터 자신의 부인과 로렌치가 부적절한 관계를 맺고 있다는 것을 알게 되었기 때문이며, 이를 보복하고자 하는 심리가 크게 작용했다. 로렌치로서는 다음 날이면 전쟁터로 나갈 출정식을 마쳐야하고, 그 때까지 후작의 돈을 어디선가 구해 오지 않으면 안 되었다. 그러나 돈을 구할 가망성은 전혀 없었다.

그리고 바로 이때 카사노바가 이 기회를 이용하게 된다. 로렌치의 돈을 모두 움켜쥔 카사노바는 그에게 다가가 거래를 한다. 2천 두카텐을 로렌치에게 다시 돌려주는 조건으로 로렌치의 외투를 입고 로렌치 대신 마르콜리나의 방으로 들어가 마르콜리나와 하룻밤을 지새우겠다는 것이다. 그러면서 카사노바는 다시 조건을 내세운다. 마르콜리나가 절대 이 사실을 알아서는 안 되며, 자신과 하룻밤을 지새우는 남자가 카사노바가 아닌, 로렌치임을 철석같이 믿어야 한다고 말한다. 그 이유는 카사노바에게 저항하고 내적으로 밀어내는 여자를 소유한다는 것은 결코 어떠한 만족도 가져다주지 못하기 때문이라는 것이다.

> 의지가 없는 여자, 내적으로 저항하는 여자를 소유하는 것은, 바로 이런 경우 내 기대를 충족시켜주지 못할 테니까요.

이 기괴하기 짝이 없는 카사노바의 발언과 거래는 몇 시간 전 어린 테레시나를 추행할 때를 연상시킨다. 테레시나의 의지와 상관없이 그녀를 추행했으며, 지금 또다시 마르콜리나의 의지와 상관없이 그녀를 범하려는 것이다. 여기서 알 수 있는 사실은, 카사노바에게 있어 여성이란 자신의 남성성을 돋보이고 과시하기 위한 대상물에 불과하다는 것이다.

카사노바는 여전히 로렌치를 자신의 '제2의 자아 Alter Ego'로 간주하며, 심지어 로렌치에게 자신이 정신적으로 형제라고 확신시킨다.

> 로렌치, 우리는 기질이 같고, 정신적으로는 형제요. 그래서 우리의 영혼은 거짓된 수치심 없이, 아무 것도 숨김없이 당당하게 대면할 수 있는 거요. 여기 내 돈, 아니 소위님의 2천 두카텐이 있소. 내가 소위님 대신 마르콜리나와 하루 밤을 함께 보낼 수 있게 해준다면 말이오.

파멸의 위협에 놓인 로렌치는 오랜 침묵 끝에 망설이다 끝내 정원 열쇠와 외투를 카사노바에게 넘기고 2천 두카텐을 받아간다. 그 사이 카사노바는 사면통지를 받으러 여관으로 떠난다고 사람들에게 모두 이별을 고한 후, 말을 타고 다시 되돌아 와 밤 12시가 되자 로렌치의 외투를 걸치고 마르콜리나의 방으로 침입해 들어가는 사기극을 펼친다.

여기서 작가 슈니츨러는 17세기 스페인의 티르소 데 몰리나의 '돈 후안' 모티브와 18세기 이탈리아의 실존 인물 '카사노바'의 모티브를 결합하고 있다. 티르소 데 몰리나의 『세비야의 농락자와 초대받은 석상』의 주인공인 돈 후안은 지인인 모타후작의 사촌여동생 도냐 아나를 알게 되고 그녀의 아름다움에 반한다. 그리하여 도냐 아나가 모타후작에게 전하는 메시지를 우연하게도 자신이 받게 되고, 후작의 망토를 받아 밤 11시에 후작 대신 도냐 아나를 만나 그녀를 속인 후 유혹한다. 카사노바가 로렌치의 외투를 걸치고 마르콜리나의 방으로 침입해 들어가는 장면은 돈 후안이 후작의 망토를 걸치고 도냐 아나를 유혹하는 장면과 오버랩 된다.

칠흑 같은 밤, 카사노바를 로렌치로 착각한 마르콜리나는 창문을 열어주고, 카사노바는 꿈에도 그리던 마르콜리나를 품에 안는다. 격렬한 포옹과 사랑의 회오리가 지난 뒤, 카사노바는 깊은 잠에 빠지며 새벽녘이 되어서 꿈을 꾸게 된다. 꿈의 내용인즉슨 카사노바가 마르콜리나와 함께 가면을 쓴 채 베네치아의 대평의회에 등장하고 모든 사람이 가면 쓴 카사노바를 알아채며 감탄과 존경을 마다하지 않는다. 돈과 권력을 휘어잡은 카사노바는 자신감에 넘치며 우쭐해 한다. 그런데 사람들의 무리사이로 마르콜리나가 사라지며 카사노바는 마르콜리나를 찾으려 헤매고 다닌다. 어디를 가도 마르콜리나를 찾을 수가 없다. 그리고 카사노바는 바다에 빠지게 되고, 카사노바는 죽음의 공포를 느끼며 비명을 지르면서 꿈에서 깨어난다.

꿈에서 깨어난 카사노바는 소스라치게 놀란다. 새벽빛이 창 틈사이로 들어오고, 그 사이로 마르콜리나가 경악한 표정으로 자신을 바라보고 있었다. 마르콜리나는 말할 수 없는 경악과 분노로 카사노바를 쏘아보았고, 카사노바는 수치심을 느낀다.

> 카사노바는 그녀가 자기를 어떻게 보고 있는지 알았다. (…) 그것은 깊이 팬 주름, 얇은 입술, 누렇게 뜬 음흉한 얼굴이었다. 그 얼굴은 간밤의 격렬한 정사와 아침에 꾼 허겁지겁 쫓기는 꿈, 그리고 깨어났을 때의 끔찍한 깨달음으로 인해 세 배는 더 엉망이 되었다. 그리고 그가 마르콜리나의 눈길에서 읽어낸 것은 도둑놈, 난봉꾼, 악당이 아니었다. 그거라면 차라리 천 배는 나았으리라. 그는 오로지 하나만 읽어냈다. 그것은

그를 온갖 다른 모욕적인 욕지거리보다 굴욕적으로 깔아뭉갤 법한 것이었다. 그는 '늙은이'라는 말을 읽었다.

경악으로 자신을 바라보는 마르콜리나의 눈길에서 카사노바는 치욕스럽기 그지없는 '늙은이'라는 말을 읽어낸다. 그리고 카사노바 자신이 간밤에 벌인 일은 마르콜리나의 여성성을 능욕한 것일 뿐만 아니라, "교활한 술수가 신뢰를, 욕정이 사랑을, 늙음이 젊음을 능욕한" 것이라 깨달으며 말할 수 없는 수치심과 패배의식을 느낀다.

5. 노년의 정체성, 베네치아의 스파이로 막을 내리다

카사노바는 수치심으로 극에 달아 알몸에 외투를 걸친 채 창밖으로 도망쳐 나온다. 도망쳐 나오자 밖에는 기다렸다는 듯이 로렌치가 칼을 들고 결투를 신청했다. 카사노바는 외투를 젖히고 알몸으로 칼을 들었으며, 이에 맞서 로렌치도 옷을 벗어 던지고 알몸으로 결투를 했다. 카사노바와 로렌치의 알몸의 대결은 둘 다 상처받은 남성성을 비유적으로 말해주고 있다. 카사노바는 결투에서 로렌치를 죽이게 되고, 그것은 자신의 '제2의 자아 Alter Ego'인 영원한 젊음을 소멸시키는 것에 다름 아니다. 즉 자신의 적수만을 죽이는 것이 아니고, 상징적으로는 자신의 신화와 정체성의 근거가 되는 그 자신의 일부도 죽인 것이다.

카사노바는 허겁지겁 말에 올라타 베네치아로 도망간다. 베네치아는 이미 그의 신화가 유지되는 곳이 아니다. 예전에는 자유로운 정신의 상징이었던 카사노바가 이제는 생존을 위해 자유에 맞서는 스파이로 복무

해야 하는 것이다. 『나의 편력』이라는 유명한 책을 남긴 18세기 베네치아의 역사적 실존 인물 카사노바와는 달리, 슈니츨러의 노벨레에서 카사노바는 몰락의 지점에 와 있다. 그에게는 미래가 없다. 작품의 결말에서 카사노바는 꿈도 꾸지 않고, 아무 것도 느끼지 못한 채 그저 잠들어 있을 뿐이다. 노년의 정체성이라는 혼란을 겪은 카사노바가 이제 미래 없는 타협으로 베네치아에 안주하는 것으로 작품은 끝을 맺는다.

슈니츨러의 카사노바는 세기말의 데카당스한 인물유형을 상징적으로 보여주고 있다. 그는 '현실'을 사랑 속에서만 체험하려 하며, 따라서 자신의 존재감과 남성으로서의 정체성을 위해 끊임없이 새로운 자극을 찾아 나선다. 스스로를 여전히 젊고 멋진 애인으로 상상하고, 아니 착각하고, 그리하여 이를 위해 젊은 남성이든, 여성이든 그들을 자신의 희생물로 삼는다. 카사노바가 보여주는 남성성은 '늙어가는' 자신의 추한 현실을 의도적으로 밀쳐내고, 화려한 과거의 젊음에 사로잡혀 빚어낸 결과물이다. 바로 이러한 이유로 '늙음'과 '젊음' 간에 갈등이 생기게 된 것이며, 카사노바가 좌절하고, 결국 공격적으로 변모하게 된 것이다. 슈니츨러의 『카사노바의 귀향』은 따라서 '늙고 추해가는' 유혹자의 추락을 보여줌과 동시에 무책임하고 순간만을 위해 즉흥적으로 살아가는 카사노바의 최후를 보여주고 있다.

슈니츨러의 『카사노바의 귀향』은 세기 전환기에 엄습하는 '위기감'을 '남성성의 위기'와 접맥시켜 형상화한 작품이다. 카사노바는 육체적으로나 정신적으로 영원한 젊음을 누리려 하지만, 현실은 벌써 초라한 노화의 길목에 들어 서 있다. 그는 자신의 남성성을 성적으로 과장되게 연출함으로써 초라한 현실을 극복하고자 한다. 방향을 잃고 위기에 빠진 남성성은 심지어 위협적이라 느껴지는 여성성과 대면하게 된다. 소위 세기

말 새롭게 대두되는 '여성해방'과 '남성의 위기'가 맞물려있는 것이다. 위기에 빠진 '남성성'을 되돌리기 위해 카사노바에게 있어 여성의 폄하는 필수적이며, 이것은 미성년자를 추행하거나 로렌치를 가장해 마르콜리나를 범행하는 공격적인 형태의 '섹슈얼리티'로 나타난다. 자신의 정체성을 되찾으려 했던 카사노바는 결국 작품의 끝에서 자신의 젊음을 소멸시키고, 이를 통해 젊음과 연결된 남성성을 파괴하게 한다.

5

호르바트의 『돈 주앙, 전쟁에서 돌아오다』

- 전쟁의 트라우마, 가치관의 전도, 남성성의 위기

전통적 가치관의 붕괴와 여성운동

외덴 폰 호르바트 Ödön von Horváth의 작품 『돈 주앙, 전쟁에서 돌아오다 Don Juan kommt aus dem Krieg』(1936)는 1차 세계대전의 패배와 인플레이션 등 1920년대의 독일 사회를 배경으로 하고 있다. 작품의 시간적, 공간적 배경은 정확히 1919년부터 1923년까지다. 독일사회에서 이 시기는 한 마디로 격동기라 할 수 있다. 19세기 말 프로이센 제국이 이룬 업적들은 1차 세계대전으로 인해 패하면서 급하강하였고, 경제적인 궁핍과 인플레이션뿐만 아니라, 전통적인 가치관은 붕괴되고 새로운 가치관이 들어서는 등 격동의 시기라 할 수 있다.

19세기 말에는 독일이 독일 통일을 이루고 비스마르크와 빌헬름 황제의 통치로 유례없는 승승장구의 가도를 이루었다. 특히 비스마르크는 1862년 국왕 빌헬름 1세가 군비 확장 문제로 의회와 충돌하던 시기에 프로이센 총리로 임명되어 취임 첫 연설에서 "현재의 큰 문제는 언론이나 다수결에 의해서가 아니라 철과 피에 의해서 결정된다."고 선언하면서 소위 '철혈정치'를 펼쳐 나갔고, 비스마르크는 '철혈재상'이라는 별

명을 얻었다. 결국 그는 1864년과 1866년 두 차례의 전쟁에서 승리하여 북독일연방을 결성하였고, 이어 1870~1871년 전쟁에서 승리함으로써 독일 통일을 이룩하였다. 그는 대내외적인 발전과 함께 독일을 강대국으로 신장시키는데 크게 공헌하였다. 프리드리히 2세는 대표적인 계몽 전제 군주로 대외적으로는 오스트리아 왕위계승 전쟁, 7년 전쟁, 폴란드 분할 등 영토 확장 정책을 펼쳤으며, 안으로는 과학적인 농법 채용, 법률의 간소화, 산업의 장려 등 근대화 정책을 추진하였다. 그는 "군주는 국가 제1의 공복이다."라는 유명한 말을 남겼다.

프로이센은 독일의 동북부에 위치하고 있지만 지리적 의미만으로 한정되지 않고, 19세기 말에서 20세기 초까지의 이데올로기와 세계관에 지대한 영향을 미쳤다. 비스마르크와 빌헬름 황제 I세, II세에 의한 프로이센 제국은 19세기 말 독일이 독일통일을 이루며 정치, 경제적으로 확장하는데 결정적인 역할을 했다. 여기에는 프로이센 제국이 내세우는 이데올로기와 가치관도 크게 한몫했다. 프로이센 제국의 성립과 함께 소위 독일의 '남성 담론'이 확고한 위치를 차지하였다. 독일의 남성담론은 18세기와 19세기 사이에 민족국가가 형성되는 과정에서 이루어졌는데, 이 무렵 군사화된 남성은 민족 담론과 결합되어 민족영웅으로 부각되었고, 1차 세계대전 이후에는 '남성동맹 Männerbund'으로 확장되었다. 남성은 '인간' 일반으로 확대 해석되면서 특히 '강인한 남성', '군사화된 남성', '영웅', '조국' 등의 거대 담론들이 이 시기의 중요한 지배 담론으로 등장했다. 남성과 여성의 역할은 당연히 이분화되었으며, 전통적이고 보수적인 이데올로기와 가치관이 주도적이었다.

그러나 1914년에 시작하여 1918년 독일의 실패로 끝난 1차 세계대전은 독일에 심각한 타격을 가져왔다. 1차 세계대전의 결과로서 빌헬름제국은 군사적, 정치적인 붕괴를 초래하였고, 전통적인 가치관과 규범들은 마구 흔들렸다. 또한 일상생활에서 국민이 현실적으로 겪었던 생활고는 이루 말할 수 없었다. 전쟁이 장기화되면서 국내에는 생필품이 부족하였다. 1916년에는 감자생산에 차질이 생겨 식량 사정은 극도로 악화되었다. 대도시에서 생필품 부족은 국민의 반발감을 초래했다. 이뿐만이 아니다. 빵과 감자가 충분히 배급되지 않자 국민들은 부족한 식량 대신 순무로 배고픔을 달래기도 했다. 굶주림에 지친 라이프치히의 노동자들은 1917년 항의하며 노동조건을 개선할 것을 요구하기도 했다.

1차 세계대전에 패하면서 독일의 빌헬름 제국은 무너지고, 대신 새로운 바이마르 공화국이 건설되지만 전후 해결해야 할 사안들이 산더미처럼 쌓이고 재정적인 어려움 역시 피하기 힘들었다. 제1차 세계대전에서 승리한 연합국은 독일의 해외 이권 포기, 독일의 영토·군비 제한, 막대한 배상금을 지불해야 한다는 베르사유 조약을 체결했으며, 이로 인해 독일은 극도의 생활고에 시달리게 되었다. 이러한 상황에서 우익 보수화 세력이 득세하자 1920년에 카프운동이 일어나고, 루르 지방에서는 공산당이 중심세력이 되는 반혁명운동이 연이어 일어났다.

보수 제정파와 좌익급진파의 반대세력들이 더욱 늘어나고, 급기야 연합국에 대한 배상금 지불과 외국 군대의 주둔 등으로 경비증대가 극심하여 인플레이션을 초래하게 되었다. 1923년 1월 11일에 배상금 지불이 조금 늦어진 점을 이유로 프랑스와 벨기에 연합군이 루르 지방을 점령함에 따라, 인플레이션은 더욱 격화되고 경제적인 파국을 피할 수 없었다. 인플레이션으로 인하여 국민생활은 극도로 곤궁해졌다.

호르바트의 작품『돈 주앙, 전쟁에서 돌아오다』의 시대적 배경이 되는 1919년부터 1923년 사이에 나타난 흥미로운 사실은 전통적인 가치관의 붕괴와 함께 새로운 가치관이자 세계관으로서 여성운동이 활발해 졌다는 사실이다. 호르바트의 작품에도 등장하는 새로운 유형의 여성들, 즉 페미니스트들의 등장은 이 시기의 여성운동을 일정 정도 반영한 것이 라 할 수 있다. 1919년 1차 대전이 패하고 11월 혁명이 일어나면서 독일 은 급격한 정치적 변화를 겪었다. 빌헬름제국이 멸망하고 바이마르 공화 국이 들어서면서 사민당이 집권하게 되었다. 사회주의 혁명이 들어서는 것에 두려움을 가졌던 정부는 여성들에게 선거권을 부여했다. 다만 보수 적인 성향을 지닌 여성들만이 선거에 참여할 수 있었다. 이로 인해 여성 들은 처음으로 선거할 수 있게 되었으며, 여성후보도 등장하였다.

이것은 당시만 해도 획기적인 사건이었다. 물론 여성운동이 이 시기에 갑자기 등장한 것은 아니다. 여성운동의 단초는 19세기 초반부터 서서히 그 태동을 보였지만, 바이마르 공화국시대에 소위 본격적인 의미의 '제1 기 여성운동사'가 형성되었다. 1919년 실시된 선거에서 1500만 명의 남 성과 1700만 명의 여성이 투표에 참여했다. 당시 여성의 선거 참여율은 82.3%에 달했고, 310명의 여성이 출마했으며, 총 41명이 여성의원으로 선출되었다. 이 숫자는 총 423명의 의원 중 9.6%에 해당한다. 바이마르 공화국의 여성의원들은 교육정책과 사회복지 분야에서 여성의 권리를 향상시킬 것을 요구하였다. 결과적으로 1920년에는 여성들 역시 교수가 되기 위해 치러야 하는 교수자격시험을 볼 수 있도록 허용되었다. 1922 년에는 여성들에게 법조계에 나갈 수 있도록 문호가 개방되었다.

한편, 이 시기에 급진적인 여성운동가들도 활발하게 자신들의 주장을 관철했다. 남성들의 가장 큰 문제점은 매춘부를 통해 여성들을 남성들의 성적 착취자로 희생시키면서, 일반 여성들에게는 도덕성과 순결을 요구 한다는 것이다. 즉 남성들에게는 매춘을 허용하면서 여성에게는 도덕성을 요구하는 이중적인 잣대를 비판하였다. 이들은 공창제를 폐지할 것과 여성들을 궁핍에서 벗어나게 할 것을 강력히 주장하면서, 여성들의 자유연애와 자유결혼 등도 강조하였다. 이 무렵 신세대 급진파로 떠오른 헬레네 슈퇴커 Helene Stöcker는 여성과 관련한 다양한 법적 조항들을 새롭게 주장하면서, 여성의 성생활을 남성과 같이 자유롭게 인정할 것을 강조했다. 즉 여성 역시 남성과 똑 같이·사랑할 권리가 있으며, 따라서 여성의 성생활을 공식적인 결혼의 테두리에만 한정하는데 반해, 남성들에게는 매춘이라는 또 다른 채널을 허용한다는 것은 위선이라고 주장하였다. 이 시기의 독일여성운동은 보수적인 성향이든 급진적인 성향이든 여성의 참정권과 교육권을 획득하고, 남성사회의 이중적 도덕성을 지적함으로써 변화를 촉구하였다.

돈주앙의 가치관의 혼돈과 죽음의 에로스

1. 작가 외덴 폰 호르바트

외덴 폰 호르바트는 1901년 오스트리아-헝가리계의 아버지와 헝가리-독일계 어머니 사이에서 태어났으며, 헝가리계 독일어권 작가에 속한다. 외교관인 아버지를 따라 독일의 뮌헨과 헝가리의 부다페스트를 왕래하다가 뮌헨에서 문학과 연극을 수학했다. 그는 19세기 민중극의 전통을 이어받아 창작활동에 몰두했으며, 1938년 36세의 젊은 나이로 요절하기까지 짧은 생애 동안 다수의 작품을 내놓았다. 사회주의 노동운동에 관심을 두었고 정치적으로는 좌파성향을 지녔으며 나치즘에 반대하였다.

그는 1933년 히틀러가 집권하자 나치의 탄압으로 유럽을 떠돌아다니다 불의의 사고로 죽었으며, 요절로 인해 전쟁이 끝날 때까지 독일어권에 잘 알려지지 않았다. 그러나 1960년대와 1970년대의 서독에서 민중극이 부활하면서 호르바트에 대한 재조명이 이루어졌다. 특히 라이너 베르너 파스빈더, 프란츠 크사버 크뢰츠 등의 극작가들이 사회비판적인 민중극을 무대에 올려 대중의 호응을 받게 되자, 1930년대의 호르바트도 새롭게 각광을 받았고 '호르바트 르네상스'를 이루게 되었다. 그 동안 알려지지 않은 호르바트의 작품들이 공연됐으며 그의 작품에 대한 학문적 연구도 이루어졌다.

호르바트는 국내에는 잘 알려지지 않았지만, 독일에서는 1960년대에 재발견되어져 베르톨트 브레히트에 버금가는 작가로 추앙받기까지 한다. 호르바트의 민중극에서는 소시민이 주인공이다. 그의 작중인물들은 과거의 민중극에서 보이는 것처럼 방언을 사용하는 것이 아니라 새로운 교양은어를 사용한다. 교양은어란 소시민들이 자신

외덴 폰 호르바트

의 사회적 상황을 감추고, 실제로는 오래 전부터 동경의 대상인 중산층 계급에 속하고자 할 때 사용하는 말투를 뜻하며, 이를 통해 호르바트는 영락한 소시민의 허위의식을 폭로하고 있다. 대표작으로 『이탈리아의 밤』, 『빈 숲속의 이야기』, 『카시미르와 카롤리네』가 있다.

2. 작품의 서사구조와 정거장식 드라마

1937년에 발표된 호르바트의 『돈 주앙, 전쟁에서 돌아오다』는 제1차 세계대전 직후 1918년부터 1923년 사이에 발발한 독일 경제 대공항과 인플레이션을 작품의 배경으로 하고 있다. 이 시기는 패전의 결과로 인

한 황폐함, 바이마르공화국의 설립, 각종 사회정치적 사건과 위기가 만연했고, 극에 달한 인플레이션은 당대 사회와 가치관에 지대한 영향을 미쳤다. 전통적인 사고방식은 무너지고 여성해방은 이 시기의 남녀관계를 규정하는 데 결정적인 영향을 미쳤다. 작품의 주인공 돈 주앙은 예전에 한 여인을 사랑하지만 그녀에게 이별을 고하며, 그로 인해 그녀는 마음에 상처를 입고 자살한다. 전쟁에서 돌아온 돈 주앙은 자살한 옛 애인에 대해 심한 죄책감을 갖으면서 그녀와 조금이라도 흡사하거나 닮은 구석이 있는 여성이라면 모두 접근한다. 그리하여 약 35명가량의 여성이 그의 주변을 맴돈다. 하지만 이들 여성은 대다수 전통적인 가치관에서 벗어나 자유롭고 해방적인 사고방식을 지니고 있다. 이들은 이전의 '돈 주앙 신화'에서 보이는 바와 같이 돈 주앙과의 사랑에 목을 매는 여성들이 아니다. 돈 주앙이 이들 여성과 맺는 관계는 적극적이고 능동적인 것이 아니라 수동적이고 소극적이다. 그는 단지 그의 주변을 맴도

2014년 잘츠부르크 공연

는 여성들에게서 옛 애인의 모습을 찾을 뿐이며, 결국 작품은 비극과 분노로 끝난다. 전통적인 가치관의 붕괴와 새로운 사고방식 사이에서 갈등하고, 그럼에도 불구하고 완벽한 사랑을 꿈꾸는 돈 주앙은 마침내 죽음을 통해 갈등을 종식하고 완벽한 사랑을 이루려 한다.

호르바트의 『돈 주앙, 전쟁에서 돌아오다』는 '서문 - 1막 - 2막 - 3막'으로 구성된 드라마이다. 서문에서는 작품의 시대배경과 등장인물, 주인공 돈 주앙에 대한 코멘트, 드라마투르기적 특징들이 서술되어 있다. 시대적 배경은 1차 세계대전이 끝난 직후의 상황이다. 1차 세계대전이 끝난 1918년과 1919년을 시점으로 전쟁의 패배와 그로 인한 파업과 혁명의 혼란, 노동운동의 실패가 묘사된다. 이 상황에서 경제 대공항과 인플레이션이 발발하고, 전통적인 가치관은 무너지며 새로운 사고방식과 가치관들이 속속 들어서고 있다. 남성에 대한 시각뿐만 아니라 여성에 대한 시각도 전통적인 가치관으로부터 벗어나며, 여성해방운동도 이 시기의 새로운 현상으로 나타난다.

흥미롭게도 작가 호르바트는 바로 이러한 독특한 시대적 배경과 상황을 '돈 주앙'의 모티브와 결합시키고 있다. 그리고 서문에서 이러한 시대적 배경을 돈 주앙과 결합하게 된 이유를 밝히고 있다. "나는 우리 시대의 돈 주앙을 묘사하고자 한다. 왜냐하면 우리의 특별한 시대가 점점 가까이 다가오고 있기 때문이다." 작품의 배경은 정확히 1919년부터 1923년까지이다. 전쟁의 실패로 인한 패배감이 팽배하고, 경제 대공항, 인플레이션 등이 작품의 주요 배경이다. 호르바트는 이 시기의 중요한 특징인 인플레이션이야말로 "모든 가치를 바꾸어 놓는 기준"이라고 평가하고 있다. 전통적인 가치는 위기를 맞고, 새로운 가치들이 우후죽순 대두되고 있다. 호르바트의 작품에서는 바로 이러한 시대적 상황이 크게 부각되어 나타나는데, 돈 주앙에 관한 수많은 작품들 중 호르바트의 돈 주앙만큼 시대적 배경이 전면에 등장하는 작품도 없다.

호르바트는 서문에서 돈 주앙의 상황 및 돈 주앙에 관한 정보를 독자들에게 제공하고 있다.

> 사회 모든 것에 엄습해버린 이 시대의 혼돈으로 인해 개개의 인간들은 내면 깊숙이까지 너무도 많이 변모해 있으며, 이것이 바로 우리 시대의 전형적인 특징이기도 하다. 그리고 돈 주앙도 전쟁에서 돌아왔으며, 자기가 다른 사람이 되었다고 생각한다. 그러나 그는 자신의 본래 모습 그대로 있을 뿐이다. 그는 어떻게 달리할 수도 없다. 그는 여자들에게서 벗어나지 못한다.

전쟁과 인플레이션은 사회의 모든 것을 속속들이 변화시키고, 개개의 인간들도 내면 깊숙이 변화한다. 전쟁에서 돌아 온 돈 주앙은 자신도 역시 변했다고 믿지만, 작가 호르바트는 돈 주앙의 본성은 그대로 남아 있으며, 주변에 늘 여성이 떠나지 않는다고 코멘트 하고 있다.

전쟁터에 나간 남성들은 모두 전사하고 이 드라마에 등장하는 남성은 오로지 돈 주앙뿐이다. 서문에 표기된 등장인물은 '돈 주앙과 35명의 여성들'이다. 마을에 남성이라고는 하나도 없어 여성들은 코믹하게도 돈 주앙을 보자마자 그에게 달려든다. 돈 주앙 이외의 다른 남성들은 등장 인물의 대화와 보고 속에서만 거론 될 뿐이다.

서문에는 35명의 여성인물들에 대한 코멘트가 있다. 등장인물이 35명 이기는 하나, 실제로 무대에 등장하는 배우는 9명이다. 그리고 이 9명의 배우에 대한 표기는 '역할 1'에서부터 '역할 9'로 다시 분류된다. 역할 1을 맡은 여배우는 1막에서 나이 든 여가수와 수간호원의 역할을 맡고,

2막에서는 수간호원과 어머니의 역할을, 3막에서는 어머니와 노년의 여성 역을 맡는다. 이와 유사하게 역할 2를 맡은 배우에서부터 9를 맡은 배우에 이르기까지 35명의 등장인물은 서로 역할을 나누어 중복으로 출연한다. 배우들의 이러한 역할 분배에 대해 호르바트는 다음과 같이 말하고 있다. "실제로 35명에 해당할 만큼 여성의 종류가 그리 다양하지 못하다. 오히려 이보다 더 적을 뿐이다." 그리고 이 9명의 여배우는 특성상 비극적 여성, 경박한 여성, 침잠해 있는 여성, 야심 찬 여성, 발랄한 여성, 성격이 불같은 여성, 분노하는 여성 등으로 구분된다고 한다.

이 드라마가 보여주는 또 다른 특징은 정거장식 구성이라는 점이다. 정거장식 드라마는 드라마의 한 구성형태로서 그 자체 완결된 하나의 장면들이 마치 정거장처럼 나열된 드라마를 일컫는다. 이러한 유형의 드라마는 사건 진행의 일관된 긴장성을 요하는 '폐쇄형'과 반대되는 개념으로 각각의 에피소드들이 독립적으로 나열되어 있다. 따라서 이 작품

2014년 잘츠부르크 공연

은 하나의 스토리로 연결되어 긴장된 구조를 이루는 것이 아니라, 돈 주앙이 1막에서 3막까지 35명의 여성을 만나면서 발생하는 에피소드들로 나열된 것이다. 마치 한 정거장에서 다음 정거장으로 옮겨가듯 돈 주앙은 다양한 유형의 여성들을 만나며 이야기가 에피소드식으로 전개된다.

3. 돈 주앙과 35명의 여성
- 가치관의 혼돈과 이상적인 남성상의 부재

전쟁은 사회도, 돈 주앙도, 여성도 바꾸다

1차 세계대전이 끝나고 전쟁터에서 돌아 온 돈 주앙은 몸과 마음이 모두 지쳐있다. 그리고 전쟁의 체험과 부상은 그를 이전과는 다른 사람으로 만들었다. 돈 주앙은 전쟁터에서 돌아오자마자 한 여인을 애타게 찾는다. 그는 전쟁 전 한 여인을 사랑했고 그녀와 약혼까지 했으나 결국 그녀를 떠나고 만다. 돈 주앙이 떠나자 약혼녀는 절망에 빠지고 자살하고 만다. 돈 주앙은 전쟁터에서 심하게 부상당한 채 돌아온 후, 자신의 잘못을 깊이 뉘우치며 약혼녀를 다시 찾아 떠돌아다닌다. 그는 전쟁터에서 유일하게 살아남은 남성이다. 이로 인해 돈 주앙이 나타나는 곳에 여성들이 몰려들고, 그때마다 돈 주앙은 발작적으로 자신이 예전과 달리 변했음을 강조한다.

돈 주앙: 전쟁으로 인해 제가 변했다고 생각합니다.
미망인: 당신의 재능이 말이에요?

돈 주앙: 그건 잃어버린 것 같습니다.

미망인: 아니에요, 당신은 그대로에요.

돈 주앙: 저는 피곤합니다.

돈 주앙은 한 미망인과의 대화에서 전쟁을 통해 자신이 근본적으로 변했다고 말한다. 하지만, 호르바트가 서문에서 밝힌 것처럼, 돈 주앙은 여성편력이라는 '돈 주앙'의 고유한 역할을 충실하게 수행한다. 물론 돈 주앙은 전쟁에서 돌아 온 후 약혼녀를 애타게 찾고 그녀에게 수많은 편지를 보낸다. 하지만 약혼녀로부터 단 한 장의 편지도 받지 못한다. 그녀는 돈 주앙으로부터 버림받자 자살했고, 이 사실을 돈 주앙은 모르고 있다. 약혼녀로부터 아무런 답장이 없자 결국 돈 주앙은 "답장이 없으니, 본래의 내 모습으로 돌아갈 테요"라는 편지를 남기고, 그에게 몰려드는 35명의 여성을 차례대로 만난다.

작품에 등장하는 35명의 여성은 전쟁과 인플레이션으로 인해 존재바탕이 흔들리며, 일상생활과 가치관에도 변화를 겪는다. 전쟁이 끝나고 평화가 오지만 그녀들은 "이제 더 이상 빵도, 소금도, 기름도 없네. 이게 평화야?"라고 반문한다. 생필품은 극도로 부족하고 당장 생존문제가 시급하다. 그러나 생존문제뿐만 아니라 사회적 지위의 변화, 가치관의 변동도 모든 것을 뒤흔들었다. 미망인으로 등장하는 여성은 교수였던 남편이 죽자 유복한 중산층 시민계급에서 프롤레타리아계급으로 전락한다. 그녀는 급작스런 추락으로 인해 자신이 속하게 될 프롤레타리아계급에 대한 이해와 역할에 큰 혼란에 빠진다. 1막이 시작되면서 두 여성이 나누는 대화의 내용은 급격한 사회변화와 이로 인한 갈등을 보여준다.

두 번째 여성: 남자들 없이 살아남아야 하는 여자들이 정말 안 됐어요.
첫 번째 여성: 무슨 소리하는 겁니까? 남자 한 사람은 인간이 아니었나
　　　　요?
두 번째 여성: 아니지요.

위의 대화 중, 두 번째 여성은 남성들이 전쟁터에 나가 모두 죽고 돈
주앙만이 유일한 생존자로 돌아오자 현실을 개탄한다. 이제 남성들의
도움없이 여성들이 홀로 생존해 나가야 하기 때문이다. 그러나 첫 번째
여성은 유일한 생존자인 돈 주앙을 여전히 '위대한 남성', 즉 '인간'이라
고 믿고 있다. 두 여성의 대화는 1차 대전 직후 변화된 상황과 남성에
대해 서로 다른 입장을 보여준다. 첫 번째 여성은 1차 대전 이전의 전통
적 가치관과 남성관을 그대로 답습하고 있다. 그녀는 19세기 말 프로이
센 제국시대의 남성들의 거대담론이라 할 '전쟁과 조국' 등 낭만적 영웅
주의를 여과 없이 그대로 수용하고 있다. 그녀는 남성들이 일으킨 전쟁
에 높은 관심을 보이고, 당대의 정치 분위기와 곧 다가올 평화에 희망을
품고 있다. 뿐만 아니라, 그녀는 '남성'이 여성위에 군림하는 존재이자,
'인간' 전체를 대표한다는 가부장적 이데올로기를 무비판적으로 내면화
한다. 따라서 그녀에게는 전쟁의 유일한 생존자인 돈 주앙이 여전히 여
성 위에 존재하는 '남성'이며, '인간' 대표인 것이다.

그러나 두 번째 여성에게 프로이센시대의 군국주의와 영웅담론은 관
심사가 아니다. 조국을 위해 희생하며 장렬히 전사한다는 남성들의 낭만
주의 거대담론보다는, 이 궁핍한 시대에 아이들을 어떻게 먹여 살릴 것
이며, 또 돈은 어떻게 벌어야 할지의 생존문제가 더 시급하다. 당장 입에
풀칠하는 것이 급선무다. 따라서 그녀에게 있어 남성은 여성 위에 군림
하는 존재라거나 '인간' 대표는 더 이상 아니다. 남성이란 그저 여성의

힘든 일과 책임감으로부터 일을 덜어줄 수 있는 '사용가치'일 뿐이다. 두 여성의 대화는 1차대전과 인플레이션을 기점으로 전통적 가치와 남성에 대한 여성들의 상이한 시각과 사고의 충돌을 보여준다. 특히 후자의 입장은 여성등장인물들에게서 종종 나타난다. 따라서 돈 주앙이 '골리체' 전쟁터에서의 대승을 자랑하며 등장해도 여성인물들은 관심밖이다. 심지어 한 여성은 "그래? 뭐, 거기가 다 거기지."라며 어디에서 전승했든 상관없이 시큰둥해 한다. 오히려 전쟁과 인플레이션으로 인한 극심한 빈곤 앞에서 여성들은 남성들이 만든 전쟁과 빈곤의 세계에 반감을 가질 뿐이다.

전쟁은 심각한 현실적 궁핍을 가져옴과 동시에 기존의 남성과 여성들에 대한 역할구도도 바꾸어 놓는다. 남성들 모두 군인이 되어 전쟁터로 나가자, 이제 여성들은 남성들이 하던 일들을 대신하게 된다. 그러나 소위 여성의 사회진출에 대한 여성들의 반응은 양가적이다. 이에 대한 단적인 예를 여경비원의 말을 통해 살펴보자. "치과의사들이 전쟁터에 나가 모두 죽었어요. 그래서 여성들이 공부를 하기 시작해서 치과의사가 되었지요. 그런데 여의사의 의술을 통 신뢰할 수가 있어야 말이지요." 이 말은 20세기 초반의 전통에서 현대로 넘어가는 과도기적 혼란과 가치관의 혼재를 그대로 보여주고 있다. 여의사가 남성들을 대신해 치료한다 해도 신뢰를 할 수 없으며 의술은 남성들이 해야 한다는 발언은 프로이센시대의 전통적 사고이자 가부장적 발언이다. 여경비원 스스로 남성의 일을 하면서도 여성의 사회진출을 부정적으로 보고 여성의 능력을 의심하는 것은 가부장적 사고를 그대로 답습하는 것이자 이를 내면화한 것이다. 반면, 전쟁으로 인한 궁핍한 상황이 여성들의 생존을 압박하고, 오히려 이것이 여성들의 사회진출을 가능하게 만들며 여성해방을 가져오는 기폭제가 됐음을 간접적으로 시사하고 있다. 이는 20세기 초반 여성해방운동과 여성의 사회진출에 대한 반영이라 할 수 있다.

35명의 여성들 - 전통적 가치관에서 급진적 페미니즘까지

이 작품에는 다양한 유형의 여성들이 등장한다. 전쟁에 남성들이 모두 동원되고, 전쟁이 끝나자 살아남은 남성이라고는 돈 주앙 밖에 없자 여성들은 어른이나 아이나 모두 돈 주앙에게 몰려든다. 이 중에는 남편의 죽음으로 일상생활에서 아무것도 못하는 무력한 여성이 있고, 전통적 가치관을 그대로 고수하며 새로운 변화를 거부하는 여성도 있다. 반면 육체적 사랑에서도 굳이 남성이 필요한지 반문하는 급진적 페미니스트도 있다. 따라서 돈 주앙과 각각의 여성들이 보여주는 다양한 에피소드들은 전쟁 직후의 삶의 방식과 가치관의 혼돈 및 가치관의 변화를 그대로 드러내고 있다. 호르바트는 남성이 부재한 상황에서의 여성의 반응과 태도를 코믹하고도 흥미롭게 묘사하고 있다. 대표적인 몇 가지 사례들을 보자.

전쟁이 끝나고 사회가 바뀌어도 전통적 가치관을 그대로 고수하려는 여성이 있는데, 약혼녀의 할머니가 바로 그러하다. 할머니와 그의 하녀가 나누는 대화를 보자.

하녀: 저는 바보가 아니에요. 지금 시대가 달라졌다고요. 우리한테도, 그러니까 이제 하녀도 옛날하고는 달리 취급되어야 한다고요, 아시겠어요?

할머니: 난 새로운 시대가 왔다고 해서 거기에 맞춰 살지 않을 거다. 내가 지금 76살이고, 전쟁도 평화도 혁명도 다 지나갔는데, 나는 안

바뀌어! 나는 절대 변하지 않아!

　76세의 할머니는 시대의 변화를 받아들이지 않는다. 노동운동으로 계급 간 차이도 좁혀지고, 여성해방운동으로 여성의 입지가 달라지는 등 세상이 바뀌었다는 하녀의 말을 할머니는 곧이듣지 않으며 프로이센제국시대부터 자신이 고수한 전통적 가치관을 그대로 지키려 한다.

　이렇게 시대의 변화 앞에서 오히려 과거로 회귀함으로써 자신을 꽁꽁 싸매는 여성유형이 있는가 하면, 전쟁 직후 변화된 현실에서 갈팡질팡하며 자신의 정체성에 혼돈을 가져오는 여성이 있다. 세상의 변화를 가장 힘들어하는 여성은 미망인이다. 그녀의 남편은 교수였지만, 남편이 전쟁터에서 전사하자 그녀는 속수무책이 되고 만다. 그녀는 변화된 세상에 어떻게 적응해야 할지 모른다. 예전에는 부르주아계급에 속하며 '교수 사모님' 소리를 듣고 살았으나, 이제는 남편의 죽음으로 부르주아계급에서 갑자기 프롤레타리아계급으로 전락하고 만 것이다. 또한 그녀는 풍요롭게 살다가 갑작스러운 궁핍으로 인해 가장 많은 혼란을 겪는 여성이기도 하다. 그녀는 경제적인 어려움으로 인해 남아있는 딸을 어떻게 키워야 할지 난감해한다. 더욱이 그 동안 남편의 권위와 지위라는 안락한 그늘 아래서 편안히 살아왔고, 자신의 정체성도 남편의 권위와 지위로 등가시켰던 터라 남편을 잃자 정체성에 심한 타격을 받는다. 따라서 남편이 없으면 아무 것도 못하는 미망인은 매사에 "오, 여보, 여보. 당신 하늘에서 보고 있지요?"라며 마치 남편이 아직도 살아 있는 듯 착각한다. 그녀는 남편에게 철저히 종속되어 있으며, 남편의 부재에도 불구하고 여전히 남편을 찾음으로써 자신의 정체성을 지속적으로 남편과의 연관 속에서 찾고 있다. 이로 인해 딸이 그녀를 "교수님"이라고 부르는 것은 코믹한 장면이다. 미망인의 정체성은 곧 남편이다. 그녀는 돈 주앙을 만나면서 잠시 남편을 잊어버리지만, 곧이어 돈 주앙에게서 죽은 남편의 흔적을 찾을 뿐이다.

전쟁과 인플레이션은 여성들의 남성관도 변화시킨다. 프로이센시대의 마초적이고 가부장적인 남성은 한물갔다. 그러나 그렇다고 이를 대체할 마땅한 새로운 이상적인 남성상이 나타난 것도 아니다. 바로 이 지점에서 여성들의 남성관에 혼돈과 갈등이 생긴다. 이것은 특히 작품에서 청소년 세대의 문제로 제기되고 있다. 교수의 미망인에게는 딸이 있는데, 이 딸은 아버지가 전사하자 남성상을 누구에게서 찾아야 할지 혼돈스러워 한다. 그녀는 '진짜' 남성을 만날 수 있기를 간절히 바라면서, 이상형의 남성을 죽은 아버지의 모습에서 찾는다. 심지어 거울 앞에서 포즈를 취하며, 아버지의 권위적인 모습을 흉내 내기도 한다. 딸이 10살 되던 해 아버지가 죽고 이후 남성을 만난 경험이 없으므로, 돈 주앙이 나타나자 딸은 돈 주앙의 매력에 빠진다. 그리고 자신의 이상형의 모습을 돈 주앙에게 투사하고, 돈 주앙에게서 아버지의 모습을 찾으려 한다. 그러나 현실적으로 돈 주앙이 자신의 이상을 채워주고 그 역할을 해낼 수 없게 되자, 이에 크게 실망하며 돈 주앙이 미성년자나 유혹하는 옳지 못한 사람이라고 비난한다.

이 작품에서 가장 흥미로운 여성은 급진적 페미니스트이다. 여기에는 두 명의 페미니스트가 등장하는데, 이들은 사회 변화에 신속하게 적응하여 경제적으로 대성한 여성기업인들이다. 이들은 전쟁 직후 남성이 부족하자 남성의 역할을 자처하는 레즈비언들이다. 하지만 돈 주앙이 등장하면서 두 여성의 반응은 달라진다.

첫 번째 역할: 저기에 남자 하나 있어요, 그 남자 내 마음에 들어요.

두 번째 역할: 어디요?

첫 번째 역할: 그 남자한테 뭔가 특별한 게 있는 듯 해 보여요.

두 번째 역할: 여기서는 안 보이는데요.

첫 번째 역할: 저 위로 가서 한번 보도록 해봐요.

두 번째 역할: 나더러 저 위로 가라고요? 남자 때문에요? 아, 페터!

첫 번째 역할: 나는 저 남자와 춤출 거예요.

두 번째 역할: 당신 제정신이에요?

첫 번째 역할: 날 위협하지 마요, 찰리!

사회적으로 성공한 두 여성기업가는 자신들의 본래 이름을 거부하고 서로를 '페터'와 '찰리'라고 부르며 스스로를 남성화시키고 있다. 그러나 돈 주앙이 나타나자 두 여성의 반응은 달라진다. 첫 번째 여성은 곧바로 돈 주앙에게 관심을 갖고 그와 춤추고자 한다. 그녀는 전쟁으로 인해 남성들의 숫자가 부족하자 어쩔 수 없이 남성의 역할을 맡았지만, 근본적으로는 남성의 사랑을 갈구하는 전형적인 여성이다. 그녀는 돈 주앙이 나타나면서 자신의 레즈비언 관계를 포기한다. 그녀가 상대를 '페터'라고 부른 것은 허위이자 꾸민 것이다.

그러나 두 번째 여성의 경우는 다르다. 그녀는 뼛속까지 여성적인 것을 혐오하고 철저하게 스스로를 남성화하고 있다. 그녀의 다음의 발언은 이를 잘 입증한다. "당신이 말했잖소 파마는 여성적인 것이고, 레이스도 여성적인 것이고, 하이힐도 여성적인 것이라고요. 그래서 나는 당신이 싫어하는 것은 입지도 신지도 않는단 말입니다." 모든 여성들이 돈 주앙의 등장에 관심을 갖고 돈 주앙의 매혹에 사로잡히는 데 반해, 오로지 두 번째 여성만은 그렇지 않다. 그녀는 성공적인 기업인으로 우뚝 서는 대신 여성적인 것을 모두 거부하고, 스스로 남성의 호칭을 쓰며 남성의 특징들을 내면화하며, 남성과의 사랑을 철저히 거부하는 급진적 페미니스트이다. 두 번째 여성을 통해 20세기 초반에 등장한 가치관의 급격한 변화와 여성해방운동의 단면을 살펴볼 수 있다. '여성인지 남성인지' 불분명한 그녀의 성 정체성은 버틀러의 퀴어이론을 선취하고 있다.

돈 주앙이 만난 35명의 여성은 1차 대전 후 변화된 사회에 어떻게 반응하느냐에 따라 다양한 모습을 보인다. 그 대표적인 특징들을 다시 한 번 정리해보면, 첫째 약혼녀의 할머니는 새로운 변화를 철저하게 거부하는 과거지향적 여성이다. 둘째, 교수미망인은 남편 없이는 자신의 삶을 한 걸음도 나아가지 못하고 심각한 정체성의 혼란을 겪는 수동적인 여성이다. 셋째, 레즈비언이라 자칭했던 첫 번째 여성기업인은 돈 주앙과의 만남을 기뻐함으로써 레즈비언이 거짓으로 판명된다. 넷째, 두 번째 여성기업인은 변화된 사회에 철두철미하게 적응하고 이득과 혜택을 최대한 누리며, 스스로 남성성을 체화하는 대신 자신의 여성성은 철저하게 거부한다. 이들의 다양한 모습은 전후 변화된 사회에 여성들이 어떻게 적응하느냐에 따라 나타난 현상이다.

'이상'이란 존재하지 않는다 - 가치관의 혼돈과 갈등

전쟁에서 돌아온 돈 주앙은 부상으로 몸도 마음도 지쳐있다. 전통적인 돈 주앙의 모습과는 달리 초라한 몰골과 옷차림으로 돈 주앙은 축 늘어져 있다. 이러한 돈 주앙의 모습에서 활력이 넘치는 남성적인 매력은 찾기 힘들다. 전쟁터에서 유일하게 살아남은 남성인 돈 주앙은 만나는 여성들마다 관심과 환호를 받지만 정작 자신은 애타게 한 여성만을 찾고 있다. 전쟁 전 한 여성을 사랑하여 약혼까지 했지만 돈 주앙은 그녀를 떠나버렸고, 홀로 남겨진 약혼녀는 실의에 빠져 자살하고 만 것이다. 그리고 그는 전쟁에서 돌아와 자신의 잘못을 깊이 뉘우치고 약혼녀를 다시 찾고 있다. 이러한 돈 주앙의 모습은 전통적인 돈 주앙과 전혀 다르다. 티르소 데 몰리나의 '돈 후안'이나 모차르트의 '돈 조반니'는 수없이 많은 여성을 쫓아다니고, 그녀들을 유혹한 직후에는 매몰차게 그녀들을 떠나 버린다. '돈 후안'이나 '돈 조반니'에게서는 뉘우침이란 전혀 발견할 수 없다. 그러나 호르바트의 돈 주앙은 자신의 잘못을 깊이 뉘우친다. 그는 전쟁이라는 어마어마한 체험을 겪고 나서 내면까지 근본적으로 변화한다. 시민계급 출신인 자가 약혼녀를 떠나 다른 여성들과 만났다는 사실에 돈 주앙 스스로 깊이 반성하고 뉘우치며, 이러한 이유로 약혼녀를 다시 찾아 나선다. 하지만 돈 주앙은 약혼녀를 찾을 수 없게 되자 다음과 같은 선언과 함께 원래대로 돌아온다. "나는 그대를 불렀어요, 그런데 그대는 내게 답장이 없지요. 좋아요, 그러면 이제 내 원래의 모습대로 돌아갈 테요." 이러한 편지를 남기고 돈 주앙은 35명의 여성들을 차례대로 만난다.

호르바트가 서문에서 밝힌 대로 돈 주앙의 근본적인 특징은 변하지 않고 그대로 남아 있다. 그는 철두철미하게 여성을 '유혹하는 자'이고, 여성들 역시 그의 주변에 끊임없이 둘러싸여 있으며 모두 그에게 굴복하고 만다. 약혼녀를 찾아 나서면서 만난 35명의 여성들은 돈 주앙이 전쟁터에서 살아남은 유일한 남성이라는 점에서, 그것도 천성적으로 여성을 끌어당기는 마적인 매력 때문에 환호성을 부르며 그에게 몰려든다. 인상적인 것은 전통적인 티르소 데 몰리나의 '돈 후안'이나 모차르트의 '돈 조반니'가 적극적으로 여성을 유혹하는 데 반해, 호르바트의 돈 주앙은 소극적인 모습을 나타내고, 오히려 여성들이 적극성을 보여준다. 돈 주앙이 지닌 남성적 매력에 사로잡히는 여성들을 통해 돈 주앙에 대한 여성의 집단무의식의 욕망을 살펴볼 수 있다.

돈 주앙은 약혼녀를 찾는다는 명목으로 새로운 여성들을 만나지만 그때마다 멈칫한다. 각각의 여성들은 예전의 약혼녀를 연상시키는 특징들을 지니고 있기 때문이다. 어떤 여성은 웃는 모습이 흡사하고, 어떤 여성은 그녀가 거주하는 집이 약혼녀의 집 구조와 비슷하여 돈 주앙의 마음을 사게 된다.

> 돈 주앙: 지금 4층에 누가 살고 있나요? (…) 이 집 때문에 당신과 함께
> 살고 싶어요.

이외에도 한 여성은 풍겨 나오는 향내가 약혼녀를 연상시킨다는 이유에서, 또 다른 여성은 말하는 모습이 약혼녀와 흡사하다는 이유에서 만나게 된다. 이렇게 돈 주앙은 그의 모든 감각기관을 동원하여 약혼녀의 흔적을 찾는다.

호르바트의 돈 주앙은 '이상주의자'이다. 그는 서로 다른 여성들에게서 약혼녀의 특징들을 모으고, 이를 '완전성'이라 부르며 자신의 내적 이상으로 삼는다. 여기서 '내적 이상'이란 다름 아닌 약혼녀를 말한다. 이렇듯 약혼녀를 완전성이자 내적이상으로 삼는 돈 주앙은 여성들에게서 약혼녀의 모습을 찾을 뿐 그녀들과 결코 행복한 결말을 이루지 못한다. 여성들 역시 돈 주앙에게서 이상적인 남성상을 찾지만 결코 만족하지 못한다. 그 한 예로, 교수의 미망인은 오랫동안 남편의 그늘 밑에 있던 여성이다. 남편 없이는 아무것도 못하고, 남편의 지위가 곧 자신의

지위이며, 남편의 정체성이 곧 자신의 정체성인 여성이다. 돈 주앙을 만나면서 잠시 남편을 잊어버리지만, 곧 돈 주앙에게 남편의 모습을 요구함으로써 결코 남편의 그늘에서 벗어나지 못한다.

> 미망인: 당신이 누워 있는 그 침대는 제 남편의 침대예요. 그리고 당신이 앉아 있는 그 책상은 남편의 책상이고요. 나는 남편이 여기서 일하는 것을 종종 보곤 했어요.

그녀는 돈 주앙이 누워있는 침대나 돈 주앙이 앉아 있는 책상에서 현재의 돈 주앙이 아닌 남편의 모습을 떠올린다. 그러나 그것은 헛된 희망일 뿐이며 돈 주앙은 그녀의 욕구를 채워주지 못한다.

> 미망인: (그를 꽉 잡으며) 나 좀 내버려 둬요. 제발, 나 좀…
> 돈 주앙: (움직이지 않으면서) 그냥 놔두고 있잖아요.
> 미망인: (갑자기 그를 확 놓고, 마치 이제는 정신을 차려야 할 것처럼 자신의 머리를 움켜쥔다) 나를 당신에게 이끌고 간 것이 무엇이지요?
> 돈 주앙: 아무것도 없는데요.
> 미망인: (목소리에 힘이 빠지면서) 그래요, 아무것도 아니었지요. (그녀는 그에게 소리친다) 도대체 나한테 원하는 게 뭐예요?
> 돈 주앙: 아무것도 없는데요.

미망인은 돈 주앙에게서 남편의 모습을 애타게 찾지만, 결국 그에게서 아무 것도 찾을 수 없음을 알게 된다. 돈 주앙과의 관계에서 남은 것은 없고, 오히려 증오만이 증폭될 뿐이다. 이것은 비단 미망인에만 해당하는 것은 아니다. 돈 주앙을 만나는 여성들은 돈 주앙에게서 자신이 소망하는 바를 찾지만, 결국 아무 것도 찾을 수 없음을 알게 된다. 이런 점은 호르바트의 돈 주앙이 전통적인 돈 주앙과 다르지 않음을 나타낸다. 결국 여성들에게 아무 것도 제공하지 못하는 호르바트의 돈 주앙은 이기적이고, 뻔뻔하며, 그저 자신의 이상만 쫓는 전형적인 '원형 돈 주앙'의 모습과 닮아있다.

이런 돈 주앙의 모습에 분노하는 것일까? 이 작품에 등장하는 여성들은 하나 같이 돈 주앙과의 관계 끝에서 그를 원망하고 증오한다. 돈 주앙과 사랑에 빠진 여성들은 그와의 관계에서 주도권을 쥐지만, 결말은 슬픔과 분노와 증오일 뿐이다. 돈 주앙은 이 작품에서 유일한 남성이자 남성 전체를 대표한다. 여성들은 돈 주앙에 맞서, 즉 남성에 맞서 '여성 대 남성'의 대결구도로 간다. 마치 티르소 데 몰리나와 모차르트의 작품에서 모욕당하고 상처받은 여성들이 모두 들고 일어나 복수라도 하듯, 호르바트의 작품에서는 여성들이 단결하여 돈 주앙을 향해 복수의 칼날을 휘두르고 있다. 돈 주앙은 미망인의 딸로 부터 청소년 성추행범으로 고소당해 법정까지 불려나갔다가 마지막 순간에 도망쳐 나온다. 약혼녀의 할머니는 돈 주앙을 좌초시키고 그에게 복수한다. 할머니는 돈 주앙이 자신의 손녀딸과 약혼했으나, 이내 곧 그녀를 버리고 수많은 여성들을 만났으며, 그로 인해 손녀딸이 자살한 사실에 가슴아파했다. 그리하여 할머니는 작품이 시작할 때부터 끝날 때까지 복수의 칼을 들고, 끝내 돈 주앙을 무너뜨리는 '복수의 여신'이다.

돈 주앙의 죽음 - 완전한 이상을 꿈꾸며

결국 작품에 등장하는 여성들은 돈 주앙에게서 아무것도 얻지 못하며, 돈 주앙 역시 마찬가지다. 돈 주앙은 여성들에게 접근할 때 마다 약혼녀의 모습과 흔적을 찾는다. "당신은 내게 어떤 한 여성을 연상시켜요. 아직 내게 답장을 보내지 않은 여성 말이에요." 그렇게 해서 사랑은 시작되지만, 시간이 지나지 않아 돈 주앙은 곧 다음과 같이 말한다. "그런데, 당신은 그녀와 전혀 닮지 않았어요." 그는 여성들을 접할 때마다 약혼녀의 모습과 흔적을 찾지만, 그녀들이 갖고 있는 모습은 그저 약혼녀의 한 부분일 뿐이며, 결국 돈 주앙은 그녀들에게 이별을 통보한다. 돈 주앙에게는 오로지 약혼녀만이 '완전한 이상'이며, 그 이상을 찾아 한 여성에서 다른 여성으로 옮겨간다.

> 돈 주앙: 그녀는 처음에는 누군가를 연상시키는 모습이었어. 그런데, 지금 보니 전혀 닮은 것 같지 않아. 나는 그 유사함을 그녀의 모습에서 그저 꾸며내려 했던 거야. 그래, 그렇게 해서 여성들을 계속 만나게 됐지. 그런데, 나는 나의 이상을 찾는 일을 결코 멈출 수가 없어.

약혼녀를 버린 것에 대한 죄책감으로 약혼녀를 찾아 나서고, 그녀를 '완전한 이상'으로 삼아 그녀의 모습을 닮은 여성들에게 접근했다가 곧 시간이 지나면 결국 닮지 않았다는 이유로 다시금 떠나버리는 호르바트의 돈 주앙은 전통적인 '돈 주앙'의 모습과 닮아 있다. 이것은 하루 밤 욕망을 채우고 곧 다른 여성에게로 떠나는 '원형 돈 주앙'의 모습과 흡사하다.

돈 주앙이 그렇게 애타게 갈구하는 내적 이상, 즉 그의 약혼녀는 죽은 지 이미 오래전이다. 관객들은 1막의 장면 3에서 "그 불쌍한 처녀는 2년 전 죽었고, 돈 주앙은 그녀에게 편지를 쓰고 있다"라는 코멘트를 통해 이미 알고 있다. 오로지 돈 주앙만이 이 사실을 모른 채 작품이 진행되는 동안 내내 약혼녀를 찾아 헤맨다. 약혼녀는 돈 주앙에게 '내적 이상'이자

'완전성'이며, 그의 존재론적 기반이자 정체성이기도 하다. 여기에 바로 돈 주앙의 아이러니가 있다. 그가 애타게 찾고 갈구하던 약혼녀는 사실 '죽은 자'이다. 다시 말해 돈 주앙의 이상은 '죽음'이다. 그가 이상으로 간주하고 추구하는 '완전성'은 더 이상 지상에 존재하지 않는다. 역설적이게도 호르바트의 돈 주앙은 '완전성'을 추구하는 과정에서 죽음을 동경하게 된다.

그렇다면, 전통적인 돈 주앙과 달리 죽음을 추구하는 호르바트의 돈 주앙은 어떻게 해석할 수 있을까? 1차 대전은 작가 호르바트에게 있어 지울 수 없는 깊은 트라우마다. 전쟁의 체험은 호르바트가 자신만의 '돈 주앙'을 만들게 한 결정적인 원인이다. 전쟁의 참혹함, 비참함, 파괴, 좌절과 절망은 주인공 돈 주앙의 깊은 내적 갈등으로 나타났고, 이 절망적인 참혹함 속에서 돈 주앙은 죽음을 동경한다. 지상에서 이상을 찾을 수 없다고 깨달은 돈 주앙은 죽음 속에서 완전성을 얻고자 한다. '완전한 이상'인 약혼녀를 찾아 나선 돈 주앙은 결국 묘지에 이르러 약혼녀의 무덤을 발견하게 된다. 그리고 죽음 속의 약혼녀와 하나가 되고자 동경하고, 끝내는 죽음 속에서 완전성을 찾는다. 활력이 넘치고 적극적인 전통적인 돈 주앙의 모습은 이 작품에서는 찾아볼 수 없다. 호르바트의 돈 주앙은 병들고 찌들었으며 편집증적인 망상까지도 있다. 급기야 그는 작품의 결말에서 차디찬 시체로 발견된다. 이러한 돈 주앙의 비극적인 변모는 급격한 사회의 변화, 전통적인 가치관의 전도, 무엇보다 참혹한 전쟁이 초래한 깊은 트라우마의 반영이라 할 수 있다.

6

프리쉬의 『돈 주앙 또는 기하학에 대한 사랑』

- '남편이자 아버지'로 전락하는 반(反)- 돈 주앙

프리쉬의 돈 주앙 - '반 돈주앙'적 주인공

1. 작가 막스 프리쉬

막스 프리쉬 Max Frisch의 『돈주앙 또는 기하학에 대한 사랑 *Don Juan oder die Liebe zur Geometrie*』(1952)은 전통적인 '돈 주앙'의 모습에서 벗어나 '남편과 아버지'로 살아가는 가장 '반 돈주앙'적 결말을 제시함으로써 독자에게 코믹과 흥미를 주는 작품이다. 작품의 저자 막스 프리쉬는 1911년 스위스의 취리히에서 태어났다. 1933년 취리히 대학에서 독문학을 수학하던 중 아버지의 사망으로 자유 저널리스트로 취리히 신문사에서 활동했다. 2차 대전 후 브레히트의 영향을 받아 전쟁문제를 다룬 『전쟁이 끝났을

막스 프리쉬

때』(1949)와『또 다시 노래 부른다』(1946)를 발표했다. 브레히트에게 영향을 받아 비판적, 도덕적 사회극을 창작하지만, 다른 한편 브레히트의 정치적 결론이나 형식적 귀결은 부인하였다.

그의 대표작으로『만리장성』(1947)과『돈 주앙, 기하학에 대한 사랑』(1953)이 있고, 이 작품들은 주인공의 정체성의 문제와 혼란을 다루고 있다.『외더란트 백작』(1951)에서는 인간의 혼돈과 그것이 빚어낸 피할 수 없는 고통이 묘사되고,『비더만과 방화범』(1958)은 그로테스크극으로 정평이 나 있다. 이 작품들은 교훈없는 교훈극, 우화, 소극, 고발극으로도 불리며, 시민풍자를 통한 인간의 부조리와 허위의식을 폭로하고 있다.『안도라』(1962)에서는 전쟁과 유대인 박해의 문제가 결합되어 있다. 작은 마을에서 발생한 사건을 중심으로 마을 사람들 전체가 유대인이 아닌 평범한 일반인을 어떻게 유대인으로 몰아가는지 리얼하게 보여줌으로써 현대인의 집단 무의식과 폭력성을 상징적으로 나타내고 있다.

2. 작품의 서사구조와 구성 방식

막스 프리쉬의『돈 주앙 또는 기하학에 대한 사랑』은 전체 5막과 막간극으로 이루어진 드라마이다. 작품의 중심인물로는 돈 주앙, 아버지 테노리오, 창녀 미란다, 돈 주앙과 결혼할 뻔 했으나 죽음으로 마감한 돈나 안나, 그녀의 아버지 돈 골잘로, 어머니 돈나 엘비라가 등장한다. 이 외에 중요 인물로 가톨릭의 디에고 신부, 돈 주앙의 친구 돈 로데리고, 그의 약혼녀 돈나 이네츠, 로페즈라는 귀족과 그의 아내 돈나 벨리사, 창녀촌의 뚜쟁이 첼레스티나, 돈 주앙의 하인 레포렐로, 세비야의 과부들, 싸움에 가담하는 사촌들이 등장한다.

이 작품에서 돈 주앙은 전통적인 돈 주앙의 모습과는 전혀 다른 모습으로 등장한다. 프리쉬의 돈 주앙은 나이 스무살이 되도록 여성들에게는 관심이 없고 오로지 기하학에만 몰두한다. 전통적인 돈 주앙이 여성을 사랑하고 여성을 유혹하는데 시간을 보내지만, 프리쉬의 돈 주앙은 여성보다는 기하학에 빠져있다. 심지어 아버지가 데리고 간 사창가에서도 그는 여자보다는 기하학에 몰두한다. 아버지의 강요로 결혼식장에 들어서지만 사랑이라는 감정에 대해 회의하던 돈 주앙은 결혼식장에서 뛰쳐나오고, 이로 인해 사람들의 증오와 추적을 받는다. 추적을 피해 도망치던 돈 주앙은 여성들의 방에 침입해 들어가고 거기서 여성들과 사랑을 나눈다. 돈 주앙을 좇는 무리들은 이어지고, 돈 주앙은 기하학의 세계로 돌아가기 위해 속임수로 지옥행을 택한다. 작품의 결말은 엄처시하에서 살아가는 돈 주앙의 일상이 재현되고, 역대 가장 '反-돈 주앙'적인 장면으로 연극은 끝난다.

프리쉬의 코미디극의 개념

막스 프리쉬는 이 작품을 '5막으로 이루어진 코미디극'이라 칭하였다. 그런데 이 작품을 자세히 보면, 내용에는 비극적 요소가 있고 형식적으로도 전통적인 코미디극의 특성을 따르지 않는다. 왜냐하면, 전통적인 코미디극에서는 작중에서 벌어지는 갈등이 화해의 결말로 이어지기 때문이다. 이러한 이유로 인해 이 작품은 전통적인 코미디의 성격과 부합되지 않는다. 또한 작품의 주인공은 '돈 주앙'을 모티브로 한 수많은 작품 중 '최악의' 주인공이다. 그는 작품 말에서 '아버지'라는 역할을 떠맡으며, 그런 한에서 그는 더 이상 '돈 주앙'이 아니다. 흔히 관객들이 돈 주앙에게서 기대하는 것은 평범한 일상인으로서의 '아버지'가 아닌, '전설적인 유혹자'로서의 돈 주앙을 상상하기 때문이다. 유혹자 '돈 주앙'과 일상인 '아버지'는 서로 부합되기 힘들다. 프리쉬가 이 작품을 코미디라고 했지만, 작품의 결말은 전통적인 코미디극의 '행복한 화합'이 아닌, '최악의' 돈 주앙의 모습으로 끝난다. 이러한 맥락에서 프리쉬의 코미디극은 전통적인 코미디극에서 벗어나 있다. 그렇다면, 프리쉬는 이 작품을 왜 코미디극이라고 불렀을까? 그는 비극적인 세계와 희극적인 세계 사이의 화해란 근본적으로 존재하지 않는다고 보았다. 우리가 살고 있는 세계는 그 자체 모순적이고 역설적이라는 것이다. 바로 이러한 이유로 프리쉬의 코미디 개념은 세계 또는 사회의 한 상황을 코믹하고도 역설적으로 표현한 것을 말한다.

작품의 구성 – 5막극과 3개의 막간극

이 작품은 5막극으로 이루어져 있고, 사이사이에 3개의 막간극이 있다. 첫 번째 막간극은 1막과 2막 사이, 두 번째 막간극은 2막과 3막 사이, 세 번째 막간극은 4막과 5막 사이에 놓여 있다. 막간극은 또 다른 제2의 줄거리라 할 수 있지만 내용상으로는 메인 줄거리에 종속되어 있으며, 각각의 막들을 부연 설명하는 기능을 한다.

작품의 내용은 1막에서 3막까지 차례로 진행되다가 3막이 끝난 뒤 휴지기가 나타난다. 1막에서 3막까지는 돈 주앙의 비극적인 모습이 소개된다. 돈 주앙은 자신의 정체성을 내면의 세계에서 찾으려 하지만, 그에게는 전통적인 돈 주앙의 역할, 즉 '유혹자'의 역할만이 요구된다. 돈 주앙은 사람들로부터 추적당하고, 그는 목숨을 유지하기 위해 세상에서 요구하는 '돈 주앙'의 역할을 수행한다. 4막과 5막에서 돈 주앙은 사람들이 기대하는 '유혹자'의 이미지를 버리고 자신이 원하는 '삶'을 살고자 한다.

1막에서 3막까지의 시간적 배경은 돈 주앙과 돈나 안나의 결혼식을 준비하는 전날 밤부터 다음날인 결혼식 당일 저녁까지이며, 만 하루 간 펼쳐지는 사건이 내용이다. 따라서 사건은 숨 가쁘게 진행되고 긴장은 극도로 팽배되어 나타난다. 이에 반해 4막과 5막은 여러 해의 사건들을 포함하고 있고, 주로 돈 주앙과 다른 인물들 간의 회고와 대화를 통해 진행된다. 따라서 1막과 3막이 숨 가쁜 사건과 행동으로 이루어진다면, 4막과 5막은 대화와 성찰이 중심이다. 막 사이에 끼어 있는 세 개의 막간극들은 무대의 사건과 연관되어 있으면서 일정한 거리를 두는 효과를 나타내며, 전체적으로 사건에 대해 코멘트하는 기능을 한다.

형식적으로 볼 때, 앞의 1막부터 3막까지의 구성은 전통적인 드라마의 구성으로 이루어져 있다. 즉 사건의 발단과 그것의 해결로부터 절정에 이르는 구조이다. 1막은 결혼식 전야의 장면이다. 주인공 돈 주앙은 무대에 바로 등장하지 않고, 다른 인물들에 의해 간접적으로 소개된다. 결혼식 전야의 가면놀이에서 드디어 모습을 드러낸 돈 주앙은 사랑과 에로스에 대해 회의적인 태도를 보인다. 2막은 결혼식 장면이다. 돈 주앙은 돈나 안나와 결혼하기로 했지만 자신의 사랑을 확신할 수 없다며, 차라리 기하학에 몰두하겠다고 선언하고 결혼식장을 떠난다. 이로 인해 갈등이 극대화되고 돈 주앙은 사람들의 추적을 받으며 도주한다. 3막에서 추적당하는 돈 주앙은 표면상 '유혹하고, 도주하고, 추적당하는' 전통적인 돈 주앙의 모습을 보인다. 3막은 사건이 파국으로 치닫는 장이기도

하다. 신부 돈나 안나를 버리고 도주하던 돈 주앙은 그녀의 아버지인 돈 곤잘로스와 결투해 그를 죽인다. 충격을 받은 돈나 안나가 자살하고, 돈 주앙의 친구 로데리고 역시 죽는다. 이들의 죽음은 직접적인 사건의 재현보다는 등장인물들의 보고를 통해 전달된다.

4막과 5막은 얼핏 보기에 불필요한 장식물처럼 보인다. 왜냐하면 3막에서 돈 주앙 스스로 의심해 마지않던 '유혹자'의 임무를 완벽히 수행하기 때문이다. 마침내 세상이 원하던 유혹자의 모습이 재현되고, 따라서 내용은 끝난 듯해 보인다. 그러나 4막에서 돈 주앙은 자신이 저지른 비극을 보고 좌절한다. 돈 주앙은 자신으로 인해 예상치 못한 끔찍한 결과가 벌어지자 더 이상 죄를 짓지 않기로 결심하고, '유혹자'라는 유희놀음과 결별한다. 그리고 기하학의 세계로 도망치기 위해 '지옥행'이라는 가짜 무대를 꾸민다. 여타 다른 '돈 주앙' 작품들이 파국 끝에 지옥으로 떨어지는데 반해, 프리쉬의 돈 주앙은 잘못을 뉘우치고 기하학의 세계에 들어가고자 '지옥행'이라는 연극을 꾸민다. 드라마 전체에서도 4막은 결정적인 전환점이다.

5막은 돈 주앙의 급격한 추락을 보여준다. 창녀 미란다의 성에서 돈 주앙은 평범한 남편이자 아버지로 등장한다. 엄처시하에서 살아가는 돈 주앙은 전통적인 '돈 주앙'의 모습에서 가장 멀리 벗어난 것이자 가장 '반-돈주앙'적이라 할 수 있다. '자유로운 일탈자' 돈 주앙에게 일상인으로서의 '남편과 아버지'의 과제를 부과한다는 것은 형벌이자 비극이다. 그러나 바로 이 지점에서 관객은 남편이자 아버지가 된 돈 주앙을 통해 코믹한 요소를 발견하게 된다.

막과 막 사이에 끼어 있는 3개의 막간극은 무대의 사건들과 연관되면서 일정하게 거리를 두고 있다. 3개의 막간극은 사창가의 뚜쟁이인 첼리스티나와 창녀 미란다 간에 벌어지는 사건이다. 창녀 미란다는 자신의 직업과는 상반되게 돈 주앙을 사랑한다. 첫 번째 막간극에서는 사랑에 빠진 미란다가 첼리스티나에게 도움을 청한다. 두 번째 막간극은 2막의 사건과 상반되는 내용으로, 2막에서 돈 주앙과 돈나 안나의 결혼식이 무산되었다면, 두 번째 막간극에서는 미란다가 돈 주앙과 결혼하기 위해 신부복장을 한다. 세 번째 막간극은 4막의 내용과 대립되는 것으로, 첼리스티나가 지옥행을 꾸미는 돈 주앙의 계획을 방해한다.

첫 번째와 두 번째의 막간극은 1막에서 3막까지의 사건들과 밀접한 연관을 맺으며, 사건을 요약해주기도 하고, 다른 한편 메인 사건의 내용과 대립되기도 한다. 막간극은 전체적으로 사건에 대해 코멘트하는 기능을 하며, 갈등과 문제시되는 사건들에 대안과 해결점을 제시한다.

3. 전통적 '유혹자'의 변형과 반돈 주앙

프리쉬는 전통적인 돈 주앙의 모티브 중 '여성 유혹자'와 '지옥행'이라는 두 개의 모티브를 가져왔다. 그러나 이 두 개의 모티브를 전통적인 방식과는 전혀 다르게 새롭게 구성하고 있다. 전통적인 돈 주앙, 즉 티르소 데 몰리나의 '돈 후안'이나 모차르트의 '돈 조반니'는 작품에 등장하면서부터 여성이라면 눈을 크게 뜨고 여성을 뒤쫓으며, 끊임없이 여성들과 사랑의 모험을 감행한다. 한 여성에서 다른 여성으로 옮겨가며, 기혼이든 미혼이든, 나이 든 여성이든 어린 여성이든, 마치 치마를 두른 여성이면 모두 섭렵한다. 심지어 모차르트의 돈 조반니는 이탈리아에서 640명, 독일에서 231명, 프랑스에서 100명, 터키에서 91명, 스페인에서

1,003명의 여성을 만난다. 이것은 돈 조반니의 시종 레포렐로가 그의 여성편력을 카탈로그로 보이며 코믹하게 설명하는 장면이다.

그러나 프리쉬의 돈 주앙은 이러한 전통적인 돈 주앙의 모습과는 거리가 멀다. 그는 여성이라면 사족을 못 쓰는 인간이 아니라, 오히려 여성을 기피하여 도망 다니는 정반대의 인간형이다. 그는 여성보다는 기하학에 관심이 많고 오로지 기하학에만 몰두한다. 이런 돈 주앙에 대해 가장 불만인 사람은 그의 아버지이다. 아버지 테노리오의 근심은 극에 달하고, 테노리오는 디에고 신부에게 자신의 고민을 털어놓는다.

> 테노리오: 그 녀석은 감정이 통 없어요. 제 에미랑 꼭 닮았어요. 돌처럼 냉랭하다니까요. 나이가 스물인데도 한다는 말이 여자는 아무 짝에 쓸모없다나요! 더욱 언짢은 일은, 신부님! 그 녀석은 결코 거짓말을 하지 않는다는 거예요. 자기가 생각하고 있는 것을 그대로 털어 넣죠. 그 녀석이 내 면전에 대고 하는 말이, 자기 애인은 기하학이라는 거예요. 이 녀석이 정말로 골칫거리예요. 스무 살이 다 되도록 여자 곁은 출입이 없으니 디에고 신부님은 상상할 수 있겠어요?
>
> 디에고 신부: 참으십시오.
>
> 테노리오: 당신은 첼리스티나를 알고 계시지요.
>
> 디에고 신부: 쉿!
>
> 테노리오: 스페인에서는 소문난 뚜쟁이인 그녀가 주교들까지도 자기 손님으로 만들었지만 내 아들만은 그럴 수가 없었죠. 미리 뚜쟁이에게 돈 치를 건 다 치렀는데도! 그 애가 일단 사창가에 들기는 했어도 거기서 장기를 둔단 말이지요. 제 눈으로 똑똑히 보았으니까요. 장기 말이에요.

아버지 테노리오에 의하면, 자신의 아들 돈 주앙은 전통적인 '돈 주앙'

에게서 발견할 수 있는 유혹자의 모습, 즉 여성을 욕망하고 육체를 갈망하는 탐욕자의 징후가 나타나지 않는다는 것이다. 스무 살이 되도록 여자 곁으로 가지 않자, 아버지 테노리오는 돈 주앙을 강제로 사창가로 끌고 가 여성을 만나게 하지만, 여기서도 돈 주앙은 여성에는 관심이 없고 장기에만 몰두한다. 돈 주앙이 사창가에서 몰두하는 장기는 기하학을 나타낸다. 기하학은 수학이면서 동시에 이성적, 정신적 세계를 의미한다.

1막이 시작하면 돈 주앙은 바로 무대에 나타나지 않고, 등장인물들이 전하는 정보를 통해 관객에게 소개된다. 아버지 테노리오와 디에고 신부의 대화가 끝나면, 돈 주앙의 장인이 될 기사단장 곤잘로 경과 아버지의 대화가 이어진다. 곤잘로 경은 코르도바 전투를 승리로 이끈 돈 주앙의 용맹성에 관해 이야기하며, 사위가 될 돈 주앙을 극찬한다.

> 곤잘로경: 저는 당신이 바로 그의 아버지이기 때문에 비위를 맞추는 것이 아닙니다. 전 단지 조국의 역사에 이의가 있을 수 없는, 엄연한 사실을 보고드릴 뿐입니다. 그는 코르도바의 영웅이었습니다.

1막이 시작하기 전 사건의 전사(前史)로서 돈 주앙은 십자군의 기사로 코르도바 전투에 참석해 전쟁을 승리로 이끈다. 곤잘로 경은 사위가 될 돈 주앙이 위험을 무릅쓰고 요새에 침투해 들어가 용감히 싸워 전투를 승리로 이끌었다며 그를 입이 마르도록 칭찬한다. 그러나 실제로 돈 주앙이 요새에 뛰어들어간 것은 아니다. 그는 간단한 기하학 공식을 응용해 적의 요새를 정확히 측정할 수 있었고, 이를 통해 전투를 승리로 이끌었다. 이 대가로 돈 주앙은 코르도바의 영웅이 되고 기사단장 곤잘로 경의 딸인 안나와 결혼하게 된 것이다. 사람들은 코르도바의 전투의 승리를 기적이라고 불렀지만, 돈 주앙은 간단한 수학공식을 통해 앉아서 전투를 승리로 이끈 것이다. 실제로 그는 전쟁에는 관심이 없고, 전선에 서조차 적군인 아랍인의 기하학 책에 몰두하고 있었다. 그에게는 기하학의 세계가 전부이며, 이러한 모습은 세계를 수학공식으로 인식할 수 있다는 프리쉬의 '호모 파버 Homo Faber'를 연상시킨다.

장모가 될 엘비라 부인 역시 돈 주앙에 대한 환상을 지니고 있다. 그녀는 돈 주앙을 최고의 기사로 상상한다. 돈나 엘비라는 모차르트의 <돈 조반니>에서 수녀로 등장해 돈 조반니의 사랑을 갈구하지만, 이 작품에서는 돈나 안나의 어머니로 등장한다.

> 엘비라부인: 당신의 아들은 기사 중의 기사, 말을 달릴 때면 정말 멋져요. 그리고 발로 차고 오를 때면 마치 날짐승 같지요.

창녀 미란다 역시 돈 주앙을 지금껏 만난 남자 가운데 최고의 남자로 칭송한다.

> 여자(미란다): 난 장기에 몰두하는 당신을 보았지요. 자기가 정말로 흥미로워하는 것을 용기를 가지고 그것도 다른 곳이 아닌 사창가에서 천연스레 할 수 있었던 첫 번째 남자를!

돈 주앙의 실제 모습과 사람들이 상상하는 돈 주앙의 명성 사이에는 많은 차이를 보여준다. 이것은 본질과 허구, 사실과 상상 간의 불일치를 나타낸다. 등장인물들이 전통적인 '돈 주앙'에게서 기대하는 모습과는 달리 돈 주앙은 여성에게 전혀 관심 없으며, 결코 여성을 추적하는 '유혹자'도 아니다. 또한 그들이 돈 주앙을 극찬하듯 그는 실제로 명성과는 다르며, 이것이 바로 이 작품의 코믹한 요소이다.

에로스인가, 기하학인가?

1. 에로스와 기하학의 세계

에로스 - 우연, 불확실성의 감각세계

돈 주앙은 스무 살이 되도록 여성에게 전혀 관심이 없다가 비로소 여성에게 관심을 갖게 되는데 그 이유는 결혼을 위해 고향 세비야로 돌아오기 때문이다. 코르도바의 전투를 승리로 이끌면서 영웅으로 칭송되고, 그로 인해 곤잘로경의 딸 안나와 결혼하게 된다. 그러나 돈 주앙은 사랑과 결혼에 대해 깊은 회의에 잠긴다. 그는 친구인 로데리고와의 대화에서 사랑이라는 감정의 불확실성에 대해 토로하게 된다.

> 주앙: 나는 그녀가 어떻게 생겼는지 더 이상 생각을 떠올릴 수 없어.
> 로데리고: 안나?
> (…)
> 주앙: 네가 누구를 사랑하고 있는지 어떻게 알 수 있지?

로데리고: 이봐, 주앙!

주앙: 난 사랑을 하고 있나 봐. 난 사랑을 하고 있어. 그런데 누구를 사랑하고 있는 거지?

　돈 주앙은 사랑이라는 감정이 무엇인지, 그리고 한 대상을 사랑한다는 것은 어떤 것을 말하는지 사랑에 대한 근본적인 질문을 제기한다. 또한 자신이 사랑한다고 느끼는 감정이 과연 정확한 것인지, 그리고 그 감정이 사랑을 향한 구체적인 대상과 맞아 떨어지는 지도 의문시한다. 돈 주앙이 사랑이라는 감정의 불확실성에 대해 의문을 제기하게 된 것은 결혼식 전날 밤에 극대화되어 나타난다. 결혼식 전야 홀에서 가면놀이가 진행되는 동안 돈 주앙과 안나는 각자 어두운 공원으로 피해 나간다. 한밤중에 공원에서 만난 두 사람은 서로 누구인지도, 얼굴도 모른 채 만나 사랑에 빠진다. 돈 주앙은 이 여인이 안나라는 사실도 모르고 그녀를 최고의 여인이라 생각하며 그녀를 유혹하여 함께 도주할 생각을 한다. 즉 결혼하기로 되어 있는 여자를 버리고 한밤중에 만난 여인을 데리고 도망치려 했던 것이다.

　그런데 다음 날 결혼식장에서 간밤에 만난 여인이 바로 안나였다는 사실을 알게 된 것이다. 돈 주앙은 믿을 수 없는 우연이라 말하며, 과연 자신이 어젯밤의 여인을 사랑하는지, 아니면 결혼식장에 서 있는 안나를 사랑하는지 알 수 없을 뿐만 아니라 자신의 감정조차도 믿을 수 없다고 말한다. 이러한 상황에서 결혼의 서약 역시 맹세할 수 없다는 것이 돈 주앙의 주장이다. 다음은 주례신부 앞에서의 결혼서약 장면이다.

디에고 신부: 당신은 이 세상 사는 동안 당신의 가슴에 어떤 다른 사랑도 존재할 수 없다는 것을 서약할 준비가 되어 있나요?

안나: 예!

디에고 신부: 그리고 주앙군, 당신에게 묻습니다.

주앙: … 아니오.

디에고 신부: 기도합시다.

주앙: 난 아니라고 대답하지 않았습니까?

(신부는 기도를 시작한다) 아니요!

(무릎 꿇은 이들이 모두 기도를 시작한다) 나는 아니라고 말했어요.

(기도가 멈춰진다) 여러분들 일어서시기 바랍니다.

(…)

주앙: 우리는 공원에서 서로 만났어요. 우연히요. 엊저녁 어둠속에서.

(…) 우리는 서로 누구인지 모르는 채, 서로 사랑했고 또한 계획도
세웠어요. 오늘 저녁 연못가에서 서로 다시 만나기로 약속했지요.
(…) 그리고 오늘 알게 되었지요. 안나가 그 여인이라는 것을. (…)
단지 분향과 나팔소리 때문에 내가 믿어지지 않는 것을 맹세할 수는
없어요. 내가 누구를 사랑하고 있는지 저도 모르겠어요. 맹세코 말
입니다.

돈 주앙은 자신의 감정에 대해 혼란스러워한다. 진정 간밤에 만난 여
인을 사랑하는 것인지, 아니면 '간밤의 여인'이라고 주장하는 '결혼식장
의 안나'를 사랑하는 것인지 분간하지 못한다. 그는 사랑의 절대성을 신
뢰하지 않는다. 안나에게서 느꼈던 감정이 다른 여성에게도 가능한, 이
"기가 막힌" 사랑의 우연성에 그는 깊이 회의한다. "당신은 이 세상사는
동안 당신의 가슴에 어떤 다른 사랑도 존재할 수 없다는 것을 서약할
준비가 되어 있나요?"라는 디에고 신부의 서약맹세에 그는 단연코 거부
한다. 그리고 돈 주앙은 안나에게 다음과 같이 말한다. "안나, 나는 당신
을 사랑했소. 비록 내가 누구를 진정으로 사랑했는지 모른다고 할지라

도. 그대 신부인지, 아니면 간밤의 다른 여인인지. 난 둘을 모두 잃었어요. 당신 안에 있는 두 사람을. 그리고 나 자신도 잃었어요."

돈 주앙이 근본적으로 회의하고 있는 것은 사랑이라는 감정의 우연성과 불확실성이다. 사랑이란 결코 절대적인 것이 아니고 극히 우연적인 것이며, 심지어 그것은 착각일 수도 있다는 것이다. 이 작품의 1막에 등장하는 결혼식 전야의 가면놀이 역시 사랑의 우연성을 상징적으로 보여주는 장면이다. 디에고 신부는 가면무도회에 대해 언급하면서, 그 옛날 이교도들은 결혼식 전날 밤에 '가면놀이'를 했으며, 그리스인들은 이를 '식별의 밤'이라고 불렀다고 설명한다.

> 디에고 신부: 이날 밤, 이교도들은 각자 아무하고나 짝을 짓곤 했지. 그리스인들은 이것을 '식별의 밤'이라고 불렀어. 신랑신부는 유일하게도 이날 밤 서로 포옹하도록 허용되었는데, 단 조건은 모든 가면 쓴 사람들 사이에서 참된 사랑의 힘으로 서로를 알아냈을 경우만 가능했지.

이교도들의 전야제에서 신랑과 신부는 가면을 쓴 채 어둠 속에서 오로지 감각과 느낌, 감정으로 서로를 찾아내야 했고, 그것이 "참된 사랑의 힘"이라고 한다. 여기서 가면은 두 가지 기능을 한다. 가면은 우선 불확실성을 상징하며, 다음으로 진실을 가리는 의식적 수단이다. 가면으로 얼굴을 가리면 상대가 누구인지 불확실할 뿐만 아니라, 이로 인한 착각과 오해를 불러일으킬 수 있다. 또한 가면은 진실을 숨기고 상대에게 접근할 수 있는 수단이기도 하다.

특히 가면으로 얼굴을 가린 채 오로지 육감을 통해 상대를 찾아냄으로써만이 참된 사랑을 이룰 수 있다는 이교도들의 가면무도회는 에로스의 본질을 감각과 육감으로 환원한다. 하지만 감각과 육감을 통한 사랑의 추구는 번번이 오해와 착각을 불러일으킨다. 창녀 미란다는 가면무도회에서 로데리고를 돈 주앙으로 착각하고 그에게 사랑을 고백한다.

> 여자(미란다): 로데리고라고요? 날 놀리시려나 봐요. 이해는 가요. 그 사람도 날 껴안았으니까. 로데리고라, 그 사람 알긴 알아요. 이름만 다르지 그게 그것인 남성들 모두를 알고 있어요. 그네들끼리 뒤바뀌지 않는 게 가끔 놀라울 지경이랍니다. 누구나 마찬가지지! 그들이 말없이 껴안을 때면 모두 상투적일 뿐이죠. (…) 로데리고에게 무슨 신앙이 있다고 가소로워요. 당신 두 손을 꼭 잡고 있겠어요. 난 당신 두 손을 알아냈지요. 그 손에 키스하게 해 주세요. 그 손은 내 맘과 몸을 지탱해 주는 손이에요. 그 손은 단 한 사람만이 지닐 수 있죠. 그게 바로 당신이에요. 주앙! 주앙!

미란다는 수많은 남자를 경험했으며, 따라서 육감과 감각을 통해 가면을 쓰고도 남자를 알아볼 수 있다고 호언장담한다. 그러나 가면을 쓰고 사랑을 고백한 대상은 돈 주앙이 아닌 그의 친구 로데리고이다. 이러한 현상은 돈 주앙에게서도 나타난다. 2막과 3막 사이의 막간극에서 미란다가 신부 옷으로 변장하고 얼굴을 베일로 가린 채 나타나자, 돈 주앙은 미란다를 안나로 착각하고 결혼식장에서 뛰쳐나온 자신의 잘못을 뉘우친다.

기하학 - 절대성과 확실성의 정신세계

전통적인 돈 주앙과는 달리 프리쉬의 돈 주앙은 사랑이라는 감정의 불확실성과 우연성, 한시성에 대해 혼돈스러워 한다. 결혼 전야에 보았던 여인을 최고의 여인이라 판단하고 그녀와 사랑에 빠지며, 심지어 그녀와 도주할 계획도 꾸몄는데, 그 여인이 바로 결혼식장의 신부인 안나라고 한다면, 과연 돈 주앙은 안나와 결혼하는 것이 옳은 것인가, 아니면 간 밤에 만난 그 여인과 도주하는 것이 옳은가? 이러한 사랑의 우연성과 불확실성에 깊이 괴로워하면서 돈 주앙은 친구인 로데리고에게 다음과 같이 고백한다.

> 돈 주앙: 내가 안나를 처음 보았을 때가 봄이었어. 여기, 바로 이 층계에서 무릎을 꿇었지. 말문이 막히더군. 마치 벼락이라도 맞은 것처럼. 흔히들 그렇게 말하는 법이지만, 난 평생 잊지 않을 거야. 그녀가 옷깃에 바람을 스치면서 한발 한발 계단을 내려왔고, 그리고 내가 무릎을 꿇었을 때 그녀도 멈춰 섰어. 그녀 또한 아무 말 없이. 난 그녀의 싱그러운 입술을 보았어. 그리고 검은 면사포 아래로 푸른 두 눈의 반짝임도 보았지. 그때도 지금 같은 아침이었어, 로데리고 마치 햇살이 내 동맥을 뚫고 쏟아지는 듯했었어. 난 그녀에게 말을 걸기에는 너무 숨이 막힐 정도였지. 목이 메었고 웃음이 났지만 웃지 못했어. 웃음이 나올 듯 했으니까. 그건 사랑이었다는 생각이 들어. 그게 바로 그녀였던 거야. 처음이자 마지막으로…
>
> 로데리고: 그게 왜 마지막이라는 거야?
>
> 돈 주앙: 다시 돌아가는 일이란 없어… 그녀가 이제, 바로 이 순간, 다시 한번 옷자락에 바람 소리를 내면서 이 계단을 내려오고 면사포 아래 빛나는 그녀의 눈을 보게 된다면 내가 무엇을 느끼겠는지 넌 알겠니? 아무것도 못 느껴. 아무런 느낌도 없지. 기억의 잿더미만 남아 있을 뿐이야. 난 그녀를 두 번 다시 안 볼 거야. (그는 악수를 청한다.) 잘가, 로데리고!
>
> 로데리고: 어디로 가는데?
>
> 돈 주앙: 기하학에게로.

돈 주앙은 자신이 경험한 사랑의 우연성과 불확실성뿐만 아니라, 사랑이라는 감정이 변덕스럽고 한시적이라는 특성에 실망한다. 물론, 그것이 자신에게 일어난 일이며 자신이 경험한 것이었다 하더라도 말이다. 돈 주앙은 안나를 처음 만났을 때 그녀의 광채에 매료당하여 그녀 앞에 무릎을 꿇었다. 마치 벼락 맞은 것처럼, 햇살이 동맥을 뚫고 나온 것처럼, 숨이 막히고, 말이 안 나오고, 그렇게 안나와의 첫 만남은 찬란하고 눈부셨고, 사랑의 감정 또한 폭풍처럼 일어섰다. 그런데, 그 질풍노도 같은 감정이 어느 순간 사라지고 이제 돈 주앙의 가슴에 남아 있는 것은 기억의 잿더미뿐임을 발견하게 된다.

여기서 돈 주앙은 사랑의 속성과 특성을 간파한다. 불꽃같은 열정적인 사랑을 누구나 갈망하지만, 안타깝게도 그 사랑은 우연적이고 불확실하며, 더욱이 시간이 지나면 변덕스럽게도 수그러드는 잿더미와 같은 존재라는 것이다. 프리쉬의 돈 주앙이 꿈꾸고 갈망했던 사랑은 이러한 우연성, 불확실성, 변덕적인 사랑이 아니다. 그가 꿈꾸는 것은 절대적인 사랑, 확실한 사랑, 그리고 변하지 않는 영원한 사랑이다. 그것도 간밤의 여성을 사랑한 것인지, 아니면 결혼식장의 안나를 사랑한 것인지 혼란스러울 정도로 이 여성, 저 여성을 사랑하는 감정이 아니라, 오로지 특정한 '한 여성', 즉 개별적인 '한 존재'만을 사랑하는 그러한 절대적이고 일대일적인 사랑을 추구한다.

바로 이런 점에서 프리쉬의 돈 주앙은 전통적인 돈 주앙과 차이점을 보인다. 티르소 데 몰리나의 돈 후안이나 모차르트의 돈 조반니는 '한 여성'만을 사랑했던 것이 아니라, 여성 다수 즉 '여성이라는 존재'를 사랑했다. 또한 이들은 사랑이 부여하는 우연성과 불확실성을 마치 긴장감이 맴도는 스릴처럼 즐겼을 뿐만 아니라, 변덕스런 사랑의 속성을 이용하여 이 여성에서 저 여성으로 끊임없이 옮겨 갔던 것이다.

반면 프리쉬의 돈 주앙은 이러한 전통적인 돈 후안이나 돈 조반니 식의 사랑을 철저하게 거부한다. 더욱이 그러한 사랑의 방식이 '남성적'이지 못하고, 여성들이나 열광할 질펀한 감정의 유희라 규정한다. 돈 주앙은 자신의 에너지와 열정을 기하학에 바칠 것을 맹세하며, 기하학이야말로 남성적이라고 판단한다. 그는 사랑의 감정을 "후덥지근한 뇌우처럼 지나쳐버린 행복감"이라 표현하며, 남자다운 남자가 되기 위해서 "남성적인 기하학"에로 돌아 갈 것을 결심한다. 우연적이고, 불확실하며, 변덕스런 감정은 여성적이자 여성의 세계인데 반해, 절대적이고 확실하며, 일관된 기하학의 세계는 남성적이자 남성의 세계라 규정한다. 돈 주앙은 자신의 이러한 확신을 친구인 로데리고에게 고백한다.

> 돈 주앙: 후회하지 않을 테야! 내가 남자다운 남자가 되었다는 것이 전부야. 네가 보다시피, 난 머리끝에서 발끝까지 건강해. 그리고 후덥지근한 뇌우처럼 지나쳐 버린 행복감에서 깨어나 냉담해졌어. 이제 난 아침 무렵에 말을 타고 떠날 거야. 맑은 공기가 감미로울 테지. 그리고 졸졸 흐르는 시냇물에 이르면 추위에 웃으면서 목욕을 할 것이고. 그러면 내 결혼식은 끝장을 낸 셈이지. 난 전에 없이 홀가분한 기분이야, 로데리고. 비어 있고 깨어 있으며 남성적인 기하학에 대한 욕망으로 가득 차 있다고.
>
> 로데리고: 기하학이라…!

돈 주앙은 변덕스런 감정의 유희, 감정의 늪이 싫으며, 기하학의 세계는 냉철함, 순수함, 정확성으로 이루어졌다고 말한다.

돈 주앙: 기하학적인 장소의 순수함. 난 순수함, 냉철함, 정확함을 그리워
하고 있지. 난 감정의 늪이 몸서리쳐지도록 싫어. 원이나 삼각형 앞
에선 부끄러워지거나 싫증을 느껴본 적이 없어. 삼각형이 무엇인지
알아? 우리의 마음을 그토록 자주 혼란하게 만들고 예상할 수 없게
만드는 그 많은 가능성이 이 세 선 앞에선 환상처럼 무너져버려.
거기엔 속임수도 감정도 도움이 안 돼. 인간이 행하는 사랑에서처럼
거기엔 변덕도 없어. 거기에선 오늘 옳은 일이 내일도 똑같이 옳지.

돈 주앙은 기하학을 '순수함, 냉철함, 정확함'의 상징이라 표현한다.
그가 사랑의 감정에서 경험한 온갖 혼돈과 우연함, 불확실성과 변덕을
기하학에서는 찾을 수 없다고 한다. 따라서 이러한 절대적이고 확실하
며, 시종일관한 기하학의 세계로 들어가 기하학에 몰두하는 것이 진정한
남성의 세계라는 것이 돈 주앙의 주장이다.

기하학에 대한 사랑 - 정신세계를 추구하는 지식인 돈 주앙?

그렇다면, 프리쉬의 돈 주앙은 어떻게 평가할 수 있는가? 전통적인
돈 주앙과는 달리 프리쉬의 돈 주앙은 바람둥이가 아니다. 그는 여성에
게는 관심이 없고, 여성을 유혹하지도 않으며, 여성과의 사랑을 통해 발
생하는 질펀한 감정도 충동도 원하지 않는다. 그는 오로지 냉철한 이성
으로 세계를 합리적으로 파악하고 이해하며 분석하고자 한다. 그는 프리
쉬의 말대로 지성이 지배적인 "정신-인간 Geist-Person"인 것이다. 돈
주앙은 디에고 신부와의 대화에서 다음과 같이 말한다.

돈 주앙: 신부님이 그것을 신이라고 부르지만, 나는 그것을 기하학이라
고 부릅니다. 모든 남성은 여성들보다 뭔가 고귀한 것을 지니고 있

지요. 만일 남성들이 다시 냉철해지기만 한다면요.

    가톨릭의 신부가 여성과 담을 쌓고 속세와 떨어져 평생 자신의 모든 것을 신과 종교에 바친다면, 돈 주앙은 자신의 열정과 에너지를 기하학에 쏟아붓는다. 돈 주앙에게 있어 기하학은 이성적이고 합리적인 정신세계를 뜻한다. 그는 감정이 한번 빠지면 헤어 나올 수 없는 혼돈과 어두운 충동의 세계인 반면, 이성은 명료하고, 투명하며, 순수하고, 냉철한 정신의 세계라고 규정한다. 말하자면, 돈 주앙은 정신세계에서 의미와 가치를 발견하는 전형적인 지식인이며, 따라서 그에게 기하학은 절대적인 의미를 지닌다.

    기하학이 명료하고 절대적인 인식을 바탕으로 한 것이라면, 사랑과 에로스의 감정은 우연적이고 불확실한 세계이다. 돈 주앙은 자신이 안나를 사랑하는지, 간밤의 여인을 사랑하는지 불확실하며, 비록 안나와 간밤의 여인이 동일 인물이라 할지라도 바로 이러한 사랑의 불확실성 때문에 결혼식장에서의 서약을 거부한다. 평생 가슴속에 다른 사랑을 두지 말 것을 맹세하겠느냐는 결혼서약에 동의할 수 없다며 결혼식장을 뛰쳐나온 돈 주앙은 장인인 곤잘로 경의 분노를 산다. 그것은 신부와 신부의 아버지에게는 명예를 짓밟는 것이므로 명예를 지키려는 사람들로부터 복수의 추적을 당하게 된다.

    추적을 피해 도망치다 돈 주앙은 여인들의 방으로 뛰어 들어간다. 여인들의 방에 들어간 돈 주앙은 무수히 많은 사랑의 유희를 체험한다. 그렇다면, 냉철한 정신세계인 기하학을 숭배하고 감정의 세계를 혐오하던 돈 주앙은 왜 여인들의 방으로 뛰어들어 감각과 탐욕의 세계에 빠지는가? 이 방 저 방 도주하며 여성들과의 유희를 체험히는 돈 주앙의 모습은 겉으로 보기에 '욕구-유혹-도주'의 과정을 거치는 전통적인 돈 주앙의 모습과 크게 다르지 않다.

그러나 돈 주앙이 이러한 행태를 보이는 것은 그가 실제로 여성을 욕구하고 감각에 탐닉하는 유혹자가 아니라, 사랑이라는 감정의 불확실성을 확인하고자 하는 호기심 때문이다. 이 때문에 그는 심지어 신부의 어머니인 엘비라 부인과 친구 로데리고의 애인 이네츠와도 사랑의 유희를 체험한다. 과연 사랑이라는 감정이 무엇인지, 그것은 신부의 어머니인 엘비라 부인과도 가능한지, 혹은 친구 로데리고의 애인인 이네츠와도 가능한지 궁금했던 것이다. 그리고 이 모든 것이 전적으로 자신의 지적 호기심 때문이라고 친구 로데리고에게 고백한다.

> 돈 주앙: 나는 천성적으로 호기심이 있다. 나는 내가 그것을 할 수 있을지 궁금했어. 이네츠는 너의 신부이고 너는 그녀를 사랑하고 그녀도 너를 사랑하지. 나는 이네츠도 그럴 수 있을지 궁금했어.

신분, 지위와 관계없이 여성들과 사랑의 유희를 체험한 돈 주앙은 사랑이야말로 불확실하고 무질서한 감정이자 본능의 세계라고 확신한다. 따라서 사랑과 감정의 실체를 체험하고 확인한 돈 주앙은 더욱 더 인식의 세계이자 명료함의 세계인 기하학으로 도피하고 싶어 한다.

그러나 본인의 생각이야 어떠하든, 그것이 자신에게 사랑의 불확실성을 깨닫고 기하학으로 되돌아가기 위한 필수불가결한 중간단계이자 체험의 과정이었다 하더라도, 돈 주앙이 보여준 행동은 사회에서 용납할 수 없는 파렴치한의 행태이다. 결혼서약을 거부한 채 신부를 떠나고, 추적을 피하다 지적 호기심으로 신부인 안나의 어머니 엘비라 부인과 사랑

을 즐기고, 더욱이 자신의 절친인 로데리고의 애인인 이네츠와도 사랑의
유희를 즐겼던 것이다. 이를 누가 정상적인 사람의 행동이라고 보겠는
가? 돈 주앙의 행동은 사회질서를 파괴하고 명예를 실추시키는 반인륜
적 행동이다. 그의 파렴치한 행동으로 인해, 신부 안나와 친구 로데리고
는 자살하고 돈 주앙의 아버지는 심장마비로 죽으며, 신부의 아버지인
곤잘로 경은 돈 주앙과 싸우다 그의 칼에 맞아 죽는다.

2. 남편이자 아버지로 전락하는 돈 주앙

돈 주앙 신화의 전복 - 돈 주앙을 유혹하는 여성들

이 작품에 등장하는 여인들은 '돈 주앙'에 대한 거대한 환상을 가지고
있고, 돈 주앙으로부터 기꺼이 유혹당하고 싶어 한다. 돈 주앙을 마주
한 여인들은 그들의 신분이 무엇이든, 돈 주앙과 어떤 관계에 있든 돈
주앙 앞에 굴복하고 만다. 전통적인 돈 주앙이 여성들을 유혹하는 데
반해, 프리쉬의 돈 주앙은 끊임없이 여성들의 관심과 유혹을 받는다.

돈 주앙의 신부로 등장하는 안나는 돈 주앙에게 푹 빠져 있다. 안나는
신랑이 될 돈 주앙이 전쟁터로부터 돌아온다는 소리에 완전히 제 정신이
아니며, 사지를 마구 떨 정도로 돈 주앙에게 반해 있으며, "나는 정녕
그이를 사랑하나 봐요."라며 자신의 사랑을 내비친다. 그녀는 결혼전야
밤 공원에서 돈 주앙을 만나고 이름도 얼굴도 모르는 남성이 돈 주앙이
라고 확신하면서 결혼식장에서 결혼서약에 굳건히 대답한다. 그리고 돈
주앙이 결혼서약을 할 수 없다고 뛰쳐나가도 끝까지 돈 주앙을 믿으며

공원에서 약속한 것처럼 돈 주앙을 기다리겠다고 말한다. 돈 주앙이 추적을 피해 여인들의 내실에 뛰어들어 무수한 여성과 사랑놀이를 하는 동안, 안나는 홀로 공원에서 밤새 돈 주앙을 기다리며 그의 이름을 외친다. 안나에게 있어 돈 주앙은 코르도바 전투의 영웅이자 최고의 기사이며, 가장 근사한 신랑이다.

안나의 어머니이자 장모가 될 엘비라 부인 역시 돈 주앙을 흠모한다. 17년간 남편과의 결혼생활에서 무미건조함과 권태로움을 느낀 엘비라 부인은 "내가 젊은이에게 반한다면… 그런 일은 없겠지만."이라고 말함으로써 젊음에 대한 아쉬움, 환상과 현실사이에서 갈등을 내 보인다. 그녀는 돈 주앙이 딸 안나와의 결혼식장에서 자신이 왜 결혼서약을 할 수 없는지에 대한 장황한 궤변을 늘어놓고, 이에 대해 모두들 황당해 하는 동안에도 돈 주앙의 심경을 이해하는 유일한 여성이다. 심지어 딸의 불명예와 슬픔, 고통은 아랑곳없이 그의 논리를 대변하기까지 한다. 엘비라부인은 딸 안나와의 결혼에 대해 갈팡질팡해 하는 돈 주앙을 비난하지 않고 오히려 그를 이해하고 변호함으로써 관객의 기대와 일반적인 상식을 넘어서고 있다. 더욱이 사위가 될 돈 주앙과 발코니에서 대면했던 사실을 마치 처음 보는 남녀가 서로에게 관심을 가지며 빠져드는 사랑과 설렘의 장면처럼 회상하고 있다. 그녀에게 있어 돈 주앙은 젊음 그 자체이자 자신의 젊음에 대한 도전이며, 잊혀진, 스러져간 청춘에 대한 보상이고, 지루하고 권태로운 결혼생활에서 맛보지 못한 설렘이자 불꽃 같은 활력이다. 돈 주앙이 아버지 테노리오로부터 추격을 당하자 엘비라 부인은 돈 주앙을 자신의 방으로 피신시키며 그와 포옹한다.

프리쉬의 작품에서 돈 주앙이 만나는 여성 중 가장 흥미로운 여성은 창녀 미란다이다. 이 작품의 다른 여성들과 마찬가지로 그녀 역시 돈 주앙에게 깊이 빠져든다. 창녀 미란다는 수많은 남성을 지겹도록 체험하고 "이름만 다르지 그게 그것인 남성들"에 심드렁해 한다. "그들이 말없이 껴안을 때는 모두 상투적"이라고 말하던 미란다가 돈 주앙을 수많은 남성 중 자신이 사랑할 유일한 남성으로 판단한다. 특히 사창가에 와서 여자에게는 관심이 없고 장기에 몰두하는 돈 주앙을 자신이 유일하게 몸과 마음을 바쳐 사랑할 남성이라고 판단한다. 미란다는 왜 돈 주앙에게 반했을까? 미란다는 자신이 창녀지만 사창가에서 무수한 남성들이 보여주는 방탕함, 방만함, 늘어짐에 오히려 식상해 한다. 그러나 사창가에 와서도 흐트러짐이 없이 장기에 몰두하는 돈 주앙의 모습에서 다른 남성들에게서는 찾아볼 수 없는 모습, 즉 신념이 굳은 남성의 모습을 발견하고 그를 유혹하기로 결심한다.

1막이 끝난 뒤 막간극에서는 돈 주앙에게 반한 미란다가 세비야의 뚜쟁이 첼리스티나에게 사랑에 빠진 자신의 심경을 고백하며 엉엉 운다. 창녀들의 대모인 첼리스티나는 사창가에 온 손님 돈 주앙에게 사적인 사랑의 감정이 있는 미란다를 질타하며, 미란다로 하여금 사창가를 떠나 돈 주앙과 결혼할 것을 제안한다.

> 첼리스티나: 나가! 난 내 문전에서 값싼 감정 따윈 참을 수 없어. 한 개인에게 반하다니! (…) 한 개인을 사랑한다고? (…) 널 여태 교육해 놓았더니 그런 식으로 내게 은혜를 갚겠다는 모양이구나. (…) 난 여기서 내면성을 팔지 않아. 난 내적으로 끈덕지게 어떤 남자를 꿈꾸는 그런 색시는 팔지 않아. 그것은 우리 단골들이 자기네들 집에서도 가질 수 있어. 네 짐 보따리를 받아, 자, 그리고 내 앞에서 꺼져.
> 미란다: 난 어쩌면 좋아요?
> 첼리스티나: 결혼해

미란다: 첼리스티나!

첼리스티나: 넌 그럴만해. 결혼해! 넌 이 시대 최고요, 모두 너를 찾고 호강 받는 훌륭한 창부가 될 수 있을 텐데, 하지만 아니야! 넌 사랑을 해야만 하니까. (…) 창녀는 자기 영혼을 팔지 않아.

2막에서 돈 주앙이 결혼의 서약을 거부함으로써 결혼이 파기되고, 2막의 막간극에서는 2막의 내용과는 상반되게 미란다가 첼리스티나의 도움으로 신부 옷으로 변장하며, 돈 주앙이 자신을 안나로 착각하여 신부로 여기도록 기도한다.

미란다: 주여, 도와주소서! 한 번만 제가 신부로 여겨지도록 해주세요. 그것이 비록 거짓일지라도, 그가 한번 내 발 밑에 꿇어 앉아 맹세하도록 말입니다. 이 얼굴이 바로 안나, 이 얼굴만을 그가 사랑했노라고, 내 얼굴을… 더는 바라지 않겠어요.

3막에서 신부복에 면사포를 쓴 채 안나를 가장한 미란다가 돈 주앙 앞에 나타난다. 돈 주앙은 안나를 가장한 미란다의 형상 앞에서 결혼식 날 밤에 자신이 추적당하면서 수많은 여성들과 사랑놀이 한 것을 토로하며 자신을 떠나달라고 말한다. 그러나 미란다는 돈 주앙에게 변함없이 똑같은 사랑의 미소를 보낸다.

돈 주앙: 안나… 난 너를 버렸어. 온 세비야가 다 아는 것을 넌 모른단 말이야?

형상: 내 사랑하는 주앙!

돈 주앙: 가줘! 가! 가라고 하잖아! 가란 말이야! 천국과 지옥의 이름으로 가!

(…)

형상: 나의 주앙!

돈 주앙: 어째서 당신은 또 한 번 내가 당신을 사랑할 것이라고 믿지? 그 기대는 두 번 다시 환원되지 않을 것이라고 생각되었는데.

형상: 일어나세요!

돈 주앙: 안나. 난 용서를 빌기 위해 무릎을 꿇은 것이 아니야. 내 경험에 의하면 용서한다고 내가 구원될 리는 없어. 다만 기적만이…

형상: 일어서래두요.

돈 주앙: (일어선다) 우린 서로를 영원히 알기 위해 서로를 잃었어. 그래! 영원히. (그는 그녀를 끌어안는다.) 내 여자여!

형상: 내 남편이여!

　신부복과 면사포를 쓰고 안나로 가장한 미란다는 시종일관 "내 사랑하는 주앙"을 외치며, 돈 주앙의 넋두리를 들어준다. 떠나라고 외치는 돈 주앙의 절규에 조용히, 아무런 반응도 없이, 그저 묵묵히 그의 말을 들어주며 한결같이 사랑의 미소만을 보낼 뿐이다. 돈 주앙이 자신의 만행을 폭로하듯 낱낱이 고백했음에도 불구하고, 안나의 형상을 한 미란다는 마치 성모 마리아처럼 그의 영혼을 구원하듯 자비의 눈길과 목소리로 그를 감싸 안는다. 그리고 마치 후렴구처럼 "내 사랑 주앙"을 연거푸 외치는 동안 돈 주앙은 심리적으로 무릎 꿇는다. 그리고 미란다를 포옹하고 신부로 받아들임으로써 끝내지 못한 결혼식을 완성하게 된다.

　이 작품에 등장하는 여성들은 유혹당하기 보다는 '유혹하는' 여성들이며, 돈 주앙 역시 더 이상 '유혹하는 자'가 아닌 '유혹당하는 자'로 등장한다. 이러한 면에서 이 작품은 돈 주앙의 신화를 전복한 것이라 볼 수 있으며, 특히 창녀 미란다는 전통적인 돈 주앙의 역할을 떠맡아 '유혹하는 자'의 입장에 서게 된다. 스페인 작가 티르소 데 몰리나의 '돈 후안'이 '모타 후작'의 사촌 여동생 '도냐 아나'에 반하여 후작의 망토로 자신을 가린 채 그녀를 속여 유혹에 성공한다. 티르소 데 몰리나의 돈 후안이 맡은 역할을 프리쉬의 작품에서는 돈 주앙이 아닌 창녀 미란다가 떠맡게 된다. 그녀는 안나로 가장하여 면사포로 얼굴을 가린 채 돈 주앙을 속이고 그를 유혹하여 끝내는 자신이 바라던 돈 주앙과의 포옹, 그리고 그로부터 "나의 아내여"라는 말을 듣게 된다. 전통적인 돈 주앙의 중요한 특징인 '유혹자'의 역할을 창녀 미란다가 수행함으로써 돈 주앙 신화의 전복을 살펴볼 수 있을 뿐만 아니라, 버틀러의 수행성 개념인 '다르게 반복하기'를 관찰할 수 있다.

반(反)-돈 주앙적 결말, 남편이자 아버지로서의 돈 주앙

돈 주앙은 안나와 다시 결혼한 것으로 철석같이 믿고 있다. 그러나 자신이 결혼한 여성은 안나가 아닌 창녀 미란다임이 밝혀지자 충격에 빠진다. 또한 자신으로 인해 신부 안나와 친구 로데리고가 자살하고, 아버지가 심장마비로 사망하며 신부의 아버지 곤잘로 경이 자신의 칼에 죽게 되자 돈 주앙은 깊은 죄책감에 빠진다.

4막은 세월이 흘러 33세가 된 돈 주앙의 모습을 보여주고 있다. 그는 살인죄로 막대한 자금을 지불해야 하며 파산해 있다. 살인죄에 대한 소송비를 지불 할 형편도 아니고, 여성들과의 애정행각에도 염증을 느낀다. 그리고 이 지긋지긋한 세상과 등지고, 처음부터 자신이 선망하던 기하학에만 몰두하기 위해 자처해서 '지옥행'이라는 연극을 꾸민다. 전통적인 티르소 데 몰리나의 돈 주앙이 '초대받은 석상'의 회개 권고를 세 번이나 부인함으로써 지옥으로 떨어지는 데 반해, 프리쉬의 돈 주앙은 지옥행이라는 연극을 스스로 연출한다. 그는 초대받은 석상의 역할을 창녀의 대모 첼리스티나에게 부탁한다. 악사들도 초대되어 대기하고 있으며 돈 주앙을 추종했던 수많은 여인 중 13명의 여인들이 관객으로 기다리고 있다.

연극이 시작되기 전 창녀 미란다가 돈 주앙에게 나타난다. 미란다는 돈 주앙과의 결혼이 불가능하다고 판단하여 그 사이 론다 공작과 결혼하고, 론다 공작이 죽자 막대한 재산을 유산으로 물려받는다. 그리고 이제 돈 주앙 앞에 나타나 제안한다. 자신을 부인으로 받아들이고 그녀의 성으로 들어와 사는 조건으로 그의 빚을 모두 갚는다면, 돈 주앙은 기하학에 몰두할 수 있다는 것이다.

> 여인(론다 공작부인): 당신은 늘 당신 자신만을 사랑했지, 당신 스스로를 알아낸 적은 없어요. 그렇기 때문에 당신은 우리를 미워하는 거예요. 당신은 우리를 언제나 여자로 대했을 뿐 부인으로서는 전혀 생각하지 않았어요. 당신은 우리 개개인을 간주곡쯤으로 여겼죠. 그러나 간주곡은 당신의 전 생애를 삼켜버렸어요. 왜 당신은 한 부인을 믿어보려고 하지 않죠. 단 한 번만이라도, 주앙? 이것이야말로 당신이 기하학으로 가는 유일한 길이지요.

론다 공작부인, 즉 미란다는 이 작품에서 돈 주앙을 유일하게 이해하고 그의 실상을 파악한 여성이다. 그녀는 여타 남성들과는 달리 돈 주앙이 기하학에 몰두했기에 그를 사랑했다. 그러나 여성을 혐오하고 기하학만을 중시한 돈 주앙에게 역설적으로 여성들이 늘 들끓었다. 이러한 모순을 간파한 미란다는 그가 여성과의 삶을 받아들일 때 모순을 극복할수 있고, 역설적으로 이것이 곧 기하학에 이르는 길이라 말하며 자신과 결혼할 것을 제안한다.

그러나 돈 주앙은 미란다의 제안을 받아들이지 않는다. 그는 여성을 철저하게 거부하고 지옥으로 떨어지는 계획을 구상한다. 지옥행의 계획이란 다름 아닌 돈 주앙이 죽어 지옥으로 갔다는 소문을 내달라는 것이다. 돈 주앙이 관객 앞에서 초대받은 석상과 손을 잡으면 총소리가 들리고 화약 연기가 뿌옇게 나며, 그 사이 합창단들이 '할렐루야'를 부를 때 그 사이를 틈타 돈 주앙은 무대 위 마룻바닥 덮개의 뚜껑을 열고 지하실로 이어지는 통로 밖으로 빠져나간다는 것이다. 그러면 주교가 예비해 놓은 수도원에 들어가 세상과 등지며 기하학에만 몰두한다는 것이 그의 지옥행 계획이자 연극이다.

돈 주앙은 자신의 지옥행 연극을 빠짐없이 모두 주교에게 털어놓는다. 그러나 공교롭게도 주교는 실제 가톨릭의 주교가 아닌, 가면을 쓴 귀족 로페즈였다. 로페즈는 자신의 아내가 돈 주앙과 사랑의 유희를 한 것에 복수심에 불타 있었다. 돈 주앙의 계획을 모두 들은 로페즈는 가면을 벗으며 관객들에게 돈 주앙의 괘씸한 계획을 폭로하지만 수포로 돌아가고, 돈 주앙은 지하실을 통해 밖으로 도망 나온다.

이어지는 마지막 5막에서 돈 주앙은 자신이 바라던 수도원에서 기하학에 몰두하는 것이 아니라, 첼리스티나의 중개로 미란다의 성에 머물게 된다. 미란다는 첼리스티나가 중개한 대가로 그녀에게 막대한 자금을 지불한다. 수도원에 들어갈 수 없는 돈 주앙은 미란다의 성에서 그녀의 남편이 되는 조건으로 기하학에 전념한다. 작품은 일상에서 가장 흔하게 볼 수 있는 부부의 식사장면으로 끝이 난다. 돈 주앙은 미란다와 함께 식사를 하면서 조만간 아버지가 되리라는 소식을 접한다. '한 여성의 남편이자 아버지'인 돈 주앙은 더 이상 전통적인 돈 주앙의 모습을 하고 있지 않다. 전설적인 돈 주앙의 불꽃 같은 모습도, 열정과 에로스의 폭염에 뒤엉켜 여성을 유혹하는 활화산 같은 모습도 찾아볼 수 없다. 어느 집에서나 발견할 수 있는 극히 평범하고 일상적인 부부의 식사장면일 뿐이다. 이는 역대 돈 주앙의 신화들과 변형 중 가장 '반(反) 돈 주앙적'인 결말이라 할 수 있다.

프리쉬의 돈 주앙은 오로지 기하학을 삶의 목표로 삼고, 인식의 힘을 유일한 가치로 평가하는 지식인의 전형으로 등장한다. 그는 여성적인 것, 감성적인 것, 또는 인간의 본성적인 영역을 거부하면서 이성적이고 냉철한 것만을 가장 성스러운 것으로 평가하는 극단적인 모습을 보이고 있다. 프리쉬는 '이성 대 감성, 정신 대 물질, 남성 대 여성'의 대립적 사고를 지닌 돈 주앙을 통해 현대인의 이분법적 사고를 비판하고 있다. 프리쉬가 이성, 논리 중심의 세계관에 감정의 영역을 새롭게 조명하고 있다는 점에서 오늘날 부각되는 '감정 연구'를 미리 선취하고 있다고 할 수 있다. 프리쉬는 '전인전 인간' 또는 '통합적 인간'이 되기 위해서는 감성과 이성의 조화, 물질과 정신의 상호작용이 이루어져야 함을 간접적으로 제시한다. 돈 주앙이 보여준 비정상적일 정도로의 지나친 인식욕과 정신성에 대한 집착은 지식인들이 흔히 범할 수 있는 오류임을 시사하고 있다. 따라서 '한 여성의 남편이자 아버지'가 될 돈 주앙의 결말은 가장 '반-돈주앙'적이지만, 그러나 비로소 인간적 성숙을 향한 첫걸음으로 여겨진다.

7

한트케의 『돈 주앙, 자신에 대해 말하다』

- 여성의 구원자이자 멘토로서의 돈주앙

욕망의 제어자이자 여성의 추앙을 받는
한트케의 돈 주앙

1. 작가 페터 한트케

페터 한트케 Peter Handke 의 『돈 주앙, 자신에 대해 말하다 Don Juan (selbst von ihm erzählt)』(2004)는 전통적인 돈 주앙 신화를 완벽하게 비틀고, 돈 주앙을 파렴치한이 아닌 구원자로 묘사한다는 점에서 흥미로운 작품이다. 작가 한트케는 1942년 오스트리아에서 태어났다. 생부는 독일군의 회계원이었으나 어머니는 하사관과 결혼했다. 어머니는 슬로베니아 계통이다. 1961년 한트케는 그라츠 대학에서 법학부에 입학했다. 하지만 어릴 때부터 작가가 되기로 결심하였고, 그라츠의 문학 써클인

페터 한트케

<포럼 슈타트파크>에 작품 『마누스크립테』(1963)를 발표하였다. 1965
년 배우 립가르트 슈바르츠와 결혼했으며, 1966년 『관객모독』으로 일약
세계적으로 유명한 작가가 된다. 2004년 『돈 주앙, 자신에 대해 말하
다』가 발표되기까지 한트케의 문학은 여러 단계 변화를 거친다.

초기의 한트케의 문학은 언어실험이 특징이다. 한트케는 1960년대 말
독일문학의 주도적 흐름이었던 참여문학과 문학의 정치화에 문제를 제
기하였다. 그는 언어의 내재적 방식에 주목하여 진정한 '문학의 정치화'
란 일상적으로 '자명하다고 규정되는 것, 아무런 반성없이 자연스럽게
받아들여지는 것'들을 비판적으로 바라보고, 이것들이 조작된 것이자 지
배체제의 논리라는 것을 폭로하는 일이라고 말하였다. 그리고 지배체제
의 논리가 언어 속에서 어떻게 재조직되는지 파악하는 일이 문학의 과제
로 보았다. 1966년에 발표된 『관객모독』은 바로 이러한 연장선상에서
창작된 작품이다. 이 작품은 전통극 형식에 대항하여 언어현실과 실제현
실 사이의 차이를 부각하며 연극계에 센세이션을 불러일으켰다. 기존의
전통적인 드라마와 달리 끝없는 독백이 이어지고, 배우가 관객석에 뛰어
들어 대화하는 등 다양한 실험이 시도된 『관객모독』은 한국에서도 각광
을 받으며 성황리에 공연되었다. 1968년에 발표된 작품 『카스파』에서는
언어실험의 문제가 보다 구체화되어 나타난다. 이 작품은 팬터마임과
언어극을 결합했으며, 개인 또는 집단이 사회화되어가는 과정에서 언어
의 조작이 어떻게 이루어지는지 폭로하고 있다.

1969년에 딸이 탄생하지만 한트케는 아내와 이혼한다. 이러한 개인사
적 체험과 함께 1970년을 기점으로 한트케의 문학은 언어실험적 경향에
서 인간의 실존문제로 전환한다. 1970년에 발표한 『페널티킥에서의 골
키퍼의 불안』에서 주인공 블로흐는 외부와 소통이 단절되며 정서적으로

불안한 상태에 빠진다. 이 작품은 인간의 실존문제와 치유를 부각하고 있다. 1972년에 발표된 『긴 이별에의 짧은 편지』는 외부세계와 마찰하는 고통스런 주인공을 문제 삼아 해결의 실마리를 제시한다. 작품의 주인공은 갈등을 극복하는 방법을 배우고, 비록 짧은 순간이지만 세계와의 화해를 경험한다. 이전의 한트케가 '문단의 이단자, 우울증 환자, 나르시스트'로 치부되었던데 반해, 이 작품을 기점으로 우주와의 합일을 이야기하는 신비주의자로 불리게 된다. 한트케는 에세이 <세상의 무게>(1977)에서 자신의 일상적 삶을 기록하고 있다. 파리에서의 병원생활, 친구의 죽음, 아이의 교육문제 등 수많은 일상의 단상들이 일기형식으로 기록되어 있다. 한트케는 여기서 관찰자의 시선으로 자신의 일상을 서술함과 동시에 모든 편견과 선입관에서 벗어나 사물을 묘사하고자 했음을 밝힌다.

이러한 발전단계를 거쳐 1975년에 발표된 『진실된 느낌의 순간』에서는 한트케의 또 다른 문학세계를 발견할 수 있다. 이 작품에서부터 한트케는 문학작품을 통해 상담자, 예언자, 혹은 사제로서의 작가적 소명을 인식하고 작품 활동을 한다. 1979년에 발표된 작품 『느린 귀향』에 대해 한트케는 "세계와의 조화, 우주의 보편성에 도달하려는 시도"라고 말했다. 예전의 한트케가 '문단의 이단아'로 불리고, 나르시스트적 정신분열 증상까지 보였던데 반해, 이후 1980년대에 들어오면 작품의 주인공은 예언자적인 사제로 변모하고, 세계와 화해하는 경향을 나타낸다. 2004년에 발표된 『돈 주앙, 자신에 대해 말하다』는 바로 이러한 연장선상에서 발표된 작품이다.

2. 작품의 서사구조와 구성방식

한트케의 『돈 주앙, 자신에 대해 말하다』에서 주인공 돈 주앙은 '난봉꾼', '위선자', '성격 파탄자'라는 전통적인 돈 주앙의 모습과는 전혀 다르게 등장한다. 한트케 작품의 주인공들은 1980년대 이후 세계와 화해하고 예언자적인 성향을 드러내는데, 이 작품은 이러한 연장선상에 있다. 작품의 대략적인 내용을 살펴보자. 작품의 서술자, 즉 화자는 '나'이다. 어느 날 '나'의 정원에 돈 주앙이 쫓겨 온다. 돈 주앙은 작품에서 '그'라는 호칭으로 서술된다. '그'는 나의 정원에 허둥지둥 담 넘어 들어와 나에게 그의 이야기를 전해 준다. '그'는 자신이 사실은 17세기에 사라졌던 바로 그 '돈 주앙'이라고 소개한다. 그리고 일주일 전부터 7일 동안 벌어진 일들을 '나'에게 털어놓는다. 그는 처음에 모스크바에서 비행기를 타고 출발하여 코카서스를 지나 그루지아, 다마스커스에 도착하였고, 또 다시 세우타, 노르웨이, 네덜란드, 프랑스에 도착했다고 말한다. 그는 각각의 체류지에서 여성들을 만나는데, 어떤 날은 결혼식장에 들어선 신부를 만나게 되고, 어떤 날은 임신한 여인과 만나게 되지만, 한 번도 그녀들에게 접근한 적이 없다고 한다. 오히려 여성들이 항상 그에게 시선을 던지고 그녀들이 그에게 다가오곤 했다고 한다. 7일간의 이야기가 모두 끝나고 '그', 즉 돈 주앙이 떠나려 하는데, 밖에는 수많은 여성이 장사진을 치고 있다. 돈 주앙은 "이제 때가 왔다."고 외친다.

전통적인 돈 주앙의 모습과는 달리 한트케의 돈 주앙은 섬세한 감각을 지닌 관찰자이다. 그는 수많은 여성을 만나지만, 그 만남은 육체적인 것으로 이어지지 않는다. 오히려 그는 자신의 에로스적 욕망을 관찰하고 그것을 억제하며, 섬세한 감수성으로 영혼과 양심, 지성과 영적 동경을 지닌 대가로 등장한다. 그는 여성들을 쫓아다니기보다는, 오히려 여성들로부터 추종을 받고 존경을 받는 대상이 된다.

정거장식 드라마 구성의 산문 작품

한트케의 『돈 주앙, 자신에 대해 말하다』는 순수하게 볼 때 산문의 형식을 띠고 있다. 그러나 작품의 구조를 면밀히 살펴보면 드라마적 구성을 하고 있음을 알 수 있다. 돈 주앙을 모티브로 한 수 많은 작품들은 거의 드라마의 형태이다. 티르소 데 몰리나의 『세비야의 농락자와 초대받은 석상』을 비롯해 호르바트의 『돈 주앙, 전쟁에서 돌아오다』, 막스 프리쉬의 『돈 주앙 또는 사랑의 기하학』 등 대다수 돈 주앙을 소재로 한 작품들은 드라마이다. 이는 돈 주앙이라는 소재를 드라마라는 장르로 구성함으로써 극적인 긴장감과 집중도가 배가되기 때문이다. 이로 인해, 독문학자인 힐트루드 그뉘크 Hiltrud Gnüg는 돈 주앙을 드라마가 아닌 산문으로 표현한다는 것은 더 이상 돈 주앙의 특성을 포기하는 것이라고 평하기도 했다.

한트케의 『돈 주앙, 자신에 대해 말하다』는 산문의 형태를 띠고 있으나, 전통적인 드라마적 구성을 받아들여 산문의 형식과 결합시키고 있다. 특히 정거장식 드라마를 내용의 진행과 접목시켜 '드라마적 산문'의 묘미를 보이고 있다. 작품이 서술되고 있는 시간적 배경은 5월이다. 돈 주앙은 화자의 집에 나타나 일주일간 그의 집에 머물며, 그가 오기 바로 직전 7일 동안에 벌어진 일들을 하나하나 들려준다. 일주일 전 돈 주앙은 매일 다른 장소에 있었다. 그는 그루지아 - 다마스커스 - 세우타 - 노르웨이-네덜란드 등을 거쳐 화자가 있는 프랑스의 '일 드 프랑스'로 건너온다. 그는 화자에게 '일주일 전 오늘'에 일어난 일을 매일 들려준다. 예를 들어 월요일에는 바로 일주일 전 월요일에 벌어진 일을 이야기해주고, 화요일은 일주일 전 화요일의 사건을 전달한다. 따라서 7일간의 체류지는 각각 '첫 번째 날, 그루지아', '두 번째 날, 다마스커스' 등으로 표기되어 사건의 전개는 장소에서 장소로 이동된다.

실제로 작품 속에서 돈 주앙은 한 정거장에서 다른 정거장으로 옮겨간다. 트빌리시에서 다마스커스로, 다마스커스에서 세우타로 이동한다. 트빌리시는 그루지아의 수도이다. 그루지아는 옛 소련에서 분리하여 독립한 공화국이다. 다마스커스는 시리아의 수도이고, 세우타는 스페인의 식민지로부터 독립한 아프리카의 북부 지중해 연안 도시이다. 이 장소들은 돈 주앙이 다른 도시로 이동하면서 맨 먼저 도착하는 정거장들이다. 말하자면 한 정거장에서 다른 정거장으로 이동함으로써 작품은 자연스럽게 정거장식 드라마의 구성을 보여주고 있다. 이러한 장소의 이동과 함께 매번 새로운 이야기와 에피소드가 전개된다. 여기서 한트케는 돈 주앙의 모티브에 카사노바를 결합한다. 여러 나라를 누비며 수많은 체험과 여성편력을 한 전설적인 인물 카사노바의 모티브가 한트케의 작품에 도입됨으로써 돈 주앙은 글로벌한 인물로 묘사된다.

정거장식 드라마의 구성은 작품 전체의 줄거리보다는 독자가 각각의 사건과 에피소드들에 집중하게 만든다. 이러한 정거장식 드라마의 구성을 산문에 도입함과 동시에 한트케는 산문이 지니는 약점을 보완하기 위해 돈 주앙의 등장을 마치 연극무대에 등장하는 것처럼 묘사하고 있다. 돈 주앙은 한 남녀 커플에 쫓겨 숨을 헐떡거리며 도망치다, 화자의 정원의 담을 훌쩍 넘고 들어온다. 마치 돈 주앙이 무대 위에 등장하듯 담을 넘어들어오는 장면묘사는 산문이 지니는 약점을 보완하기 위한 연극적 장치라 하겠다.

서술 특징 - '이야기하기'와 '서술하기'

이 작품의 제목은 『돈 주앙, 자신에 대해 말하다』이다. 제목만 보자면, 돈 주앙이 나타나 일주일 전 자신에게 벌어진 일들을 독자에게 풀어 놓을 것 같은 인상을 낳는다. 그리하여 독자는 작품을 읽기 전 한트케의 작품이 마치 돈 주앙의 파란만장한 여성편력을 자서전식으로 구성한 것으로 예상한다. 그러나 작품의 첫 장을 넘기면 제목에서 기대했던 바와는 달리 두 명의 주인공이 있음을 알게 된다. 돈 주앙과 작중 화자가 바로 그들이다. 화자는 이름이 없다. 그러나 그는 돈 주앙만큼이나 작품에서 중요한 역할을 하며, 작품에 늘 존재하는 인물이다.

화자는 프랑스의 '뽀르-르와얄-데-샹'이라는 수도원 근처에서 여관을 운영하며 요리하는 요리사이다. 어느 날 돈 주앙은 남녀 커플에 쫓겨 화자의 여관으로까지 도망쳐 온다. 작품의 첫 시작은 다음과 같은 문장으로 시작한다. "돈 주앙은 언제나 그에게 귀 기울여 들어 줄 사람을 찾고 있었다." 돈 주앙은 화자의 여관에서 7일간 머물면서 일주일 전 벌어진 이야기들을 화자에게 들려준다.

말하자면 돈 주앙이 자신의 이야기를 직접 독자에게 들려주는 것이 아니라, 먼저 화자에게 이야기를 들려주고, 화자가 다시 이를 서술하는 방식이다. 따라서 독자는 돈 주앙의 이야기를 직접 듣는 것이 아니라, 화자를 통해 전달받는 것이다. 이로 인해 독자는 작중에서 벌어지는 사건을 자신의 상상력으로 재구성하기보다는, 전적으로 화자의 판단과 서술에 의존해야 한다. 직접적인 전달의 부재로 드라마적인 극적 구성은 부족하지만, 대신 화자는 돈 주앙이 전달하는 이야기에 대해 곰씹고 이를 해석해주는 역할을 하고 있다.

화자의 직업은 요리사이다. 그는 7일간 돈 주앙의 이야기를 들어주면서 동시에 그에게 요리를 해준다. 즉, 그는 돈 주앙의 이야기를 들어주고, 그의 이야기를 서술하면서 동시에 그에게 요리를 해준다. '요리'와 '서술'은 서로 공통점이 있다. '요리'와 '서술'은 날 것의 재료들을 하나의 완성된 것으로 만든다는 상징적인 의미를 지니고 있다. 화자인 '나'는 '요리사'로서 야채, 생선, 고기 등 날 것의 재료들을 다듬고, 볶고, 튀기고, 삶고, 거기에 양념을 첨가하여 새로운 형태의 근사한 음식으로 '요리'한다. 또한 화자인 '나'는 '서술자'로서 돈 주앙으로부터 들은 이야기들을 곰씹고, 걸러내고, 자신의 해석을 첨가하여 새로운 이야기로 '서술'하고 있다.

돈 주앙은 마치 '무대에 선 배우에게 귀 띔을 해주는 식의 독백형태로' 사건에 깊이 몰입하여 이야기를 전달하고 있다. 반면 화자는 '중간에 질문하거나, 이의 제기, 혹은 끼워 넣기'를 일체 금지 당하고, '아무런 질문 없이' 돈 주앙의 이야기를 듣게 된다. 그리고 그 이야기들을 시간이 많이 지난 뒤 다른 각도에서 서술한다. 그는 돈 주앙이 이야기하는 동안 아무 말 없이 듣기만 하지만, 그 내용을 서술하는 과정에서는 자신의 생각과 해석을 첨가하고 있다. 돈 주앙이 열정적으로 신나서 이야기하는 동안, 화자는 침묵으로 일관하며 조용히 듣기만 하다가 시간이 지난 뒤 그 이야기를 골똘히 생각하고, 곰씹고, 추측하며, 그것을 다시 독자에게 전달한다. 이렇듯 '이야기하기'와 '서술하기'의 상호결합은 이 작품의 구조적 특성이며, 전통적인 드라마적 구성에 산문 작품이 주는 성찰적 요소를 부여한다.

3. 한트케의 돈 주앙, 욕망의 제어자이자 관찰자

더 이상 유혹자가 아닌 돈 주앙 - "돈 주앙은 다르다"

전통적인 돈 주앙, 즉 티르소 데 몰리나의 『세비야의 농락자와 초대받은 석상』에 등장하는 돈 후안이나 모차르트의 오페라 <돈 조반니>에 등장하는 돈 조반니는 모두 여성에게 관심있고 여성들을 끊임없이 유혹하며, 여성들을 기만하는 남성들이다. 그러나 한트케의 돈 주앙에게서는 이런 전통적인 돈 주앙의 모습을 찾기 힘들다. '사기꾼 같은 유혹자'의 모습은 한트케의 돈 주앙 어디에도 나타나지 않으며, 오히려 화자는 돈 주앙이 유혹자가 아니라고 말한다.

> 돈 주앙은 유혹자가 아니었다. 그는 여태껏 어떤 여인도 유혹한 적이 없었다. 물론 나중에야 그가 자기를 유혹했노라고 쑥덕거리는 여자들을 만난 적은 있었다. 하지만 그런 여자들은 거짓말쟁이이거나, 아니면 물인지 불인지 가릴 줄도 모르는 처지라, 원래 하려고 했던 말과는 전혀 다른 것을 지껄이는 축들이었다. 또한 그 반대로 돈 주앙 역시 여자에 의해서 유혹을 당한 적도 없었다. 물로 어쩌다가 그를 유혹하고자 하는 그런 여자들의 뜻대로, 아니면 어찌 되었거나, 내버려 둔 적도 있었다. 하지만 그럴 때면 지체 없이 그 여자들에게 똑똑히 일러두었다. 그것이 그들의 유혹과는 아무런 상관이 없다는 것과, 자신은 남자로서 유혹하는 사람도 유혹받는 사람도 되지 않겠다는 것을.

화자는 돈 주앙이 여성을 유혹한 적도, 여성에게 유혹당한 적도 없다고 서술함으로써 전통적인 돈 주앙과는 전혀 다르다고 한다. 그렇다면, 여성을 유혹하고 여성과 어떤 식으로든 연관이 있는 것이 돈 주앙의 전형적인 특징인데, 여성을 유혹하지도 유혹당하지도 않는 한트케의 돈 주앙은 과연 '돈 주앙'이라고 말할 수 있을까?

한트케는 이전의 작가들이 취한 방법과는 다른 방식으로 돈 주앙의 에로스를 묘사하고 있다. 한트케는 이를 '에로스의 유토피아'라고 칭한다. '에로스의 유토피아'란 첫째, 돈 주앙이 매 순간 여성을 만난다는 사실 자체가 이미 하나의 사건이다. 둘째, 돈 주앙은 여성과의 만남을 통해 완벽한 자유와 조화를 추구한다. 셋째, 돈 주앙은 어떠한 여성에게도 상처와 아픔을 주지 않는다. 따라서 한트케의 돈 주앙은 전통적 돈 주앙이 보여주는 '유혹자'의 모습은 없지만, 텍스트 전반에 걸쳐 항시 여성들과 대면하고 있다.

그렇다면, 돈 주앙의 주요 특징이라 할 '유혹자'의 모티브는 한트케의 돈 주앙에게서 어떻게 나타나고 있을까? 전통적인 돈 주앙이 화려한 외모와 미사여구로 여성들을 유혹했지만, 한트케의 돈 주앙은 타고난, 보이지 않는 힘을 통해 여성들을 사로잡는다.

> 그는 하나의 힘을 가지고 있다. 다만 그것은 다른 종류의 힘이었다. 돈 주앙, 그는 바로 그 힘을 두려워했다. 한때는 지금보다 아무것에도 구속 받지 않고 더 거침없던 때도 있었을 것이다. 그러다가 오래 전부터 그는 이 힘을 휘두르는 것이 두려워 움찔했던 것이다.

"힘"으로 지칭되고 있는 끌어당김, 즉 매력은 바로 돈 주앙의 눈과 시선에서 나오고 있다. 화자는 돈 주앙이 무의식적으로 여성들을 자신에게로 끌어당기고 있다고 강조해서 말한다. 그가 사용하는 방법은 전통적인 돈 주앙이 여성을 유혹할 때 사용했던, 더 이상 뻔뻔하고 졸렬한 방법은 아니다.

　　돈 주앙의 힘은 그의 눈에서 나왔다. 그러한 눈길이 무슨 연습을 통해 습득된 것일 수는 없다는 것 - 그것을 구태여 언급할 필요조차 없었다. 그리고 돈 주앙이 그런 눈을 원했다거나 계획했던 것도 결코 아니었다. 그럼에도 불구하고 그가 여자에게 두 눈을, 아니, 한쪽 눈길이라도 주는 순간, 뚜렷이 드러나는 그 힘과 의미를 그는 이미 깨닫고 있었으며, 그럴 때도 어딘지 군주 같은 태도가 아니라 오히려 불안과 걱정에 잠긴 상태였다. (…) 그것은 적어도 돈 주앙의 승리라든가 욕구와는 아무런 상관이 없었다. 그것은 오히려 반대로 이런 경우였다. 돈 주앙은 결코 유별나게 두드러진다고는 할 수 없는 그의 모습으로서가 아니라, 그의 눈길로써 여자의 욕구를 방출시켰다. 그것은 거기 있는 한 여자보다도 더 많은 것을, 훨씬 다른 것들을 모두 다 아우르는 눈길이었고, 그 여자를 지나 초월함으로써 그녀가 그렇게 존재하도록 만드는 눈길이었다. 길을 걸어가는 중이라든지, 기차역 플랫폼이나 버스 정류장에 서 있거나 앉아 있을 때, 그런 일은 얼마든지 일어났다. 그리고 마침내 그것은 심각해졌다. 아니, 심각해질 수 있었다. 그러나 여자는 그것을 하나의 해방으로 체험했다.

　돈 주앙의 외모는 전통적인 돈 주앙의 모습처럼 그렇게 매력적이지도 관능적이지도 않다. 그가 여성을 유혹하는 힘, 아니 여성을 끌어당기는 힘이 있다면, 그것은 외모가 아닌 눈길이다. 돈 주앙은 여성들에게 눈길을 보내며, 거기에는 '힘'이 있다. 그의 눈길이 여성의 욕구를 방출시키고, 나아가 여성은 그의 눈길을 통해 해방감을 체험한다.

여기서 한트케는 전통적인 돈 주앙이 가졌던 유혹의 방식을 전혀 새롭게 해석하고 있다. 전통적인 돈 주앙이 여성들과의 관계에서 나타냈던 육체적 만족과 기만을 통한 쾌감은 이 작품에는 등장하지 않으며, 돈 주앙은 눈길을 통해 여성들과 교류할 뿐이다. 이 작품에서 돈 주앙이 여성들에게 눈길을 보내는 이유는 자신의 만족보다는 여성들을 위한 것이다. 그것도 외로움에 사무친 여성들이 그 외로움으로부터 벗어나도록 구원해 주고자 하는 간절함 때문이다.

> 돈 주앙의 그 여자를 향한 눈길, 그리고 그 여자를 넘어선 주변의 공간을 향한 그의 눈길을 통해서, 그녀는 자기가 지금까지 얼마나 외로웠는지를 깨닫게 되었고, 이 자리에서 당장 그 외로움을 끝장내고 싶다는 걸 인식하게 되었다. (…) 외로움을 깨닫는다는 것 ‒ 그 욕망의 에너지, 수수하고도 무조건적인 욕망의 에너지. 그리고 이 여자의 경우 그것은 말 없는, 그러면서도 강력한, 실제로는 "불가항력적인" 요구 혹은 주장으로서 표현되었다.

돈 주앙이 여성에게 보내는 시선의 힘은 그 여성을 있는 그대로 바라보는 것이지, 그 여성을 객체화시켜 남성적 시선에 굴복시키는 것은 아니다. 오히려 그는 지금껏 아무런 스캔들 없이 살아왔던 한 여성의 외로움을 깊이 들여다본다. 그것은 일종의 깨달음의 체험과도 유사하다. 즉 돈 주앙의 시선은 여성 그 자체만 한정하는 것이 아니라, 그녀를 둘러싼 주변 세계도 포함하고 있다. 전통적인 돈 주앙의 욕망이 남성 자신의 욕망이며, 그 욕망을 채우기 위해 여성을 강탈하는 것이라면, 한트케의 돈 주앙은 자신의 욕망이 아닌 여성의 욕망에 주안점을 두고 있다. 그것도 외로움에 사무친 여성들의 욕망을 깊이 꿰뚫어 보고, 그 욕망을 밖으로 분출하여 해방시키도록 하는 것이 바로 돈 주앙의 역할이다. 따라서 돈 주앙의 힘, 즉 돈 주앙의 시선은 여성의 외로움과 욕망을 헤아리는 혜안의 눈길이다. 이 장면 역시 돈 주앙 신화의 완벽한 전복이다. 전통적인 돈 주앙이 자신의 욕망에 무게를 두고 있다면, 한트케의 돈 주앙은 여성의 욕망과 욕망의 분출, 해방에 초점을 두고 있다.

돈 주앙의 정체성 - "내가 누구인지 그대는 알지 못하리라"

작품 『돈 주앙, 자신에 대해 말하다』가 본격적으로 시작하기에 앞서 첫 장에는 "내가 누구인지 그대는 알지 못하리라"는 글귀가 있다. 이 글은 모차르트와 다 폰테의 오페라 <돈 조반니>에 나오는 글귀로써 주인공 돈 조반니가 자신의 정체성에 관해 문제를 제기하는 대목이다. 한트케는 이 글귀를 자신의 작품 처음에 인용하고 있다. 한트케가 이 글을 인용한데는 두 가지 의미가 있다. 첫째, 이 글은 한트케의 돈 주앙이 어느 정도는 전통적인 돈 주앙과 연관되어 있음을 의미하며, 둘째 이 글은 한트케에 의해 새롭게 각색된 돈 주앙에게서도 여전히 중요하다는 것을 나타낸다. 한트케가 모차르트의 오페라 <돈 조반니>에서 발췌한 글귀를 작품 처음에 인용한데는 독자로 하여금 유독 관심을 가지고 주목하라는 뜻이다. 이는 곧 한트케의 『돈 주앙, 자신에 대해 말하다』를 관통하는 핵심이자 기존의 전통적인 '돈 주앙'과의 대비를 나타내는 것이기도 하다.

모차르트의 돈 조반니가 던졌던 정체성의 문제를 한트케는 자신의 작품에서 텍스트 내적으로 새롭게 구성하고 있다. 작품의 화자는 갑자기 담을 넘어 집에 들어 온 돈 주앙이 누구인지 그의 정체를 알아보려 하며, 그에 대한 나름의 해석을 독자들에게 전달한다. 그리고 이 정체불명의 돈 주앙에 대한 정보를 독자들에게 전달하기 위해 돈 주앙과 자신의 관계를 통해 설명한다. 화자는 평생 책 읽기를 좋아하며, 요리를 업으로 하는 요리사이다. 돈 주앙이 나타나자 "아이구, 책은 이제 그만"이라고 말하며 책을 내던진다. 그리고 지금까지 자신이 읽었던 수많은 고전들을 토대로 갑자기 등장한 돈 주앙의 정체를 알아내려 한다.

> 우선 내 앞에 나타난 게 행방불명된 17세기의 그 모든 예수회 승려들이 아니라 돈 주앙이었다는 사실. 그러니까 말하자면, 뤼시엥 루윈이나 라스콜리니코프도 아니고, 혹은 미네르 페퍼콘이나 부엔디아 선생, 혹은 미그레 형사도 아닌, 바로 돈 주앙이었다는 사실만으로도, 나는 엄청난 해방감을 느꼈다. 이와 동시에 돈 주앙의 출현은 나에게 글자 그대로 내면적인 확장을 선사했고, 내적인 한계를 제거할 수 있게 해주었다. 그런 감정이란 오로지 흥분에 가득하고 고양되었을 뿐 아니라 축복을 내리는 독서만이 가져올 수 있는 것이었다.

화자는 자신이 읽은 독서와 해박한 지식을 바탕으로 돈 주앙의 정체를 파악하려 한다. 도스토예브스키의 라스콜리니코프, 미그레 형사 등 비교적 현대문학 작품들의 주인공과는 달리, 돈 주앙은 중세시대의 문학 작품의 주인공과 흡사한 성향을 지니고 있다고 서술한다. 예를 들어, 화자는 "가비안"이나 혹은 "얼굴에 반점투성이인 파르치팔의 이복동생"과 비슷한 계열로 돈 주앙을 자리매김함으로써 그를 중세기사 또는 성배를 찾는 기사들의 대열에 올려놓는다.

돈 주앙의 정체에 대한 화자의 해석은 중요한 의미를 가지고 있다. "내가 누구인지 그대는 알지 못하리라"는 <돈 조반니>의 글귀를 재인용함으로써 독자로 하여금 새로운 한트케식 돈 주앙의 버전에 대해 궁금증을 유발한다. 다른 한편, 돈 주앙의 정체성을 고전 문학작품과의 연관 속에서 찾고 있다는 점에서 '상호텍스트성'을 살펴볼 수 있다. 화자가 돈 주앙의 정체를 중세기사의 대열에 놓는다는 것은 더 이상 전통적인 돈 주앙들처럼 자신의 존재와 욕망에만 몰두하는 그런 이기적인 주인공이 아님을 뜻한다. 이 새로운 돈 주앙은 '성배를 찾는다는 보다 큰 목적'으로 세상을 순례하는 주인공임을 암시한다.

돈 주앙의 슬픔 - 돈 주앙의 힘은 어디서 오는가?

막스 프리쉬는 『돈 주앙 또는 기하학에 대한 사랑』에서 작품의 주인공 돈 주앙을 전통적인 돈 주앙의 모습과는 정반대로 그리고 있다. 프리쉬의 돈 주앙은 한 여성의 남편이자 아버지가 된다. 이는 '돈 주앙 신화'에서는 상상할 수 없는 일이다. 그러나 프리쉬는 돈 주앙이 아버지가 되는 과정을 인간적 성숙의 과정으로 보았다.

> 내 생각으로 돈 주앙은 자식이 없다. 만일 그에게 1,003명의 자식이 있다면! 그는 그가 진정하게 사랑한 상대가 없는 것처럼, 자식 역시 없다. 그가 아버지가 됨으로써, 즉 그가 '아버지가 되는 것'을 받아들임으로써 이제 그는 더 이상 돈 주앙이 아닌 것이다. 그것은 그의 패배이자, 성숙을 향한 최초의 움직임이다.

프리쉬의 돈 주앙이 혼자였다가 아버지가 되는 과정을 겪는다면, 한트케의 돈 주앙은 정반대의 과정을 거친다. 프리쉬의 돈 주앙이 '자식을 얻어' 아버지가 됨으로써 비로소 인간적인 성숙의 단계를 밟는다면, 한트케의 작품에서는 아버지였던 돈 주앙이 자식을 잃는 슬픔을 통해 인간에 대한 깊은 이해와 내적 성숙의 과정에 도달한다.

한트케의 돈 주앙에게는 아들이 있었다. 그러나 아들이 죽자 그는 가족의 끈을 잃고 혼자가 된다. 아내에 대해서는 아무런 언급이 없다. 아들을 잃은 돈 주앙은 깊은 슬픔에 빠지고, 이 슬픔은 그의 삶을 관통한다.

> 돈 주앙은 고아였다. 무슨 비유적인 의미에서가 아니라 정말 고아였다. 수년 전에 그는 자신과 가장 가까운 사람을 잃었는데, 그건 그의 아버지도 어머니도 아닌, 자기 아들, 자신의 유일한 아들이었다. 아니, 적어도 나에게 그렇게 느껴졌다. 사람은 자식의 죽음을 통해서도 고아가 될 수 있지 않은가?

화자는 돈 주앙을 중세 시대의 성채를 구하는 기사와 비슷하다고 말하면서, 그러나 실제로는 "성은커녕 집 한 채도 없었고, 돌아갈 재산도 사람도 전혀 없는" 상태라고 서술한다. 특히 화자는 돈 주앙이 수년 전 그의 유일한 가족이었던 아들의 죽음으로 '고아'가 되었다고 표현한다. 일반적으로 자식이 죽어서 '고아'가 되는 것은 아니지만, 화자는 사랑하는 가족이 더 이상 없고, 의존할 사람 하나 없는, 즉 '세상에 버려진, 미아 같은' 돈 주앙의 상태를 '고아'라고 해석한다. 지상에서 기댈 존재가 없다는 것, 그리고 일상의 소소함과 기쁨을 함께 나눌 존재가 더 이상 눈앞에 없다는 것은 세상에 버려진 '고아'와 같다는 해석이다. 아이를 통해 느꼈던 일상의 행복과 기쁨이 사라지고, 아이의 환한 미소와 웃음을 더 이상 볼 수 없는 부모는 세상에 버려진 '고아'와 다름없지 않을까? 돈 주앙은 자식 잃은 깊은 슬픔을 떨쳐버리고자 여행길에 나선다.

> 그루지아를 향해서 그가 길을 떠났을 때도, 사방팔방 다른 어디로 떠

날 때나 마찬가지로, 그는 딱히 목적지가 없었다. 오직 도저히 위로받을 수 없는 울적함과 슬픔만이 그로 하여금 떨치고 나서도록 떼밀었다. 자식 잃은 슬픔을 지고서 온 세상을 헤맸으며, 그 슬픔을 온 세상에 전달했던 것이다. 돈 후안은 그 슬픔을 안고 살았으며, 그 슬픔이 하나의 힘이었다. 그리고 그 힘은 그를 훨씬 넘어서는 것이었고, 그를 초월해 있었다. (…) 슬픔은 그로 하여금 전혀 거리낌이 없도록 만들었고, 오히려 한 단계씩 점진적으로, 어떤 일이 생기든 가슴을 활짝 열어젖히고 받아들일 수 있도록, 그리고 동시에 필요하다면 눈에 보이지 않도록 만들었다. 그 슬픔이 그에게 일종의 자양분이었다. 그 덕분에 돈 주앙에게는 아무런 더 큰 욕구도 없었다. 그런 욕구는 아예 더 이상 생기지도 않았다.

아버지였던 돈 주앙은 자식 잃은 슬픔으로 괴로워하다 모든 것을 떨치고 세상으로 여행길에 나선다. 목적지도 없고, 오로지 절절한 슬픔으로 온 세상을 떠돌아다닌다. 지상에서 사랑하는 사람을 잃는 것만큼 힘들고, 고통스러운 일이 있을까? 그러나 돈 주앙은 그 슬픔을 통해 하나의 힘을 얻게 된다. 그는 자식의 죽음을 통해 역설적으로 세상을 활짝 받아들이고, 대신 그가 이전에 갈구했던 탐욕과 욕망을 버린다. 욕망의 허무함을 뼈저리게 느낀 돈 주앙에게 이제 "그런 욕구는 아예 더 이상 생기지도" 않는다. 돈 주앙의 슬픔은 오히려 세상을 근본적으로 다시 보게 만들고, 세상을 향해 팔을 뻗는 새로운 에너지이자 힘이 된다.

그러는 가운데 돈 주앙이 거듭거듭 뿌리쳐야 했던 것은, 어쩌면 이상적인 이승의 삶, 다른 사람들에게도 통할 수 있는 이상적인 삶이란 그런 슬픔 속에서 가능하다는 생각이었다. 그의 애도는 단순히 우연적인 것이 아니라, 어떤 근거 위에서 세워진 것이었으며, 하나의 활동이었다.

돈 주앙은 자식잃은 슬픔으로부터 내면의 성숙과정을 거친다. 세상을 다른 기준과 가치로 바라보게 되고, 스러져갈 허무한 욕망에 집착하지도 않는다. 또한 이 지상의 삶을 저 세상과의 연관 속에서 바라보고, 가장 이상적인 '이승의 삶'이 무엇인지 성찰한다. 그가 성찰 끝에 내린 결론은 타인의 슬픔과 고통을 함께 슬퍼하고 애도하며, 그것이야말로 지상에서 인간이 할 수 있는 가장 의미 있는 행위임을 깨닫는다. 그리고 그것은 일회적으로 끝나는 것이 아닌, '행동'으로 구체화되어야 함을 인식한다.

여기서 한트케는 전통적인 돈 주앙의 모습을 뒤바꾸어 놓고 있다. 티르소 데 몰리나의 돈 후안, 모차르트의 돈 조반니는 오로지 여성만이 그들의 유일한 관심이고, 여성의 관심을 사기 위해 다른 사람들을 조종하거나 무시해버리는 행위를 일삼는 데 반해, 한트케의 돈 주앙은 이러한 이기적인 돈 주앙의 모습과 결별한다. 돈 주앙은 비록 자식을 잃었지만, 그는 아버지의 모습과 부성애적인 푸근함과 따뜻함을 갖고 있다. 화자는 돈 주앙의 특성을 다음과 같이 서술하고 있다.

> 나는 입증할 수 있다. 돈 주앙은 다르다는 것을. 나는 성실한 인간으로서의 그를 보았다. 그리고 나에게 그는 단순히 친절한 것 이상의 그 무엇이었다. 그는 사려 깊은 이였다. 또 내가 만일 아버지 같은 사람을 만난 적이 있다면, 그건 바로 돈 주앙이었을 게다. 그의 이야기를 듣기만 하면, 그를 신뢰하게 되었다.

전통적인 돈 주앙이 오로지 욕망과 탐욕에 눈이 멀어 자신 만을 아는 이기적인 인간이었다면, 한트케의 돈 주앙은 전혀 다른 새로운 모습으로 독자에게 등장한다. 자식의 죽음을 통해서 성숙해진 돈 주앙, 죽음을 통해 삶의 본질과 가치를 깨달은 돈 주앙. 이제 그는 자신의 욕망만을 채우는 이기적인 삶이 아닌, 타인을 생각하고 타인의 아픔을 헤아리는 인물로 바뀐다. 화자의 표현대로, 너무도 "성실하고 사려 깊고, 친절한 것 그 이상"인 돈 주앙은 그리하여 한 아이의 아버지만으로 끝나는 것이 아니라, 다른 이에게도 가슴 따뜻하게 다가가는 '아버지'와 같은 존재이다. 돈 주앙의 따뜻한 말 한마디에 마음의 평화와 안정을 찾을 수 있던 연유로, 화자에게도 돈 주앙은 신뢰를 주는 '아버지'와 같은 존재로 비춰진다. 돈 주앙은 자식의 '죽음'을 통해 역설적으로 '삶'의 의미를 새롭게 깨닫고, 슬픔을 통해 새로운 에너지를 얻으며 자신의 영혼을 일깨운다. 이러한 과정을 거쳐 돈 주앙은 그가 만나는 여성들의 깊은 슬픔과 외로움을 이해하고 헤아리게 되며, 나아가 타인을 걱정하고 배려하는 진정한 의미의 '능력자'로 발전한다.

여성의 구원자이자 영적 교류자로서의 돈 주앙

1. 돈 주앙, 여성의 외로움과 고독을 이해하는 구원자이자 멘토

돈 주앙이 화자의 집에 나타나 일주일간 머물며, 일주일 전 7일 동안 자신에게 벌어진 일들을 들려준다. 그는 7일간 매일 다른 장소에 있었다. 그루지아 - 다마스커스 - 세우타 - 노르웨이-네덜란드 등을 거쳐 화자가 있는 프랑스의 '일 드 프랑스'로 오게 된다. 그리고 장소를 이동할 때마다 매번 다른 여성들을 만난다. 첫째 날은 그루지아에서 결혼식장의 신부를 만나고, 둘째 날은 다마스커스에서 히잡을 두른 여성, 셋째 날은 북아프리카의 세우타에서 '세우타 미녀대회'에서 우승한 여성, 넷째 날은 노르웨이에서 이름 없는 한 여성, 다섯째 날은 네덜란드의 한 여성, 여섯째 날은 이름 없는 곳의 여성을 만난다.

돈 주앙이 이들을 만나 전개되는 사건과 여성들에 대한 묘사는 끝으로 갈수록 점점 짧아진다. 넷째 날의 노르웨이 여성, 다섯째 날의 네덜란드 여성에 오면 내용은 극도로 줄어들고, 여섯째 날은 '이름 없는 곳의 이름 없는 여성'으로 표기된다. 마지막 날인 일곱 번째 날은 이 작품의 구성상 맨 뒤가 아닌 맨 앞으로 배치되어 있다. 마지막 날인 일곱 번째 날은 돈 주앙이 화자가 머무는 '일 드 프랑스'에 도착하여 만난 여성에 관한 이야기이다. 말하자면, 일곱 번째 날이 작품의 맨 앞에 배치되고, 그다음부터 첫째 날에서 여섯째 날까지 차례대로 진행된다.

이들 다양한 장소에 등장하는 여성들은 모두 익명으로 표기된다. 여성들은 외관상의 특징만 서술될 뿐 구체적인 이름은 표기되지 않는다. 나이도 정확히 제시되지 않고, 대략 "젊은" 혹은 "나이 든" 여성으로만 서술될 뿐이다. 이것은 지금까지 이름도 개성도 없이 무료하게 살아 온 여성들의 삶을 상징하는 것이기도 하다. 이러한 여성들의 삶은 돈 주앙을 만나면서 달라진다. 그녀들이 처한 사회적 환경, 배경, 역할들은 모두 뒷전으로 물러가고, 그녀들은 오로지 "한 여성"으로서 돈 주앙을 마주하게 된다. 그 한 예로 돈 주앙과 그루지아의 신부가 대면하는 장면을 살펴보자.

> 오로지 한 남자, 즉 돈 주앙과 한 여자, 즉 저기 서 있는 신부 - 그 둘 만 중요했다. 아니 신부는 무슨 신부? 저기 앉아 있는 것은 신부가 아니라 그냥 한 여인일 뿐인데. 그리고 늘 그렇듯이 그 일주일 동안 돈 주앙의 여자들이 되어버린 다른 모든 여자들과 마찬가지로, 이 여인도 두 말할 나위 없이 말로 표현할 수 없을 만큼 아름다웠다.

돈 주앙이 어떤 여성을 만나든 그녀는 자신이 처한 사회 환경, 지위, 역할로부터 벗어나 오로지 독립적인 '한 여성'으로 등장한다. 즉 주변의 모든 환경, 사물, 배경은 후퇴하고 오로지 돈 주앙과 여성만이 전면에 부각되어 나타난다. 돈 주앙이 만난 여성들은 지금까지 그 누구도 들여다보지 않고 관심도 갖지 않은, 그리하여 무료한 삶을 살아온 외롭고 고독한 여성들이다. 그런 여성들에게 돈 주앙이 한없는 애정의 눈길을 보내고, 비로소 그녀들은 지상에서 가장 아름다운 여성이자, 주목받는 특별한 여성으로 거듭난다.

　　그 때까지 이들은 모두 스캔들이 될 만큼 엄청난 고독 속에서 살아왔으나, 막상 지금 이 순간에야 비로소 스캔들이 되었고, 그들 자신도 비로소 그 고독을 처음으로 깨달았다. 어느 나라를 가더라도 그 여자들은 하나같이 그 지방 출신인데도 불구하고 또한 두드러지게 이국적이었다. 나아가 그녀들은 모두 아무런 특성도 없는 듯 눈에 탁 띄지 않았지만, 처음에는 아름답게 보였고, 그 다음엔 형언할 수 없으리만치 아름답게 보였다. 마치 그제 서야 마침내 눈길이 그들에게 미친 듯, 그제 서야 마침내 그들이 스스로의 모습을 드러낸 듯.

　돈 주앙이 눈길을 주는 여성들은 처음에는 모두 평범하게 보이는 여성들이다. 모두 지방 출신이며, 아무런 특성도 없다. 그루지아의 신부도, 다마스커스의 여인도 그러하다. 돈 주앙은 이들에게 그윽한 눈길을 주고, 내면을 들여다보며 그녀들이 처한 깊은 외로움을 읽어낸다. 자식의 죽음으로 슬픔과 절망에 빠졌던 돈 주앙은 삶을 다른 차원에서 바라보게 되었으며, 다른 사람의 외로움과 슬픔을 헤아리는 능력을 갖추게 되었다. 이것은 그가 여성들을 만날 때도 마찬가지다.

　그가 만난 여성들은 말 그대로 '스캔들'이 될 만큼 평생 한 번도 남성과의 스캔들을 경험한 바 없으며, 그래서 뼈 속까지 깊은 고독과 외로움으로 살고 있다. 돈 주앙이 나타나자 돈 주앙이 보내는 따스한 눈길을 통해 그녀들은 비로소 여성이 된다. 이들은 자신의 고독한 삶을 깨닫고,

드디어 남성과의 스캔들을 체험하게 된다. 그동안 남성의 따뜻한 눈길과 애정 없이 살았던 어두컴컴하고 칙칙한 삶으로부터 벗어나 드디어 여성으로서 "스스로의 모습"을 드러낸다. 처음에는 그녀들은 눈에 띄지 않는다. 그리고 그렇게 아름답지도 않다. 그러나 돈 주앙의 눈길을 받는 순간 형언할 수 없을 만큼 아름답게 변한다. 돈 주앙의 눈길은 그동안 존재감 없이 외롭고 고독하게 살아온 여성들에게 스스로 '여성'임을 느끼게 하고 삶의 활력을 부여한다. 이들은 하나같이 모두 돈 주앙을 '영원한 주인'이자 '구원자'라고 밝힌다.

> 그의 이야기에 나오는 여자들은 하나같이, 그를 처음 보는 순간이 아니라, 그를 알아보는 순간에, 그가 자신의 주인임을 깨달았다고 토로한다. 다른 남자들이야 그 여자들이 보는 바대로의 그렇고 그런 남자였을 테고 또 앞으로도 그렇겠지만, 돈 주앙만큼은 그 여자들이 하나밖에 없는 영원한 주인으로 보았던 것이다. ("군림하는 자"라고는 하지 않았다.) 뿐만 아니라 그 여자들은 돈 주앙을 거의 일종의 구원자로서 요구했다. 무엇으로부터의 구원을 원했을까? 그냥 단순히 구원자로서 요구했다. 그냥 단순히 구원받고 싶어서. 아니면, 그저, 단순히, 그 여자들은 이곳에서, 이곳에서, 바로 이곳에서 자신들을 데려가주기만을 원했을까.

여성들은 돈 주앙의 눈길을 통해 자신의 존재감을 느끼고 비로소 여성으로 다시 거듭난다. 그러한 거듭남을 가능하게 하는 돈 주앙이야말로 그녀들에게는 '주인'이자 '구원자'인 것이다. 물론 그녀들의 주변에 남자들이 있었지만, 그들은 그녀들의 깊은 외로움과 고독을 이해하지 못한 채 그녀들을 그저 사물화된 객체로만 인식할 뿐이다. 즉 그들은 그녀들을 인간 또는 여성으로서 보는 것이 아닌, '아내', '어머니' 등 사회가

부가한 역할로서만 바라보며, 그녀들 위에 '군림'한다. 그들의 관계에서는 '군림하는 남성 대 복종하는 여성'만이 존재할 뿐이다.

따라서 여성들은 돈 주앙의 눈길을 통해 자신의 존재감과 여성성을 발견하게 되고, 그러한 '거듭난 삶'을 가능하게 한 돈 주앙을 "영원한 주인"이자 "구원자"로 칭한다. 돈 주앙이야말로 척박한 현실, 지루하고 사물화된 일상, 더 이상 출구 없는 답답한 "이곳에서" 여성들을 해방하고, 그녀들이 새로운 삶을 살아가도록 길을 안내하는 "구세주"인 것이다. 전통적인 돈 주앙이 여성을 파멸로 몰아가는 파괴자였다면, 한트케의 돈 주앙은 여성을 "이 척박한 땅"에서 구하고 해방시키는 '구원자'이자 '멘토'이다.

2. 현현의 순간, '관찰·통찰·깨달음·나눔'

돈 주앙이 여성들에게 보내는 따뜻한 눈길, 그리고 그 눈길을 통해 여성들이 새로운 '여성'으로 거듭나는 과정은 '현현의 순간'과 밀접한 연관이 있다. 현현은 이 작품에 자주 등장하며, 이 작품을 이해하는 데 중요한 개념이기도 하다. '현현(顯現) Epiphanie'은 원래 그리스어로는 '귀한 것이 나타나다'는 뜻이고, 기독교에서는 신의 존재가 현세에 드러난다는 의미로 사용되고 있다. 일반적으로 '현현'은 평범하고 일상적인 대상이나 사물 속에서 갑자기 경험하게 되는 '영원한 것'에 대한 감각 혹은 통찰을 뜻한다. 이렇듯 평범한 대상이나 풍경이 주는 돌연한 계시의 체험은 일찍이 영국의 낭만파 시인들에 의해 주목된 바 있었다. 윌리엄 워즈워드의 『서곡』에는 현현의 순간들이 인상적으로 묘사되어 있고,

셸리는 이러한 현현의 경험이 시를 영원하게 만드는 "계시의 순간들"이라 말한 바 있다.

한트케 역시 이 작품에서 현현의 순간들을 표현하고 있다. 한트케에게 있어 '현현'이란 "놀라움의 순간"이자 주인공으로 하여금 "인식능력의 확장을 가져다주는 계기"를 말한다. 그것은 "우연성, 갑작스러움, 규정할 수 없음"을 내포하기도 한다. 한트케의 '현현'은 특히 해당인물이 내적 변화를 가져올 때 나타나는 현상이다. 즉 한트케의 '현현'은 '변화의 순간'이다. 그것은 현실을 변화시키는 것이자 관찰자를 변화시키는 것이기도 하다.

'현현'이 나타나는 장면은 비교적 작품의 후반부에 등장하며, 돈 주앙이 여성들을 만나면서 나타나는 현상이다. 돈 주앙은 여성들을 통해 자신과 자신을 둘러싼 세계에 대해 근본적인 의미론적 변화를 경험한다.

> 돈 주앙은 신부가 던진 눈길을 보고 자기가 얼마나 깜짝 놀랐는지 나에게 말해 주었다. 그것은 특별히 일부러 눈길을 던지는 것이라기보다, 그저 눈을 크게 뜨는 것일 뿐이었다. 하지만 그건 너무 아름다운 눈이었다. 신부는, 아무 보탬도 없이, 그저 아름다운 그 눈으로 돈 주앙에게 가장 아름다운 눈길을 던진 것이었다. 그리고 그가, 돈 주앙이 깜짝 놀랐던 것은 무언가에 경악하는 것과는 전혀 다른 것이었다. 그것은 몇 년 동안 잠들어 있다가, 아니 그보다는 몽롱한 상태로 있다가, 갑작스럽게, 그러나 조용하게, 잠을 깨는 것과 같았다.

위의 장면은 대표적인 '현현'의 장면이다. '현현'은 어떤 상황에서 갑자기 깨달음을 얻는 것을 말한다. 그 동안 주목받지 못한 채 단조롭고 척박한 삶을 살았던 여성들은 돈 주앙의 눈길을 통해 새로운 삶의 기쁨과 해방을 느낀다. 그리고 그의 눈길을 통해 깨달음을 갖게 된 여성들은 '현현'의 순간을 경험한다. 이제야 여성들은 비로소 '여성'으로 거듭나게 되며, 찬란하고 눈부신 삶을 예견한다. 그 눈부신 삶이란 바로 주목받지 못한 삶에서 주목받는 삶으로, 객체로 전락한 삶에서 주체로 살아가는 삶이다. 물론 작품에서 이 여성들이 어떤 삶을 영위하는지에 대한 후속 설명은 없지만, 이러한 설정과 문제의식만으로 역대 나타난 '돈 주앙 신화'와 비교할 때, 단연 돋보이는 변형이자 새로운 해석이라 할 수 있다.

'현현', 즉 '새로 거듭남'의 순간을 깨달은 여성들은 다시금 찬란한 눈길을 돈 주앙에게 보낸다. 그리고 돈 주앙은 그 눈길을 통해 다시금 깊은 깨달음의 순간을 경험한다. 여기서 우리는 돈 주앙과 여성이 눈길을 통해 '상호 주고 받음'의 순간, 즉 '현현의 순간'을 나누는 것을 발견할 수 있다. 전통적인 '돈 주앙 신화'의 남녀가 육체로만 교류하는데 반해, 한트케의 남녀는 영적인 교류의 단계에 이른다. '돈 주앙 신화'의 돈 주앙이 육체의 엑스타시에 초점을 맞추었다면, 한트케의 돈 주앙은 영적인 카타르시스와 깨달음의 순간, 즉 '현현'에 비중을 두고 있다.

'현현'의 순간을 체험한 돈 주앙은 지금까지 자신이 살아온 삶을 객관적으로 바라보며, 앞으로 나가야 할 미래에 대해 성찰한다. 즉 '현현'은 돈 주앙에게 내면의 변화와 성찰을 가져다준다. 끊임없는 자기성찰과 반성, 자신의 내면의 소리를 듣고 대화를 나누는 것이 바로 돈 주앙의 '현현'의 체험이다. 그는 '현현'을 바탕으로 '타블라 라사', 즉 마음을 비우고, 모든 욕망과 탐욕을 뒤로한 채 새로운 시작을 한다. 이것이 앞에서 언급한 바 있는 '에로스의 유토피아'이고 '현현'의 순간이다. 이러한 돈 주앙의 모습은 '욕망과 탐욕, 소유'의 화신인 전통적인 돈 주앙으로부터 가장 멀리 벗어나 있으며, '돈 주앙 신화'에 대한 한트케의 획기적인 각색이자 건설적인 창조라 할 수 있다. 한트케는 가장 탐욕스런 인간의 전형인 전통적인 '돈 주앙'을 변형하여 새로운 인물 '돈 주앙'을 창조해내고, 이로부터 무욕과 무소유를 역설한다.

'돈 주앙 신화' 비틀기

1. 남녀 관계의 전도 – 사랑을 주도하는 여성들

돈 주앙이 첫째 날부터 마지막 날까지 여성들을 만나게 되는데, 여성들에 대한 묘사는 뒤로 갈수록 점점 짧아진다. 이는 장소의 이동과 함께 여성들을 만나면서 비슷한 사건들이 반복적으로 일어나고 뒤로 갈수록 사건에 대한 간략한 기록만 남게 된다. 돈 주앙이 일주일 동안 만났던 여성과 사건들 중 가장 흥미로운 사건과 여성들이 있다. 마지막 날인 일곱 번째 날과 세 번째 날이다.

특이하게도 한트케는 마지막 날인 일곱 번째 만난 여성을 순서 상 맨 앞에 배치하고 있다. 이날은 돈 주앙이 화자가 있는 '일 드 프랑스'에 도착하는 날이다. 한트케가 마지막 날을 맨 앞에 배치한 데에는 중요한 이유가 있다. '일 드 프랑스'에서 만난 여성은 마지막 날의 여성이지만, 이 여성에 대한 돈 주앙의 관계방식은 이후의 여성들과의 관계방식에서도 중요한 시사점을 제공한다. 말하자면, 이 여성과의 만남은 이어지는 여성들과의 반복적인 만남에 준거점이 되는 사건이라 할 수 있다.

마지막 날, 돈 주앙은 '일 드 프랑스'의 화자의 여관으로 오기 전, 숲을 한가로이 산책하고 있었다. 숲을 지나다 돈 주앙은 우연히 숲 덤불 사이로 사랑을 나누는 젊은 남녀를 발견한다. 숲에서 우연히 발견한 남녀의 사랑의 장면에서 돈 주앙은 그들에게 방해가 되지 않도록 소리를 죽이며 관찰한다.

돈 주앙이 그걸 보고 처음 느낀 충동은? 아무 소리도 내지 않고 슬그머니 물러나는 것이다. (…) 그는 아무런 감정도 없이, 일말의 흥분도 느끼지 않고서 바라보았다. 그가 느낀 것은 오로지 경이로움, 평온하고도 원시적인 경이로움뿐이었다.

이 사건에서 주인공은 돈 주앙이 아니다. 그는 단지 관찰자일 뿐이다. 남녀의 사랑의 장면에 아무런 감정도, 흥분도 없이 돈 주앙은 평온하고도 원시적인 경이로움을 느낀다. 돈 주앙은 그들의 사랑을 관찰하면서 특히 여성의 움직임과 표정에 주목한다. 햇살 부서지는 대자연의 눈부신 아름다움과 조화를 이루면서 여성의 몸과 사랑의 행위는 찬란한 자랑스러움으로 묘사된다.

그들은 그저 어떤 관객만을 위해서가 아니라 온 세계가 다 봐도 좋다는 듯이 행위를 하고 있었다. 그것을 온 세상에 드러내 보이고 있었다. 그 점에서는 어느 누구도 이보다 더 자랑스럽고 더 장엄할 수가 없었으리라. (…) 그리고 무대는 이 길고도 긴 순간에 있어서 그야말로 세계의 전부였다. 햇빛은 그녀의 어깨 위로, 그녀의 허리 위로, 그리고 자꾸만 무희처럼, 뱀을 부리는 사람처럼, 그녀의 엉덩이를 어루만졌으며, 여자는 그런 햇빛과 더불어 농탕을 치는 것이었다. 그녀가 곧추세운 자세로 몸을 움직이고 있는 동안, 그녀는 얼마나 자랑스럽게 보였던지!

숲의 대자연에서 펼쳐지는 남녀의 사랑의 장면에서 돈 주앙은 여성의 움직임을 면밀히 관찰하고 있다. "뱀"으로 묘사되는 여성은 성서 신화의 "이브"를 연상시키고, 여성은 사랑의 행위에서 주도적인 역할을 한다. 이 에피소드에서 남성은 드러나지 않고 주변부에 밀려나 있다. 전통적인 사랑의 관계에서 남성이 주도권을 지는 데 반해, 이 커플의 경우 여성이 주도권을 장악한다.

여자의 밑에 있는 남자는 소위 무대의 배우에게 큐를 주는 자, 그저 쓸모 있는 자, 혹은 여자가 쓸 수 있는 연장, 이름에 걸맞게끔 거의 눈에 띄는 연장, 뭐 그런 것에 지나지 않았다. 아하! 보이지 않는 남자와 멀리 까지도 찬란하게 빛을 발하는 여자가 있었으니, 그렇다면 그건 하나의 보통 영화 장면일 수도 있었겠지만, 이 대자연 속에서는 근본적으로 다른 어떤 것이었다.

숲 사이로 여성이 찬란하게 빛을 발하는 데 반해, 남성은 모습을 드러내지 않으며, 단지 여성을 위해 존재하는 "연장" 정도로 묘사되고 있다. 이 남녀커플에서 주인공은 여성이다. 여성이 욕망하고 여성이 리더하며 여성이 무대 위의 배우이다. 남성은 "무대의 배우에게 큐를 주는 자, 그저 쓸모 있는 자" 정도로만 묘사됨으로써 남성의 역할이 크게 축소되고 있다. 전통적인 남녀의 역할이 여기서는 뒤바뀌어 있음을 알 수 있다. 티르소 데 몰리나의 '돈 후안'이나 모차르트의 '돈 조반니'가 무대의 스포트라이트를 받으며 '욕망하는 자'로서 전면에 등장하는 데 반해, 한트케의 돈 주앙은 무대 밖의 '관찰자'로 남아 있다. 더욱이 이 남녀커플에서 사랑을 갈망하고 욕망하는 자 역시 남성이 아닌 여성이라는 점에서 전통적인 '돈 주앙 신화'를 완벽하게 비틀고 있음을 알 수 있다.

남녀관계에서 여성이 주도권을 행사하는 것은 북아프리카 세우타의 여성에서도 발견할 수 있다. 돈 주앙은 세우타에서도 사건에 관여하는 주인공이 아닌 관찰자일 뿐이다. 세우타의 여성은 미인대회에 나가 우승한 경력이 있고, 돈 주앙이 그녀를 만날 당시에는 임신 중이다. 그녀는 스스로를 "떠돌아다니는 유랑자이자 정복자"라고 불렀으며, 임신 중이라 몸매가 흐트러졌음에 불구하고 "자의식이 강하고 동시에 도전적"이기까지 하다. 그녀의 목표는 남성들을 지배하고 그들에게 복수하는 것이다.

> 그녀는 오래전부터 남성들에게 앙심을 품고 있었다. (…) 그녀가 아주 어렸을 적에 같은 또래의 소년들에게 어떤 식으로든 단 한 번도 특별한 아이로 비치지 않았기에, 그때부터 이에 역습을 가하는 기분으로 그녀는 곧바로 생각했다. 너희들 두고 보자! 복수다. 난 복수할 거야. 그렇게 생각했고, 그렇게 실행했다. 몰래 숨어 있다가 자신에게 주목한 사내아이들을 잠복처로, 자기에게로 끌어들여 마지막까지 '갖고' 논 다음에, 마음을 다 털어 놓도록 만든 다음에, 마치 아무런 일도 없었다는 듯, 이렇다 저렇다 한 마디 말도 없이, 가능하다면 구경꾼이 보는 가운데, 가능한 한 사내아이들이 구경하는 가운데, 내쫓아 버리거나 "나가서 산보나 하라고 차 버렸던" 것이며, 구경꾼 중에서 또 다른 사내아이를 새로이 점찍어 복수의 여정 중 다음 목표로 삼는 등, 오늘에 이르기까지 그런 식이었다.

세우타의 여성은 어린 시절 사내아이들이 자신을 주목하지 않은 이유로 그들에게 역습의 기회와 복수의 시간을 꿈꿔왔다. 몰래 숨어 지켜보다 사내아이를 자신에게 끌어들여 마음을 다 털어놓을 때까지 "갖고 논" 다음, 다른 사내아이들이 보는 앞에서 "차 버리고", 또 다른 사내아이를 다시 점찍어 복수의 여정을 시작했다. 그리고 그러한 복수의 여정은 성인이 된 지금에도 변하지 않는다.

　　그 당시 어린 학교의 친구들처럼, 이제 그 여자는 매일매일 자기와 관계를 맺었다가 눈 깜짝할 새 버려지고 마는 성인들까지도 역시 영원히 거세되는 꼴을 보고 싶어 했다. 그녀를 알게 된 다음엔 그들이 스스로 남자인지 여자인지 모르게 되는 것도 바로 그녀의 복수였다. 그 여자는 돈 주앙에게 말했다. 그건 복수를 하려는 욕구가 아니라 복수의 쾌락의 문제라고. (…) 무엇보다 자신이 천국의 여자인 양 남자들에게 과시했지만, 남자들로서는 가장 깊은 남성들의 꿈에서 갑작스럽게 거칠게 깨어나는 꼴이었다. "난 악마의 손아귀에 있었어. 아니, 지금도 악마의 손아귀에 잡혀 있어. 앞으로도 악마의 손아귀에 잡혀 있었던 셈일 거라구."

　세우타의 여성이 남성들에게 가하는 성적인 복수는 세 가지의 특징을 나타낸다. 첫째, 세우타의 여성은 전통적인 돈 주앙이 행한 것처럼 남성들을 버리고 떠난다. 마치 전통적인 돈 주앙이 여성들과 하룻밤을 보내고 다음 날 그녀들을 버리듯이, 이번에는 남성들이 세우타의 여성에게서 버림받는다. 둘째, 세우타의 여성은 남성들을 성적으로 장악한다. '일 드 프랑스'의 남녀커플에서 여성이 주도권을 장악하듯, 세우타의 여성 역시 남녀 간의 섹슈얼리티에서 주도권을 쥐고 있다. 이로 인해 그녀와 관계를 맺는 남성들은 종속적인 여성의 역할로 밀려난다. 더욱이 버틀러의 이론을 연상하게 하듯, 세우타여성은 남성으로 하여금 자신이 "남성인지, 여성인지" 모르게 만듦으로써 사회적 정체성인 '남성성'을 갈취하고 복수의 쾌감을 느낀다. 셋째, 세우타의 여성은 남성들을 성적인 노예로 만든다. 그녀는 자신을 "천국의 여자"인 양 남성들에게 과시하고, 그들은 육체의 쾌락과 감각의 세계에 빠져들지만, 깨어난 후에는 "악마"의 세계에 있었다고 회상한다. 그러나 곧이어 "난 악마의 손아귀에 있었어. 아니, 지금도 악마의 손아귀에 잡혀 있어. 앞으로도 악마의 손아귀에 잡혀 있을 것이고" 라고 말함으로써 스스로 그녀의 성적 노예임을 밝히고 있다. 남성들과 하룻밤을 지낸 후 다음날 그들을 버리고, 남녀관계에서 주도권을 행사하며, 더욱이 남성으로 하여금 본인의 정체성을 망각함과 동시에 성적 쾌락과 감각의 세계에서 헤어 나오지 못하게 만드는 세우타의 여성이야말로 치명적인 매력을 지닌, 전통적인 '돈 주앙'의 모습이다. 그녀는 마치 그동안 돈 주앙에게 당한 여성들의 실연과 울분에 복수라도 하듯 남성들에게 그대로 되돌려주고 있다. 이 역시 버틀러의 수행성 개념인 '다르게 반복하기'를 살펴볼 수 있는 대표적인 장면이며, 이를 통해 세우타여성은 남성들에 의해 지배된 기존의 권력을 간섭하고 뒤흔드는 전복적 시도를 감행한다.

돈 주앙을 새롭게 각색한 수많은 작품 중 한트케만큼 여성의 위상을 강하게 설정한 작가도 없다. 이 작품에 묘사된 '일 드 프랑스'의 여성과 '세우타'의 여성은 자의식뿐만 아니라 독립심이 강하고, 섹슈얼리티에서도 주도권을 장악하고 있다. 전통적인 돈 주앙에서는 여성들이 희생양이자 피해자로 등장하는 데 반해, 세우타 여성에게서는 남성이 피해자로 묘사됨으로써 남녀관계의 완벽한 전도를 관찰할 수 있다.

2. 전도된 시종 이미지와 시종의 여성관

한트케는 전통적인 돈 주앙의 모티브를 가져오면서 주인과 시종의 관계 역시 변형시킨다. 돈 주앙은 코카서스의 중심부를 향한 여행길에서 시종 한 명을 채용한다. 그는 러시아산 자동차를 끌고 여행길에 돈 주앙을 안내하는 운전사이다. 돈 주앙이 그를 트빌리시에서 처음 만나지만, 그는 돈 주앙을 기다렸다는 듯이 반기고, 마치 "친숙한 반려자"처럼 돈 주앙을 대한다. 전통적인 돈 주앙의 시종이 티르소 데 몰리나의 작품에서는 '카날리온'으로, 모차르트의 오페라에서는 '레포렐로'라는 이름을 지니는 데 반해, 한트케의 작품에서 시종은 이름이 없다. 이에 대해 한트케는 독자들이 전통적인 돈 주앙 전설에 너무 익숙해 있어 의도적으로 독자로부터 원형텍스트에 대한 기억을 지우려고 했다고 한다. 즉 과거의 돈 주앙이 아닌, 한트케에 의한 새로운 돈 주앙의 이야기를 독자에게 선보이고자 한 것이 목적이다.

전통적인 돈 주앙으로부터 벗어나려는 시도는 주인과 시종의 관계에서도 나타난다. 명목상 돈 주앙이 주인이지만 작품이 진행되면서 주인과 시종의 관계는 뒤바뀐다.

> 돈 주앙은 발가락 끝으로 살금살금 걸어 창가로 가서는, 마치 돈 주앙이 시종이고 침대에 누운 사람이 주인이라도 되는 것처럼, 조용히 커튼을 열었다.

위의 장면은 주인인 돈 주앙이 시종인 운전사에게 시중을 드는 장면이다. 돈 주앙은 침대에서 자고 있는 시종을 위해 그가 깰까봐 창가로 살금살금 다가가 커튼을 열어준다. 전통적인 주인과 시종의 관계를 뒤바꿈으로써 돈 주앙과 시종에게도 새로운 위상과 의미가 부여된다.

돈 주앙의 소재를 새롭게 변형하고 있다는 사실의 연장 선상에서 이 작품의 시종 역시 흥미로운 캐릭터로 등장한다. 특히 그의 여성취향은 전통적인 '돈 주앙'의 여성관을 완전히 뒤집고 있다. 그가 선호하는 여성은 아름답고 관능적인 여성이기보다는 뭔가 흠이 있는 여성이다. 얼굴과 몸에 결함이 있는 여성, 일반적으로 사람들이 매력이라고 칭하는 것과 전혀 상관이 없는 여성들이 그가 선호하는 여성들이다.

> 그는 돈 주앙에게 설명했다. 옛날부터 자기는 사람들이 일반적으로 그다지 예쁘지 않다고 보는 여자들에게 항상 호감이 가더라는 것이었다. 얼굴에 마마자국이 있는 여자를 보기만 해도 모종의 뭉클한 감동이 그를 사로잡기에 충분했다. 그러면서 동시에 그 흉터 난 여자를 가지고 싶어 했다. (…) 시종은 자기가 그런 타입이 여자들에게 매료되는 것이 취향이 부족해서도 아니고, 성격이 변태적이라서 그런 건 더욱 아니라고 말했다. 어쨌건 다른 사람들 눈에는 약간 일그러진 얼굴이나, 또 약간 시든 얼굴의 여자들, 한쪽 구석에 조용히 앉아 있을 여자들, 혹은 어디 벽을 따라가며 손으로 쓰다듬고 있을 그런 여자들이 바로 그 시종이 바라는 타입이었다.

시종은 여성에 대한 자신의 취향을 돈 주앙에게 고백한다. 그는 이전부터 사람들이 흔히 못생겼다고 말하는 여성들에게 관심이 갈 뿐만 아니라, 얼굴에 "마마자국이나 흉터가 있는 여자들"에게 뭉클한 감동을 느끼고, 그녀들을 소유하고 싶은 욕망을 느낀다고 한다. 그렇다고 여성에 대한 그의 취향이 부족하거나 변태이기 때문도 아니다. 뭔가 결함이 있는 여성, 사람들의 주목을 받지 못하고 구석에 앉아 있는 여성, 스스로 소외당하고 있다고 느끼는 여성이 그의 이상형이다. '돈 주앙'을 원형으로 하는 수많은 작품이 남성의 관심을 끌기에 충분히 아름답고 관능적인 여성들이었던데 반해, 한트케의 작품에서는 전혀 예상치 못한 관심 밖의 여성들이 주목의 대상이 되고 있어, 돈 주앙 신화를 완벽하게 전복하고 있다. 또한 시종의 여성 취향은 아름다운 여성만이 남성의 욕망의 대상이라는 전통적인 가치관을 비틀고 있다.

인상적인 것은 한트케가 시종이라는 인물에게 특별한 역할을 부여하고 있다는 사실이다. 전통적인 작품들이 주인공 돈 주앙에만 무게를 두는 데 반해, 이 작품은 기존의 작품들에서 진일보한다. 이 작품은 화자가 돈 주앙으로부터 들은 이야기를 서술하는 방식으로 이루어져 있다. 따라서 등장인물이 직접화법으로 자신의 이야기를 전달하는 것이 아니라, 화자의 서술을 통해 독자에게 전달된다. 그런데 이 작품에서 딱 한군데 등장인물이 직접 자신의 얘기를 말하는 부분이 있다. 그것이 바로 시종의 독백이다. 마치 주인공처럼 시종이 직접적으로 독백하는 장면은 한트케가 시종에게 얼마나 많은 비중을 두고 있는지 알 수 있다. 시종은 '여성과 죽음'에 대한 자신의 생각을 독백처럼 길게 말한다.

> 여인과 죽음. 내가 그대에게 다가갈 때마다 나는 죽음을 준비했었지. 그대는, 마치 나를 죽이려는 듯, 실제로 나를 덮쳤지만, 그런 다음엔 내 두 팔에 안겼지. (…) 여인이여, 남자가 없는 여인이여, 그대는 그럴 때, 오로지 여자만이 그럴 수 있겠지만, 얼마나 당당하게 독립적이었던가! (…) 무엇 때문에 나는 매일같이 그대들을 향해 떨쳐나가곤 했던가? 그대들의 비밀 안에 숨어 남자로서의 내 비속함으로부터 벗어나기 위함이지. 그런데 지금은? 그때보다 한층 더 불투명한 비속함에 갇혀 있잖은가.

시종이 길게 읊조린 독백은 '여인과 죽음'에 대한 문제이자, 여성과 남성에 관한 문제이기도 하다. 이 독백에서 시종은 한편으로 여성에 대한 감탄과 경이로움을 보내면서도, 다른 한편 남성의 정체성을 위협하는 여성을 극도로 두려워한다. 전통적인 돈 주앙이 여성을 유혹하고 파멸로 이끄는 '옴므 파탈'이었다면, 시종이 두려워하는 여성은 거꾸로 남성을 유혹하고 그를 위협하는 '팜므 파탈'이다.

한트케는 '돈 주앙 신화'에서 시종의 모티브를 가져오지만, 여기에 많은 수정을 가한다. 한트케의 시종은 '돈 주앙 신화'에서 처럼 도덕적인 기준으로 돈 주앙의 행실을 비난하거나 돈 주앙을 흉내 내어 여성을 유혹하는 파렴치한이 아니다. 한트케는 시종이라는 인물을 통해 여성을 부각하고 있다. 특히 전통적인 미의 기준인 정형화된 아름다움으로부터 벗어나 추하고 흠이 있고, 소외되고, 주목받지 못한 여성들을 부각시키고 그녀들의 소박한 아름다움을 강조하고 있다. 이 역시 '돈 주앙 신화'의 전복이다. 전통적인 돈 주앙 신화의 여주인공들이 한결같이 매혹적이고 아름다운 여성인데 반해, 한트케의 여성들은 기존의 통념에서 벗어난다.

기존의 돈 주앙 신하와 사뭇 다른 한트케의『돈 주앙, 자신에 대해 말하다』는 전통적인 돈 주앙의 모티브를 새롭게 변형한 작품이다. 한트케는 돈 주앙을 21세기의 인물로 묘사하고 있다. 전통적인 '돈 주앙 신화'에서 명예, 결혼, 순결 등의 키워드를 통해 돈 주앙을 창작해 냈다면, 한트케에게서는 이것은 중요하지 않다. 전통적인 돈 주앙이 평균적인, 규범화된 사회의 도덕률에 항거하고 에로스를 통한 사회의 도덕률에 저항함으로써 작품의 끝에서 지옥행이라는 벌을 받는 데 반해, 한트케의 돈 주앙에게는 벌은 존재하지 않으며, 죽음이라는 형벌도 없다. 전통적인 '돈 주앙' 작품에 등장하는 여성들이 돈 주앙의 유혹을 통해 피해자이자 희생양으로 자리매김 되는 데 반해, 한트케의 여성들은 전통적인 역할에서 벗어나 자의식이 강하고 독립성과 개성을 지니고 있다. 더욱이 한트케의 작품에 등장하는 여성들은 더 이상 성을 통해 교환할 수 있는 기능인이 아니라, 하나의 인간이자 개인으로 묘사된다. 그러나 무엇보다 한트케의 돈 주앙이 가장 특징적인 것은 그가 '파괴자'가 아닌, '구원자'라는 사실이다. 전통적인 돈 주앙이 기만을 통해 여성을 유혹한다면, 한트케의 돈 주앙은 여성들로 하여금 자신의 내면을 들여다보게 만든다. 전통적인 돈 주앙이 기만과 거짓으로 여성을 파멸로 몰고 간다면, 한트케의 돈 주앙은 여성의 내면의 인식을 확장시키고, 비로소 주체적인 삶을 살도록 이끄는 구원자이자 멘토이다. 또한 한트케는 남녀관계를 육체에만 두는 것이 아닌, 정신적 교류, 더 나아가 영적 교류에 두고 있으며, 이를 통해 생산적인 남녀의 소통이 제시되고 있다.

8

드르벤카의 『유고슬라비아의 지골로』
- 타문화와 거래된 사랑

유고전쟁과 비극적 마초 '브랑코'

1. 유고슬라비아 전쟁과 독일로의 이주민 유입

이 책에서 다룰 마지막 작품 조란 드르벤카 Zoran Drvenkar의 『유고슬라비아의 지골로 Yugoslavian Gigolo』(2005)는 돈 주앙 신화와는 직접적으로 연관되어 있지 않다. 또한 작가 드르벤카가 돈 주앙을 모티브로 작품을 서술했다는 기록도 없다. 오히려 이 작품은 1980년에 상연된 영화 <아메리칸 지골로American Gigolo>와 연관성이 있다. <아메리칸 지골로>는 미국 LA의 남창 줄리앙(리처드 기어 분)이 '제비족'의 스마트한 분위기를 연출하며 상류층여성들을 유혹하고 그녀들을 상대하는 내용이다. 이 영화는 '돈 주앙'의 이미지를 현대판으로 새롭게 각색한 것이다.

『유고슬라비아의 지골로』가 전통적인 돈 주앙과 직접적인 연관은 없지만, 작품의 주인공 브랑코를 살펴보면, 돈 주앙의 삶의 양식과 흡사한 점이 많다. 여성들을 '유혹'하고, '떠나고', 다시 '유혹'하는 브랑코는 돈 주앙의 모습에서 크게 벗어나지 않는다. 다만, 브랑코는 돈 주앙처럼 욕망 때문에 여성을 쫓는 것이 아니다. 그는 유고슬라비아 전쟁과 가난 때문에 돈 많은 독일 여성을 상대로 몸을 파는 남창 '지골로'의 삶을 살아간다. 실제로 1991년의 유고슬라비아 전쟁을 배경으로 하는 이 작품은 당시의 처참했던 전쟁, 가난, 매춘, 이민, 밀입국을 리얼하게 재현하고 있다. 비교적 최근사인 유고슬라비아전쟁과 독일 이주민의 문제를 배경으로 하면서 주인공 브랑코의 남성성과 정체성을 집요하게 추적하고 있다는 점에서 흥미로운 작품이다.

『유고슬라비아의 지골로』의 배경이 되는 유고슬라비아 전쟁은 장기간에 걸친 전쟁이면서 유고 연방의 여러 나라가 연루된 복잡한 전쟁이다. '유고슬라비아 전쟁'은 1991년부터 1999년까지 유고슬라비아 연방의 영토에서 수차례에 걸쳐 일어난 전쟁을 말한다. 처음에는 흔히 '유고슬라비아 내전'이라 불렸지만 1992년 연방이 해체됨에 따라 내전으로 정의할 수 없게 되었다. 유고슬라비아 연방에는 6개의 공화국이 있었으며, 유고슬라비아 전쟁은 이 6개의 공화국 모두에 영향을 끼쳤다.

1991년부터 1999년까지의 유고슬라비아 전쟁은 다시금 여러 개의 전쟁으로 세분화되어진다. 이 전쟁은 크게 세 개의 전쟁으로 나눌 수 있는데, 그 첫 번째가 '유고슬라비아 분리 독립 전쟁'이다. 여기에는 1991년 10일 간의 짧은 전쟁이라 할 슬로베니아 전쟁과 크로아티아 전쟁(1991년-1995년), 보스니아 전쟁(1992년-1995년), 크로아티아-보스니아 전쟁(1992년-1994년)이 해당한다. 두 번째가 '알바니아인 거주 구역 전쟁'으로 코소보 전쟁(1999), 알바니아-유고슬라비아 국경 충돌(1999년), 프레셰보 계곡 전쟁(1999년-2001년), 마케도니아 전쟁(2001)이 이에 해당된다. 세 번째 전쟁이 'NATO의 반 세르비아 전쟁'이며, 나토의 보스니아 헤르체고비나 폭격(1995년-1996년)과 나토의 유고슬라비아 폭격(1999)

이 이에 해당한다.

유고슬라비아 전쟁은 처음에 슬로베니아와 크로아티아가 유고연방 이탈을 선언한 후, 이를 저지한다는 목적으로 시작되었지만 점차 민족 분규의 성격으로 발전했다. 그리하여 전쟁은 당시 '슬로보단 밀로셰비치'와 '프라뇨 투지만' 두 대통령으로 대표되는 세르비아 민족주의와 크로아티아 민족주의의 대결로 발전하였다.

역사적으로 볼 때, 제1차 세계대전 이전, 유고슬라비아는 다양한 민족과 국가가 혼재하고 있었다. 독립국이었던 세르비아와 몬테네그로, 오스트리아-헝가리 제국의 영토였던 슬로베니아, 이스트리아, 달마티아, 크로아티아, 슬라보니아, 보이보디나, 보스니아 헤르체고비나, 그리고 오스만 제국의 마지막 유럽 영토였던 마케도니아도 유고슬라비아에 해당했다.

그렇다면, 1991년부터 1999년까지 장장 9년간에 걸친 유고슬라비아 전쟁은 왜 일어났는가? 이 지역, 즉 유고슬라비아 전체를 아우르는 발칸반도에서는 19세기 말부터 확산된 '슬라브주의'라는 기치아래 새로운 국가를 건설하려는 움직임이 있어왔다. 1차 세계대전이 끝나자 이러한 민족주의 운동은 유고슬라비아 왕국의 결성을 이루었다. 이후 제2차 세계대전 기간 동안에는 크로아티아계의 파시스트 '우스타샤'의 대량학살이 자행되었다. 우스타샤는 약 39만명의 세르비아인들을 학살하였다. 전후 유고슬라비아 연방이 수립된 뒤 1980년대까지 티토 대통령은 이 지역의 다양한 인종들을 아우르는 정책을 펼쳤다.

그러나 1980년 티토 대통령이 사망하자 다양한 민족들의 정치세력을 원만히 중재하던 정치 지도력도 사라지게 되었다. 유고슬라비아 연방의 새 대통령이 된 밀로셰비치는 1987년부터 공공연히 세르비아인의 우월을 강조하는 세르비아주의를 표방했으며, 유고슬라비아 전체 인구의 6분의 1에 해당하는 무슬림을 적으로 간주하였다. 밀로셰비치는 2차 세계대전 기간에 있었던 우스타냐의 학살을 교묘히 이용하여 크로아티아인을 탄압하였다. 세르비아주의의 팽배는 크로아티아인을 중심으로 다른 민족들의 민족주의 감정을 자극하였고 점차 상호 대립하는 양상을 보였다.

1980년대 후반 소비에트 연방의 붕괴이후 유고슬라비아 연방의 각 공화국들은 큰 혼란에 빠져들었다. 1991년 6월 25일 슬로베니아와 크로아티아가 독립을 선언하면서 유고슬라비아에는 대량학살을 동반한 전쟁이 꼬리를 물기 시작했다. 슬로베니아 국경에서 시작된 전쟁은 그해 보스니아 전역으로 퍼졌으며 1992년 보스니아-헤르체고비나로 확산되었다. 특히 세르비아의 지도자들은 인종 분리 정책을 펼치기 시작했고 이에 따른 인종 청소가 자행되었으며, 유고슬라비아 전쟁은 1991년부터 1999년까지 지속되었다.

유고슬라비아 전쟁이 진행된 1991년부터 1999년까지 실제로 수많은 동유럽인이 독일로 유입해 들어 왔다. 독일은 다문화 국가라 해도 과언이 아닐 정도로 수많은 이주민들과 외국인들로 가득 찼다. 독일인구의 20%가 외국인이었다. 물론 독일의 이주민 역사는 1990년대에 갑작스럽게 이루어진 것은 아니며, 이미 1950년대에 시작되었다.

제2차 세계대전의 패배로 독일은 독일 재건의 필요성이 제기되었고, 1950년대 후반에 서독에서 경제가 지속적으로 성장함으로써 노동력이 절대적으로 부족하게 되었다. 1960년대에 들어서자 경제성장을 유지하기 위해서 외국인 노동자를 초청할 필요성이 대두되었다. 1961년에 50만 개의 일자리가 공급되었지만 독일인 구직자는 18만 명 정도였으므로,

구서독 정부는 외국인 노동자를 보충하기로 결정했다. 외국인 노동자는 국가 간의 협약을 통해서 구서독 노동청의 허가를 받아 독일로 들어갔다. 이렇듯 독일은 2차 세계대전의 패망 후 독일 재건을 위해 1950년대부터 1973년까지 수많은 외국의 노동자를 독일로 유입시켰다. 독일에 들어 온 외국 노동자들은 처음에는 3년을 계약기간으로 인정받았으나, 이후에는 독일에 체류하면서 그들의 가족과 친척들을 독일로 불러들여 그 숫자가 확대되었다.

1950년대 이후 독일이 경제 재건을 위해 정책적으로 외국인 노동자들을 독일로 불러들임으로써 '제1차 외국인 독일인 유입'이 이루어졌다면, 1990년대에는 '제2차 외국인 독일인 유입'이라 불린다. 바로 드르벤카의 『유고슬라비아의 지골로』의 배경이 되기도 하는 유고슬라비아 전쟁으로 인해 동유럽으로부터 수많은 난민들이 독일로 피난 온 것이다. 이것은 구체적으로 공산권의 몰락을 가져온 1988년 소련의 '페레스트로이카'가 발단이었으며, 이후에는 러시아와 동유럽으로부터 수많은 피난민들이 독일로 쏟아져 들어와 외국인 노동자와 난민의 숫자는 말할 수 없을 정도로 증가하게 되었다.

독일로의 이주민의 유입은 독일 사회의 정책을 근본적으로 제고하게 만들었다. 독일인들만이 독일땅에 사는 것이 아니라, 수많은 외국인들과 이주민들이 함께 살고 있으므로, 독일은 이들에 대한 정책을 근본적으로 새롭게 만들어야 했다. 한편으로 독일인은 이주민과 함께 살아야 할 책임감을 부여받고, 이주민은 독일사회에서 새로운 정체성을 찾아야 했다. 이러한 것을 함께 아우르는 문제와 과제가 바로 독일의 이주민 정책이었다.

독일의 이주민 정책은 시대에 따라 단계적으로 발전했다. 독일은 외국인을 대상으로 다양한 형태의 이민법을 추진하게 되었는데, 처음 1950

년대 이후에는 라인 강의 기적을 바탕으로 경제가 발전하게 되자 외국노동자들을 대거 충원하였고 그들로 하여금 장기체류할 수 있도록 허용했지만, 1980년대부터는 상황이 달랐다. 1950년대에 독일로 이주한 외국인 노동자들의 2, 3세대 자녀들의 증가와 1990년대 급증하는 유고슬라비아 전쟁의 난민들에 대한 특별 이민법이 개정되었다. 그리하여, 이민자들에 대한 '긴급수용법', '연방추방자 및 탈출 이주민법' 또는 늘어나는 이민자들을 제한하기 위한 '신이주자 수용법' 등 여러 형태의 이민법이 개정되었다. 하지만 1950년대 경제 재건을 위해 유입된 외국인 노동자들의 2, 3세대들의 증가와 1990년대 유고내전으로 인한 난민들의 대거 유입으로 사실상 1990년대부터 독일도 서서히 다문화 국가의 양상을 보이게 되었다. 2000년대 EU 통합 이후 외국인에 대한 정책은 그 양상이 좀 더 개방적으로 변모하였다. 2000년대 이전이 외국인에 따라 차별적으로 처우하는 '차별적 배제 이주정책'을 펴나갔다면, 2000년대 EU 협약 이후 외국인의 인격과 문화를 존중하는 '동화주의 또는 다문화주의' 정책을 전개하기 시작했다.

이주 정책에 대한 변화와 함께 이주민들의 독일 내의 통합을 위한 노력 역시 다양하게 펼쳐졌다. 정치, 경제, 법, 교육, 스포츠의 영역에서 이주민의 통합 또는 동화정책이 시도되었으며, 이 와중에서 미디어 역시 큰 몫을 담당하게 된다. 미디어 중 특히 텔레비전의 영향력은 지대하다. 1990년대 이후에는 '피난', '망명', '이민'과 같은 주제가 독일 텔레비전에 주요 이슈로 대두되었다. 정치적 망명이든 피난이든 또는 이민이든 '독일로의 이주'는 1990년대 독일 사회의 정치, 법률, 경제, 학문 그리고 문화의 전 분야에서 주요 문제로 떠올랐고, 각종 미디어들 그리고 문학, 예술 작품들 역시 이러한 문제들을 주요 소재로 다루었다. 이 책에서 살펴보게 될 드르벤카의 작품『유고슬라비아의 지골로』역시 '이주민의 정체성문제'를 정면으로 다루고 있고, 독일사회에서 많은 이슈가 되었던 작품이다.

2. 작가 조란 드르벤카

『유고슬라비아의 지골로』의 저자 조란 드르벤카는 유고슬라비아 연방의 한 국가인 크로아티아 출신이다. 그는 1967년 크로아티아 크리체브치에서 태어났다. 그는 3살에 부모와 함께 독일 베를린으로 이주하여 현재 활발히 작품 활동을 하고 있는 작가이다. 학교 다니는 것에 흥미를 잃고 15살부터 글쓰기를 시작했으며, 대학입학시험인 아비투어를 포기했다. 이후 그는 유치원이나 친환경마트 등에서 일하며, 베를린 신문사인 '타게스슈피겔'의 프리랜서로 활동했다. 그리고 이 곳에서 그를 지지

조란 드르벤카

하고 함께 일하게 될 파울 마르를 만나게 된다.

베를린 장벽이 무너지자 드르벤카는 잠시 베를린을 떠난다. 처음에는 바이에른에서, 다음에는 1991년부터 1994년까지 네덜란드의 카라반에서 거주한다. 1995년 다시 독일로 돌아와 지금까지 베를린에 거주하고 있다.

1989년부터 그는 자유작가로 활동하고 있다. 그는 주로 소설과 시, 연극 작품, 단편 등을 창작했다. 스릴러물『너는 너무 빨라』,『미안』은 최근 영화로도 만들어졌다. 드르벤카는 사회적으로 명성을 얻기까지 여러 장학재단으로부터 지원을 받았다. 그는 '베를린 지원센터'와 '알프레트 되블린 베를린 예술 아카데미'로부터 장학금을 지원받아 창작활동에 몰두했다. 그의 창작 활동의 범위와 장르가 넓어 청소년문학에서부터 스릴러물, 사인어스픽션, 범죄소설 등 어린이를 위한 문학뿐만 아니라, 어른을 위한 문학도 창작하였다. 대표작으로『마지막 천사』(2012),『파울라와 존재의 가벼움』(2012),『반바지파의 귀환』(2005) 등의 작품들이 있다. 2004년『반바지파와 오커빌의 토템』으로 독일 청소년 문학상을 수상했으며, 한국에서는『산타클로스를 사랑한 내 동생』으로 번역되어 아동문학으로 인기를 누리고 있다.

드르벤카가 청소년문학으로부터 어른을 위한 문학에 이르기까지 폭넓은 창작활동을 펼치고 있는데, 특히 2005년에 발표한『유고슬라비아의 지골로』는 1991년의 유고슬라비아 전쟁을 배경으로 하고 있다. 이 작품은 드르벤카 자신의 경험을 배경으로 한다. 드르벤카는 크로아티아 태생으로, 어린 시절 3살 때 부모님과 함께 독일 베를린으로 이주하게 되며, 1991년의 유고슬라비아 전쟁의 참상에 깊이 충격을 받고 슬픔을 금하지 못한다. 그는 후기에 유고슬라비아 전쟁 당시 아버지가 자신에게 참전할 것을 요구했다고 기록하고 있다.

아버지는 내게 군대에 입대해야 한다고 말했다. 그러나 나는 베를린에서 자라고, 베를린에서 학교에 다녔기에 입대는 취소되었다. 나는 유고슬라비아인으로도, 그리고 크로아티아인으로도 간주되었다. 그런데 무슨 일이 일어났는가 하면, 군대가 내 기록 문서를 분실했다는 것이다. 나는 기록에 더 이상 존재하지 않는다. 학교도 마쳤고, 신분증도 있지만, 군대는 갈 수 없었다. 그러나 나의 아버지가 한 일은 바로 나를 군에 입대 신청을 했다는 사실이다. 아버지는 나를 군대에 보내고자 한 것이다. 너무 지나친 일 아닌가!

드르벤카는 당시 유고슬라비아 전쟁으로 수많은 젊은이가 군에 입대했고, 아버지 역시 자신을 입대시킴으로써 크로아티아에 충성하는 군인이 될 것을 강조했다고 기록하고 있다. 『유고슬라비아의 지골로』는 작가의 이러한 시대적, 개인적 체험을 바탕으로 서술된 작품이다.

나는 크로아티아로 가야만 했다. 그리고 징병검사를 받아야만 했다. 그건 심리적으로 얼마나 끔찍한 일이었던가! 나는 당시 처음으로 나의 사촌들을 만나게 되었다. 내 사촌들과 친척들 모두 군에 입대했다. 그들은 모두 기꺼이 입대하기를 원했다. "18살에 너는 군에 입대하는 거야. 그게 중요한 일이지. 그건 진짜 남자가 되기 위해 가는 길이지." 당시 이 말은 아버지가 내게 자주 하던 말이었다.

3. 작품의 서사구조와 구성

2005년에 발표된 드르벤카의 『유고슬라비아의 지골로』는 1991년 발칸반도에서 발발한 유고슬라비아 전쟁을 배경으로 하고 있다. 작품의 주인공 브랑코는 작가 드르벤카와 유사한 점이 있다. 드르벤카는 크로아티아 출신이며, 1969년 3살 때 부모님과 함께 독일 베를린으로 이주한다. 유고 전쟁 발발 당시 드르벤카의 사촌들 모두 참전했으며, 그의 아버지 역시 아들에게 군에 입대하여 참전할 것을 강요했다. 드르벤카의 개인사적 배경은 작품에 그대로 반영되어 나타난다.

작품의 주인공 브랑코의 전체 이름은 '밀로보비치 브랑코 파피르'이다. 그는 크로아티아 출신으로 23세에 군대에서 탈영하여 낮 동안은 정육점의 고기들을 운반하는 잡일을 하고, 밤에는 디스코텍에서 독일 여성을 상대로 돈을 번다. 정육점에서 일하는 동안 세르비아 출신의 동료가 사보타주로 발각되자 그를 잔인하게 살해한다. 전쟁과 탈영, 도피, 폭력, 여성들과의 성적 거래 등 그는 점점 더 절망적인 삶에 빠져든다.

『유고슬라비아의 지골로』는 1980년에 발표된 영화 <아메리칸 지골로>와 연관성이 있다. '유고슬라비아의 지골로'와 '아메리칸 지골로' 둘 다 '지골로'라는 명칭이 공통이다. '지골로Gigolo'란 '남창', 즉 '매춘하는 남성'을 뜻한다. 언뜻 보기에 『유고슬라비아의 지골로』가 영화 <아메리칸 지골로>와 흡사 하지만 전혀 다른 분위기를 나타낸다. <아메리칸 지골로>의 주인공 줄리앙(리처드 기어 분)이 스마트한 제비족이라면, 『유고슬라비아의 지골로』의 주인공 브랑코는 폭력적인 마초로 등장한다.

드르벤카의 『유고슬라비아의 지골로』는 주인공 브랑코의 1인칭 화자에 의해 서술되는 장편소설이다. 작품은 총 5부로 구성되어 있고, 각각 계절과 연관 지어 전개되고 있다. '1부-가을, 2부-겨울, 3부-여름, 4부-가을, 5부-겨울'의 구성을 보인다. 여름을 중심으로 전년도의 가을과 겨울이, 이듬해의 가을과 겨울이 짝을 이루어 내용이 전개된다. 따라서 '전년도 가을-겨울/ 이듬해 여름/ 이듬해 가을-겨울'의 시간적 구성이 이루어진다. '전년도 가을·겨울'은 크로아티아에서의 암울한 탈영병의 생활을, '이듬해 가을·겨울'은 독일로 밀입국해 들어와 '지골로'의 삶을 살아가는 브랑코를 묘사하고 있다. 여름을 기점으로 크로아티아에서의 탈영병의 생활과 독일에서의 지골로의 생활이 대비되고 있다. 흥미로운 것은 사계절 중 '봄'이 빠져 있다는 것이다. '전쟁, 탈영, 매춘'이 초래한 브랑코의 비참한 삶에는 '봄'이란 없다.

총 5부로 구성되어 있는 이 작품은 다시 70개의 장으로 세분화되어 있다. '1부-가을'에는 1장부터 14장까지, '2부-겨울'에는 15장부터 22장까지, '3부-여름'에는 23장부터 32장까지, '4부-가을'에는 33장부터 45장까지, '5부-겨울'에는 46장부터 70장까지 구성되어 있다.

작품의 시간적 구성은 전년도 가을에서 이듬해 겨울까지 대략 1년 넘게 전개된다. 작품의 장소는 유고슬라비아 전쟁이 일어나던 크로아티아에서 독일의 뮌헨으로 이동한다. 주요 인물로 주인공 브랑코 외에 탈영하여 정육점에 숨어들어 일하면서 알게 된 네나, 그리고 그가 유일하게 사랑한 크로아티아 출신의 창녀 이반카가 있다. 브랑코는 순전히 돈을 목적으로 독일 여성들에게 접근하는 데 반해, 독일 여성들은 그에게서 이국적인 남성적 매력과 성적인 만족을 추구한다.

4. 유고전쟁과 가난, 동족상잔의 비극

나라 잃은 젊은이들의 방황과 생존문제

드르벤카의 『유고슬라비아의 지골로』는 1991년 발칸반도에서 일어난 유고슬라비아 전쟁을 배경으로 하고 있다. 주인공 브랑코는 유고슬라비아 연방공화국 중 크로아티아 출신이다. 역사적으로 1990년대에 유고연방의 대통령이자 세르비아 출신인 밀로셰비치는 크로아티아인들을 탄압하였고, 세르비아주의의 팽배는 크로아티아인을 비롯한 다른 민족들의 민족주의 감정을 자극하였다. 1991년 6월 25일 슬로베니아와 크로아티아가 독립을 선언하면서 유고슬라비아에는 대량학살을 동반한 전쟁이 시작되었고, 이 사건이 작품의 배경이 되고 있다.

유고슬라비아 전쟁이 발발하자 20대의 젊은이들은 의무적으로, 또는 강제적으로 징집명령을 받고 군대에 끌려간다. 브랑코 역시 징집 통지를 받고 군대에 들어간다. 그러나 크로아티아의 군인인 브랑코는 참혹한 전쟁으로부터 도망쳐 23살 자신의 생일에 탈영한다. 그는 고향 크리체브치에 휴가 왔지만 자그레브에 있는 부대로 복귀하지 않고 브르보베치로 숨어들어 간다. 그는 그곳에서 친구 네나드와 함께 지내며 그에게서 정육점 일을 배운다. 거대한 정육점 공장에서 가축을 도살하고 소시지도 생산해낸다.

브랑코는 머물 곳이 없자, 사촌인 요셉의 집에 머문다. 요셉에게는 아내와 아이 둘이 있고, 브랑코는 요셉의 큰 아들인 이보의 방에 머물지만, 이 또한 눈치 보여 곧 따로 방을 얻어 나온다. 비교적 성실하게 정육점 일을 배우며 돈을 모으는 23세의 브랑코는 가끔씩 고향을 생각한다. 그에게 고향은 '찢어지게 가난한 나라'이며, 군대와 전쟁은 끔찍한 기억일 뿐이다.

나는 사촌의 낡은 자동차와 그의 가족이 싫다. 나는 네나드를 싫어하고, 디스코장에 가려는 그의 생각이 싫다. 나는 크리체브치가 싫고, 내가 살던 크리체브치의 외진 고향도 싫다. 엄마도, 여동생도, 특히 암으로 일찍 죽은, 그래서 우리에게 비참한 삶을 남긴 아버지도 싫다. 나는 내 나라가 싫으며, 군대도 저주한다.

브랑코에게 고향 크리체브치는 기억 속에서 지우고 싶은 곳이다. 고향의 모든 것들, 아버지의 죽음과 함께 남겨진 가난의 고통, 그리고 동족상잔의 비극인 전쟁과 병역은 그의 숨을 턱턱 막히게 하는 것들이다.

유고슬라비아라는 나라가 붕괴되고 뿔뿔이 흩어지면서 민족끼리 서로에게 총을 겨누는 아픔은 당시 유고 내전을 겪은 젊은이들에게는 깊은 상처이자 절망이다. 나라 잃은 젊은이들은 갈 곳을 잃고 거리에서 방황한다. 무엇을 하며 살 것인가? 어디로 갈 것인가?

전쟁의 상흔으로 하루하루의 생존은 절망이다. 병역을 마친 젊은이들, 또는 병역을 기피한 브랑코와 같은 젊은이들은 하나 둘 씩 모여 말 그대로 하루하루 입에 풀칠하기 위해 닥치는 대로 일을 찾는다. 브랑코, 네나드, 밀란, 루디, 다미르. 이들 청년들은 남들이 마다하는 가축 도살장에서 짐승을 도살하고 짐승의 피를 온 몸에 뒤집어쓰며 정육일을 해낸다. 도살당한 가축은 잘 정리된 돼지고기와 소고기로 포장되어, 또는 소시지로 변신하여 잘 사는 나라 독일로 수출되거나, 크로아티아를 방문하는 독일인들에게 팔린다. 전쟁 중에도 크로아티아는 독일인에게 꿈의 휴가지이며, 그러한 독일인들은 크로아티아인들에게 생계 수단이자 생존과 직결되어 있다. 크리스마스를 지나 한 해를 마무리하는 송년회 파티를 독일인들은 크로아티아의 큰 호텔에서 개최한다. 독일인들은 이 곳에서 화려한 복장으로 돈을 마구 뿌리며 그들의 한 해를 마감한다. 브랑코를 포함한 정육점에서 일하는 동료들은 한 몫 챙기려 독일인들의 파티에

일용직 서빙노동자를 자처한다. 작품의 곳곳에는 독일과 동유럽국가 크로아티아가 지속적으로 대비되어 나타난다. '풍요롭고 부강한 나라 & 전쟁으로 인한 빈곤국', '배부른 자들 & 가난으로 절망하는 자들'의 끊임없는 대조를 통해 나라 잃은 젊은이들의 절망과 좌절, 방황이 극도로 선명하게 드러나고 있다.

전쟁, 가난 그리고 매춘

거리에서 방황하는 젊은이들, 생계를 위해 전선에 뛰어든 젊은이들의 모습은 비단 브랑코와 같은 청년에게서만 나타나는 것은 아니다. 20대의 젊은 여성들은 거리에 뛰쳐나와 부유한 독일 남성을 상대로 매춘행각을 보인다. 자동차가 달리는 도로 옆 시골 길 골목마다 젊은 여성들이 서성거린다. 여성들은 머리 위로 가격을 흥정하는 마분지를 높이 들고 벤츠를 몰고 가는 부유한 독일남성들을 호객한다. 비 오는 날에도 비를 뒤집어쓰며 가격 흥정의 마분지를 들고 호객하는 여성들의 모습은 비참하고도 절망적인 분위기를 연출한다.

네나드의 차를 빌려 빗속을 달려가던 브랑코는 빗속에서 뛰쳐나오는 한 여성을 발견한다. 초겨울 추운 날씨에 한 손으로 코트를 여미고, 한 손으로 마분지를 머리 위로 들고 있는 여성은 브랑코에게 다가온다. 브랑코는 빗속의 여성이 안쓰러워 그녀를 차에 태운다. 그리고 그녀를 집까지 데려다주려 한다. 물론 그는 그녀가 매춘을 위해 그에게 다가왔다는 사실을 전혀 모른다. 그녀는 브랑코 보다 나이가 몇 살 위인, 대략 네나드와 비슷한 나이로 보였다. 이름은 이반카이며 술집에서 일한다고 한다.

"50에 할게요." 그녀는 고개를 창 쪽으로 돌리고 말했다. 그리고는 담배 연기를 길게 뿜어댔다. 담배연기로 인해 거리의 모습이 시야에서 사라졌다. 나는 창문을 내렸다. 빗방울이 얼굴에 튀어 들어왔고 얼굴이 차가웠다. 담배연기는 사라졌다. "50이요? 50 무엇이요?" 나는 그녀 쪽으로 고개를 돌리고 말했다. 그녀가 말한 것은 크로아티아의 디나르는 아니었다. 50디나르는 너무 적은 돈이다. "마르크요." 그녀가 말했다. 그리고 나는 웃었다. "무엇을 보고 제가 독일 돈을 가지고 있다고 생각하세요?" 그녀는 이 말에 깜짝 놀랐고, 그녀 역시 웃었다. "그렇게 보여요. 돈 많은 사람…"

내심 당황한 브랑코는 플로비카 방향의 집까지 그녀를 바래다준다. 그 곳에서 오른 쪽 아래로 5분만 더 내려가면 고향인 크리체브치이다. 집 앞까지 도착하자, 이반카는 집까지 바래다준 대가로 브랑코에게 오럴 섹스를 제안한다.

나는 그녀가 무엇을 의미하는지 몰랐다. 다만, 나는 독일 마르크가 없을 뿐이다. 나는 이 조그만, 초라한 집에 들어 가 그녀와 맥주를 마시고 싶은 생각이 없었다. 나는 그녀에게 어떠한 욕망도 생기지 않았고, 그녀와 성적으로 무언가를 함께 나눈다는 것은 전혀 맞지 않은 일이라 느꼈다. 어쩌면 그녀는 자기 삶의 막다른 골목에 도달했는지도 모른다. 오늘이나 어제가 아닌, 훨씬 그 이전부터. 어쩌면 내 삶보다 더 절망적일지도 모른다. 훨씬 더. 그러나 그것은 그녀의 문제이지, 나의 문제가 아니다. 분명한 것은 그녀의 슬픔을 함께 하고 싶지 않다는 것이다.

브랑코는 독일 마르크화를 주는 대신 빗속의 이반카를 집까지 데려다 주었고, 이반카는 그 대가로 브랑코에게 차 안에서 오럴 섹스를 해준다.

그리고 그녀는 무표정으로 차에서 내려 뒤도 돌아보지 않고 집으로 들어간다. 유고 내전이 발발하면서 나라 잃은, 그리고 생계로 버거움을 겪던 이반카는 거리로 뛰쳐나왔으며, 그녀는 오래전부터 도로 골목에 숨어 벤츠를 몰고 가는 독일 남성들을 상대로 매춘을 해 온 것이다.

그 후 브랑코는 가끔씩 그녀의 집에 들러 정육점에서 만든 신선한 소시지를 우편함에 놓고 돌아온다. 처음에는 소시지만 놓고 얼굴은 보려하지 않는다. 그렇게 해서 두 달의 시간이 흐른다. 그러나 시간이 흐르면서 브랑코는 이반카에게 묘한 연민과 사랑의 감정을 느낀다. 그리고 그녀의 집 앞에서 벨을 누르고 문을 두드리지만, 대답이 없다. 브랑코는 자신이 좀 더 능력이 많았더라면 하고 자책하기도 한다. 그녀는 어디 있을까? 어떤 술집에서 일하는 것일까? 왜 집에 불이 꺼져 있을까? 브랑코는 몇 번씩 그녀의 집 앞에서 그녀를 하염없이 기다린다. 그리고 그녀를 만나면 사랑을 고백하리라 생각한다. 그렇게 또 3주가 흘러간다. 그리고 브랑코는 이반카의 꿈을 꾼다.

꿈속에서 이반카는 머리 위에 마분지 상자를 들고 거리에 서 있었다. 그리고는 내게 손짓을 했다. 나는 차를 멈췄고, 그녀는 내게로 왔다. 그러나 그녀는 차에 타지 않고 내게 말을 건넸다. (…). 나는 차에 내려 처음으로 햇빛 아래에서 그녀의 얼굴을 보았다. 더 이상 비는 오지 않는다. 나는 그녀가 왜 마분지상자를 들고 있는지 알고 싶었다. 그녀는 말했다. "비가 올 것 같아서요." 그리고 나는 다시 그녀에게 물었다. 왜 내 차에 타지 않느냐고. 그녀는 어깨 짓을 할 뿐이었다. 나는 또 다시 그녀에게 물었다. "왜 차에 타지 않아요?" 그녀는 어깨 짓을 또 다시 하며, 누군가를 기다린다고 했다. 갑자기 질투심이 느껴졌다. 꿈이 여기서 끝나기를 바랐다. 그러나 꿈은 이어졌다. 차 한 대가 다가왔다. 흰 벤츠이다. 운전자를 볼 수 없었다. 썬텐했기 때문이다. 그녀는 운전석 옆에 앉아 마분지 상자를 머리 위에 들고 있었다. 나는 차에 다가가 그녀에게 특별한 감정을 갖고 있다고 말하고 싶었다. 그런데 말을 할 수가 없었다. 그래도 그녀가 알도록 하고 싶었다. 나는 길 가에 서서 썬텐 유리창 뒤의 운전자가 누구인지 알고 싶었다. 이어 이반카의 실루엣이 보였다. 그녀는 운전자에게 몸을 숙여 그의 무릎 사이로 머리를 넣었다. 나의 꿈은 항상 여기서 끝났고, 식은땀으로 범벅이 되었다.

꿈속에서 브랑코는 이반카의 매춘행위를 엿본다. 브랑코의 꿈은 많은 것을 상징한다. 거리에서 지나가는 차를 세워 매춘행위를 하는 이반카의 삶은 전쟁국가의 참혹한 여성의 삶을 의미한다. 그녀의 처절한 삶은 브랑코의 내면에 깊이 자리 잡고 있다. 이반카의 절망적인 삶을 구하고 싶어도 브랑코는 그러한 물질적 능력이 없다. 고작해야 정육점 가게에서 만든 갓 구워낸 신선한 소시지만을 그녀의 집에 날라다 줄 뿐이다. 꿈속에서 브랑코가 이반카에게 다가가 차에 타라고 제안해도 이반카는 어깨짓을 할 뿐 차에 오르지 않는다. 대신 육중한 독일의 벤츠가 그녀에게 다가가고 그녀는 선뜻 차에 오른다. 그리고 운전석에 옆에 앉아 매춘행위를 한다. 이 일련의 에피소드는 브랑코에게는 악몽이다. 고국의 사랑하는 여인이 부유한 나라 독일남성에게 매춘행위를 해도 속수무책으로 바라보아야 하는 무능함과 안타까움이 악몽으로 재현된다. 벤츠를 몰고 있는 부유한 독일 남성이 헤게모니 남성성이라면, 브랑코는 그 지배권에서 변두리로 밀려난 피지배 남성성이자 종속적 남성성의 특징을 지니고 있다. 피지배와 종속의 남성성을 지닌 브랑코는 그 결핍으로 인해 반복적인 악몽에 시달린다.

이반카를 만난 뒤 석 달이 지나도록 그녀의 소식을 알 수 없고, 심지어 악몽까지 꾼 브랑코는 기필코 이반카를 만날 결심을 한다. 그리고 그녀의 집 근처에서 한참 기다리다 결국 집 안으로 들어간다. 그녀의 집 안은 밖보다 추웠고, 그녀가 읽던 신문은 날짜가 1993년 1월 9일을 기록하고 있다. 브랑코가 집에 도착한 날은 1월 22일이다. 신문에는 세르비아계의 대통령 밀로보비치가 전쟁을 끝낼 것이라는 성명이 발표되었지만, 모두 이것이 거짓말이라는 것을 알고 있다. 역사적으로 1991년 6월 25일 슬로베니아와 크로아티아가 독립을 선언하면서 유고슬라비아에는 대량학살을 동반한 전쟁이 발발했고, 이 전쟁은 1992년 보스니아-헤르체고비나로 확산되었다.

이반카의 침실에 들어서자 브랑코는 몸이 굳어버린다. 이반카가 천정의 등에 목을 매고 죽어 있었다. 올이 풀린 스타킹을 신은 채 차디차게 늘어져 있는 이반카의 시체를 뒤로하고 브랑코는 집을 나온다. 빗속에서 마분지상자를 머리에 들고 고개를 갸우뚱하게 숙이고 있는 이반카의 잔상은 이후 브랑코의 뇌리에서 사라지지 않는다. 전쟁이 일어나지 않았더라면 행복한 삶을 살았을 이반카, 굳이 비 오는 날에도 거리에 나가 부유한 독일남성을 상대로 매춘을 하지 않아도 되었을 이반카, 그녀는 절망적인 삶을 영위하다 끝내는 삶을 마감하고 만다. 이반카는 브랑코가 수많은 여성 중 유일하게 마음을 터놓았던 그리고 사랑의 감정을 느꼈던 여성이다. 그녀 역시 브랑코와 마찬가지로 크로아티아 출신이다. 그녀는 독일 남성들을 상대로 돈을 버는 창녀였으나, 자신의 처참한 현실과 절망적인 삶에 결국 목을 매고 자살하고 만 것이다.

발칸 반도의 지골로 '브랑코' - 사랑과 돈의 거래

브랑코는 낮 동안 정육점의 소고기를 나르며 돈을 번다. '미르코'라는 동료가 정육점 관련 일을 통해 돈을 더 벌 수 있는 자리를 추천하지만 거절한다. 이반카의 자살 이후로 브랑코는 자신도 돈 많은 남성이 되고 싶은 욕망을 갖는다. 그리고 이를 위해서는 정육점 일의 허드렛일로서는 불가능하다고 판단하여 더 쉽고 더 빠르게 돈 버는 방법을 생각한다. 브랑코가 찾아낸 것은 밤에 디스코텍에 찾아가 여성들을 유혹하는 일이다. 여름 날 크리체브치의 휴양지에는 수많은 외국인들, 특히 독일인들이 떼 지어 모여든다. 브랑코는 휴양지의 디스코텍에 찾아 들어온 독일 여성들에게 접근하여 유혹하고, 자신의 '남성성'을 팔아 돈을 갈취하는 지골로의 삶을 시작한다. 이반카의 비극적인 최후를 가슴아파하면서도, 브랑코는 은연중 이반카의 삶을 모방하고 있다.

브랑코는 휴양지에서 밤의 절정이라 여겨지는 디스코텍 '부크'로 들어가 외국인일 것 같은 여성들을 눈여겨본다. '부크'는 여름에만 오픈하는 디스코텍이다. 그는 특히 부유한 나라인 독일의 여성들을 집중적으로 주목하고 눈여겨본다. 브랑코의 시야에 금발의 두 여성이 눈에 띈다. 그들은 독일에서 온 모녀이다. 남편은 자그레브에서 열리는 세미나에 참석하고, 모녀는 인근 호텔에서 지내며 휴가를 즐기고 있다. 엄마로 보이는 여성은 40대, 딸은 10대 후반이다. 브랑코는 자신의 원래 이름을 숨기고, 사촌 요셉의 아들 '이보'의 이름을 빌어 모녀에게 접근하여 친절하게 크로아티어로 대신 음료를 주문해 준다. 딸인 안네가 화장실에 간 사이에 브랑코는 엄마인 마틸다를 유혹한다.

그녀의 왼손이 테이블 위에서 맥주잔 받침대를 만지작거렸다. 나는 그녀의 손가락의 움직임을 통해 긴장감을 감지했고, 이내 내 손을 그녀의 손에 포개 놓았다.

"호텔에 묵으시죠?"

처음에 그녀는 내 말에 손을 빼려 했으나, 그냥 내버려두었다.

"뭐라고요?"

".호텔에 묵으시냐고요?"

마틸다는 놀라며 고개를 끄덕였다. 담배를 쥐고 있는 그녀의 중지와 검지가 떨렸다. 그녀는 딸을 찾아 두리번거렸다.

"당신을 행복하게 만들어 주고 싶어요." 내가 말했다.

"당신을 여자로 만들어 줄 거라구요. 원하세요?"

마틸다는 손을 빼고, 몸을 가죽의자 뒤쪽으로 철푸덕 기댔다.

딸이 돌아오자 마틸다는 딸을 먼저 호텔에 보내고 브랑코와 호텔 바로 간다. 바에서 몇 잔을 더 마신 마틸다는 취해서 자신의 속 얘기를 브랑코에게 털어놓는다. 그녀의 남편은 자신보다 훨씬 나이가 많으며, 보수적이고, 질투심도 많다고 한다. 그러나 마틸다는 종종 자신이 어떤 환상을 꿈꾸고 있다고 털어놓는다.

나는 어떤 환상을 꾸고 있어요. 어떤 남자가, 어떤 외국인이 내게 다가와 내 손을 잡고는 말해요 마틸다, 함께 가요. 쾌락이 어떤 건지 당신에게 알려줄게요. (…) 그런데 혼자 있을 때, 그리고 외로울 때면 이 환상이 다시 생각나요. 나는 지금 그 외국인을 보고 있어요. 그는 당신과 같은 눈을 하고 있고, 그의 손은 당신 손처럼 느껴져요.

남편과의 생활에서 지루함과 권태로움을 느끼던 45세의 마틸다는 이

내 브랑코의 유혹에 쉽게 빠져든다. 그러나 자신보다 20살가량 어린 브랑코를 보며 자신의 주름을 부끄럽게 여긴다. 그리고 그녀는 브랑코에게 "보세요, 여기, 내 주름. 이거 끔찍하지 않나요?"라고 말하며, 대신 자신의 노화를 보상할 돈을 제시한다. "내 방이 따로 있어요. 안네가 우리를 방해하지 않을 거예요. 자, 가요. 내가 계산할 거예요. 오늘 밤 나는 당신의 손님이에요." 브랑코는 마틸다와 그렇게 하루 밤을 지내고 그녀로부터 현금을 받는다. 브랑코에게 남겨진 감정은 아무 것도 없다. 그저 전쟁을 피해 도망가 돈이 필요한 지골로의 삶을 시작한 것일 뿐이다.

나는 마틸다와 밤을 보냈다. 나는 그녀의 얘기를 들어 주었고, 그녀가 원하는 만큼 그녀의 육체를 이용했다. 내일 아침 그녀에게 무슨 일이 일어나든 상관할 바 아니다. 며칠 뒤에 마틸다는 크리체브치에서 사라질 것이고 나를 여기에 남겨둘 것이다. 어떤 쓰라린 기억도 남기지 않을 것이다. 마틸다의 경우도 마찬가지다. 한 명 이상의 여자가 있지 않은가. 아니, 여자들은 수없이 많다. 나는 조용히 누워 있다. 그리고 마틸다가 숨소리를 고를 때까지 기다렸다가 옷을 입고 호텔방을 나온다.

유고슬라비아 전쟁으로부터 도망쳐 온 브랑코는 자신의 이름을 바꾸며 숨어 지내다가 생존을 위해 창부인 '지골로'의 삶을 살아간다. 휴양지로 온 돈 많은 독일 여성들을 유혹하고 그녀들의 이야기를 들으며, 자신의 '남성성'을 팔아 그녀들로부터 돈을 갈취한다. 여성과의 만남에서 브랑코는 어떤 사적인 감정도 허용하지 않는다. 격정적인 하루 밤과 돈의 교환, 그리고 그는 뒤도 돌아보지 않고 냉정하게 호텔방을 나온다. 그가 만난 여성은 마틸다만이 아니다. 크로아티아로 휴양 온 독일여성들은 다 그의 유혹대상이다. 발칸 반도의 지골로 브랑코에게 사랑은 곧 돈과의 거래이다.

전통적인 '돈 주앙'이 돈 많은 귀족 신분인 데 반해, 드르벤카의 '브랑코'는 전쟁국가의 탈영병이다. 브랑코는 전쟁과 가난으로 전전긍긍하다 지골로의 삶을 살아간다. 전통적인 돈 주앙이 선천적으로 여성을 유혹하는 '유혹자'의 특징을 지닌다면, 브랑코는 순진한 청년으로부터 생계를 위해 여성을 유혹하는 지골로로 탈바꿈한다. 돈 주앙이 사랑을 빙자로 여성을 유혹하고 그들의 명예라 할 '정조'를 강탈하는 데 반해, 브랑코는 여성들에게서 남성성을 팔아 '돈'을 갈취한다. 돈 주앙을 둘러싼 여성들이 그의 화술, 외모, 신분에 반해 그의 유혹에 넘어가는데 반해, 브랑코를 둘러싼 여성들은 그의 이국적인 매력과 차가운 마초적 남성성에 반한다. 다만, 브랑코가 상대하는 여성들은 돈 많은 독일 여성이지 결코 같은 민족 크로아티아 여성들은 아니다.

사보타주 - 동족상잔의 비극

동족상잔의 비극인 유고슬라비아 내전은 수많은 젊은이들을 절망 속에 빠뜨린다. 창녀로 생계를 누려오던 이반카는 결국 자살하고, 전쟁을 피해 군에서 탈영한 브랑코는 낮 동안은 정육점에서, 밤에는 독일여성들을 상대로 성을 판다. 이반카의 자살, 전쟁의 참상, 출구 없음의 절망적 상황에서 브랑코는 점점 더 좌절감에 빠진다.

작품은 여름을 지나 가을로 넘어간다. 유고 내전이 한창인 가운데 1993년의 가을, 크로아티아가 세르비아로부터 분리되어 공화국으로 인정받는 사건이 작품의 배경으로 등장한다. 갑자기 모든 형국이 뒤바뀌어진다. 크로아티아가 독립되어 다행이지만, 문제는 브랑코가 군대로부터 탈영한 상태이며, 과연 탈영병이 크로아티아에서 살 수 있는지 의문이다. 그는 여권도 없다. 크로아티아의 독립이 또 다른 변수로 작용한 것이다. 그는 군대에서 탈영한 뒤 종종 악몽을 꾸어 왔다. 무장한 경찰들이 떼거리로 그에게 찾아와 그를 어디론가 끌고 가는 꿈이다. 이러한 악몽이 계속될수록 브랑코는 독일로 밀입국해 들어갈 것인지도 심각하게 고민한다. 유고내전으로 이민자들이 독일로 물밀 듯 들어가는 장면이 작품에서 묘사된다.

역사적으로 볼 때, 1991년 크로아티아가 세르비아로부터 독립을 요구하자 같은 유고연방이었던 세르비아는 이에 강력히 반대했고 크로아티아를 폭격해 전쟁을 유발했다. 그리고 1993년 크로아티아가 세르비아로부터 분리되어 공화국으로 인정받게 되었지만, 크로아티아인에 대한 세르비아인의 반발은 끊이지 않았고, 크로아티아인 역시 세르비아인에 대해 적개심을 가졌다. 이런 역사적 사실과 같은 민족끼리 싸우는 동족상잔의 비극은 작품에서도 그대로 재현된다. 정육점 공장에서 일하던 네나드는 어느 날 브랑코를 포함한 밀란, 루디, 다미르 등을 소집한다. 정육점에 스파이가 있다는 정보를 입수한 것이다. 정육점에서 소시지 전문가로 알려진 50대의 츠덴코가 1993년 초반 이들이 일하는 정육점 공장에 입사한다. 그는 항구도시 스플리트 출신으로 소시지 디플롬까지 가지고 있는 전문가이다. 네나드는 츠덴코가 스파이라는 정보를 듣고 사실여부를 확인하고자 이른 아침 동료들과 공장으로 숨어들어간다. 츠덴코는 일찍부터 공장에 나와 소시지 반죽 일을 하고 있었다. 브랑코를 포함한 네나드 일행은 소시지 반죽 과정을 몰래 살펴보다 의심스러운 봉투를 발견하고 그를 급습한다. 소시지 반죽을 위한 16개의 들통에 이미 14개가 반죽이 완료되어 있었다. 반죽이 된 소시지를 고양이에게 먹이자 고양이는 그 자리에서 죽고 만다. 의심스런 봉투는 쥐약으로 판명되었다. 츠덴코는 세르비아 출신으로 크로아티아인들을 독살하기 위해 소시지 안에 쥐약을 넣었던 것이다. 이를 알아차린 브랑코를 포함한 네나드 일행은 쥐약을 츠덴코의 입에 털어 넣어 그를 잔인하게 죽이고 쓰레기 더미에 던져 버린다. 이것은 전쟁이 가져온 잔인한 현실, 같은 민족끼리 서로가 서로를 죽이는 동족상잔의 비극적 현장이다.

타문화와 지골로의 정체성

1. 크로아티아를 등지고 독일로 밀입국

　드르벤카의 『유고슬라비아의 지골로』는 크로아티아 출신의 브랑코가 유고전쟁을 피해 독일로 밀입국해 들어와 겪는 이주민의 문제를 다루고 있다. 조국인 크로아티아가 민족 간 분열로 전쟁을 일으키고, 서로가 서로에게 총을 겨누는 참상은 브랑코에게 지울 수 없는 상처이자 트라우마이다. 전쟁을 피해 독일로 도망 온 브랑코는 넘어야 할 또 다른 과제를 안고 있다. 언어도 문화도 다른 독일사회에 처음부터 다시 적응해야 하는 것이다. 이 작품은 유고슬라비아 전쟁으로 인해 독일로 유입한 이주민과 밀입국자의 처참한 삶을 마치 다큐멘터리 영화를 보듯이 그대로 담아내고 있다.

　작품에서는 전쟁을 피해 수많은 피난민이 독일로 유입해 들어오는 장면이 묘사된다. 이들에게 독일은 피난처이자 새로운 삶을 펼칠 꿈의 나라 '유토피아'이다. 가난한 동유럽 국가 크로아티아의 학교에서는 독일어를 제2외국어로 가르치며, 브랑코 역시 학교에서 독일어를 배우는 장면이 묘사된다. 독일인들이 사용하는 언어인 독일어는 '부'의 상징이다. 동유럽의 가난한 나라에서 제2외국어인 독일어는 가난을 탈출하기 위한 꿈의 언어이다. 돈 많은 독일인들이 망년회를 크로아티아의 호텔에서 휘황찬란하게 보내고, 이들의 파티를 위해 브랑코는 밤새 독일어를 배워가며 호텔에서 서빙하는 장면이 묘사된다. 독일인들의 화려한 파티에서 브랑코는 눈이 휘둥그레지며 그들의 삶과 그들의 나라를 선망하게 된다. 사촌인 요셉은 브랑코를 위해 독일어 교본도 구입해 준다. 그렇게 해서 배운 독일어로 브랑코는 크로아티아에 휴양 온 독일여성들에게 접근하고 유혹하며 성을 팔아 돈을 갈취해 온 것이다.

그러나 이제 상황은 달라지고, 크로아티아가 세르비아로부터 독립했음에도 브랑코는 고향으로 갈 수 없다. 탈영병인 브랑코는 무장한 경찰들이 자신을 잡으러 오는 악몽에 시달리며, 그는 네나드 일행과 정육점의 츠텐코를 살해한 살인범이기도 하다. 결국 브랑코는 조국 크로아티아를 떠날 결심을 한다. 더욱이 라디오를 통해 들려오는 독일에 관한 소식은 그로 하여금 독일을 더욱 선망하게 만든다. 여름 날 디스코텍에서 일하면서 그가 수집한 독일여성들의 전화번호와 주소만도 수첩에 가득하다. 브랑코는 그와 하룻밤을 나눈 여성들의 나라 독일로 밀입국해 들어갈 것을 결심한다.

독일로 떠나기 전 브랑코는 고향인 크로체브치의 어머니를 찾아간다. 5년 전 브랑코의 아버지가 죽은 후 어머니는 지금까지 미망인의 복장을 하고 있다. 마치 남편이 며칠 전에 죽은 것처럼 어머니는 검은 옷을 입고 있다. 어머니는 전통적인 가치관을 갖고 있고, 여타 다른 크로아티아인들처럼 조국에 대한 지극한 애국심을 품고 있다. 따라서 탈영한 아들이 그녀의 눈에는 곱지 않으며, 아들을 보자마자 꾸짖는다.

"너는 어째서 그런 말도 안 되는 한심한 일을 저질렀니? 군대에서 탈영해서 쓰레기 같은 곳에서 나날을 보냈다고? 생각이나 있는 거니? 누가 너를 그렇게 키웠니? 만일 네 아버지가 이 일을 아시면, 총 들고 네게로 왔을 게다. 도대체가 너는 명예심이라는 것을 가지고나 있니? 이웃들이 우리 등 뒤에서 뭐라고 욕하는 줄 아니? 모두들 수군거리고 있어. 네 여동생 옐레나는 학교에서 왕따 당하고 있어. 네 동생이 학교에서 어떨지 생각해 봤니?"

어머니에게는 아들이 군대에서 탈영한 것이 치욕이며 수치이다. 그녀는 남자라면 당연히 군대에 가야 하고, 더욱이 전쟁 중인 조국을 위해 자랑스럽게 싸워야 하는 것이 '진짜 사나이'라고 믿고 있다. 그녀는 전년도 10월에 아들 브랑코가 생일날 집에 왔다가 군대인 자그레브로 복귀한 것으로 철석같이 믿어 왔다. 그러나 군대의 연대장이 찾아와 아들을 숨겨 놓았는지 추궁하고, 군대경찰들이 브랑코를 수색했다는 말을 한숨 섞인 채 내뱉는다. 어머니는 탈영병인 아들을 위선자이자 거짓말쟁이라고 호되게 꾸짖는다. 그리고 눈물로 아들에게 호소한다. "부디 나의 진실된 아들이 되어다오. 제발 이 어미 말을 들어다오."

그러나 브랑코는 군대로 돌아갈 마음이 추호도 없다. 짐 꾸러미 가방을 들고 집을 나서며 독일로 밀입국을 결심한다. 그는 군경찰이 수색하는 탈영병이자, 동족 츠덴코를 살해한 살인범이다. 고향 크로체브치는 더 이상 그가 살 수 있는 곳이 아니다. 브랑코는 뒤도 돌아보지 않고 집을 나서며, 어머니는 집을 떠나는 아들을 가슴 아프게 바라보며 눈물짓는다. 그렇게 브랑코는 크로아티아를 떠나 독일의 뮌헨으로 밀입국한다.

2. 타문화와 정체성, "나는 누구인가?"

가을이 지나고 추운 겨울날, 브랑코는 뮌헨에 도착한다. 그가 독일에서 할 수 있는 일은 무엇인가? 무엇으로 생계를 지탱할 수 있단 말인가? 탈영으로 군경찰들이 브랑코를 수색하러 다니고, 심지어 살인까지 저질렀으니 조국인 크리체브치에서 살기란 쉽지 않다. 더욱이 가난한 조국에서 그가 할 수 있는 일이란 아무것도 없다. 브랑코는 뮌헨 거리를 돌아다니다 '라구나'라는 레스토랑을 발견한다. 이곳은 여행객들이 많이 드나드는 곳이며, 메뉴판에는 '세르보크로아티아 특별메뉴'라 적혀 있다. '세르비아, 보스니아, 크로아티아'가 유고내전으로 갈기갈기 찢겨진 반면, 독일 뮌헨의 레스토랑의 메뉴는 아이러니하게도 이 세 나라의 음식을 합친 특별메뉴를 만들어 상품으로 팔고 있다. 이 특별메뉴는 누군가에게는 가슴 아픈 조국의 현실을 상기시키지만, 누군가에게는 맛보고 즐기는 관광상품일 뿐이다.

24세의 브랑코는 레스토랑에 들어가 종업원 알바를 문의한다. 이전부터 이 레스토랑의 종업원으로 일하던 유고슬라비아 출신의 에드가는 브랑코에게 종업원 자리를 주선해준다. 브랑코는 자신의 이름을 숨기고 '이보'라고 소개하며, 고향도 크리체브치가 아닌 '자다르' 출신이라고 말한다. 이에 에드가는 자다르의 군인들이 자신의 고향을 폭격해 부모님이 돌아가셨다고 덧붙인다. 에드가 역시 유고내전으로 독일로 이주한 이민자이다. 두 사람은 동족이지만 아이러니하게도 서로가 서로에게 총을 겨누는 아픔을 겪고, 결국은 고국을 떠나 타지인 독일로 이민 또는 밀입국해 들어온 자들이며, 이제 이곳에서 새로운 삶을 꿈꾸고 서로에게 일 자리를 제공하고 있다. 브랑코는 '이보'라는 이름으로 레스토랑에서 시간당 6마르크를 받으며, 접시 닦기, 청소, 홀의 서빙 등의 업무를 맡는다. 그러나 그것만으로는 벌이가 충분하지 않았다.

브랑코에게는 지난여름 크로아티아의 디스코텍에서 받은 독일여성들의 이름과 주소가 있다. 그는 그녀들을 만날 결심을 한다. 그는 뮌헨을 거주지로 하는 독일 여성의 집을 찾아가 벨을 누른다. 그러나 집 밖으로 나온 여성은 전혀 모르는 얼굴이다. 같은 주소, 다른 여성이다. 그 여성은 브랑코의 초라한 옷차림을 훑고서 다시 집 안으로 들어간다. 거대한 빌라의 문 앞에서 초라하게 서 있던 브랑코는 발길을 돌려 다시 뮌헨 거리로 나온다. 그리고 깊은 상념에 빠진다. "독일이라는 낯선 곳, 낯선 문화에서 나는 누구인가? 나는 무엇으로 살아야 하는가?" 브랑코는 극심한 정체성의 혼란을 겪는다.

크로아티아를 떠난 뒤, 나는 이곳 뮌헨에서 보낸 시간은 내가 과연 누구인지 찾아 헤매는 것만 같았다. 나의 그림자가 내 앞으로 앞서가고, 나는 그저 그 뒤를 따라가는 것만 같았다.

브랑코는 여권과 체류허가서도 위조한 채 뮌헨에 밀입국한 초라한 외국인이며 이방인이자, 부강한 나라 독일의 부유한 독일인들이 유쾌함을 누리는 레스토랑에서 그들의 행복을 뒤치다꺼리해주는 한낱 외국인노동자일 뿐이다. 그는 가난한 조국 크로아티아를 떠나 꿈의 나라 독일로 힘들게 밀입국해 들어 왔지만, 그에게 독일은 타문화이며 그는 철저하게 '타인이자 아웃사이더'이다.

이 곳 뮌헨은 고향에서와 많이 다르다. 나는 마치 내가 아무런 힘과 권한이 없는 영토에 뚝 떨어진 것 같은 느낌이 들었다. 레스토랑 밖으로 나가 거리를 거닐 때면, 가슴을 펴고 걸을 수도 당당하게 걸을 수도 없다. 누군가 내 눈을 쳐다보면, 나는 눈을 피해 다른 곳을 바라본다. 마치 나는 공격을 받은 것처럼 겁이 나 등이 뻣뻣하게 긴장되어 굳어 있다. 여성들이 나를 쳐다보면 나는 바닥만 보고 걷기만 한다.

아무도 아는 사람 없는, 그것도 밀입국 외국인 노동자로서의 브랑코의 삶은 자신감을 잃고 거리를 배회하게 만든다. 힘들게 뮌헨에 들어 왔건만 브랑코는 급기야 뮌헨을 증오하게 된다. 결국 그는 지난여름 크로아티아의 휴양지에서 알게 된 45세의 마틸다에게 전화를 건다. 마틸다는 반가움에 뉘른베르크에서 뮌헨으로 한걸음에 달려온다. 그러나 마틸다를 만나도 브랑코의 외로움은 결코 사라지지 않는다.

나는 뮌헨이 마음에 들지 않는다. 나는 이곳에서 기회를 얻지 못한 이방인이라고 느낀다. 뮌헨에서 나는 꽁꽁 얼어붙은 것 같은 느낌을 받는다. 심지어 마틸다가 뉘른베르크로부터 와서 함께 산보하고 카페에 앉아 얘기를 나누어도 나는 이방인의 느낌을 버릴 수가 없다. 마틸다가 내게 뮌헨의 아름다움을 보여주려고 노력하지만 다 소용없다. 고립감과 이방인이라는 느낌은 여전하다. 나는 이곳이 너무 춥다.

이 행복해 보이는 독일 사회에서 브랑코는 철저한 이방인이고 소속감이 없다. 그는 낯선 타문화에서 또다시 방황하며 정체성의 혼란을 겪는다. 외국인 노동자가 느끼는 '이방인-이주민-제2의 국민'이라는 감정이 브랑코를 통해 절절하게 나타난다.

3. 이국의 성을 훔치는 여성들, 호모 섹스 그리고
사디스트 지골로 브랑코

  브랑코는 점점 자신의 내부에서 뭔가 중요하고도 소중한 것이 상실되어가는 느낌을 받는다. 거리를 배회하던 브랑코는 자신을 찾고 싶어 한다. 자신의 내부에서 용솟음치는 꿈을 잡고 싶어 한다.

>   무언가 내 안에서 부서지고 망가졌다. 무언가 더 이상 존재하지 않는 것 같다. 그럼에도 불구하고 내 안에서 다시금 희망이 솟구치고 있다. (…) 나의 희망은 '라구나' 레스토랑에서 내 입지를 확실히 하고, 여기서 내 계획을 발전시키는 일이다. 마틸다, 그리고 최근 알게 된 여성들로부터 나는 돈을 충분히 벌고 있다. 그 돈이면 레스토랑에서 버는 돈은 그대로 저축할 수 있다. (…) 나는 더 많은 돈이 필요하다. 방세와 옷값을 지불할 수 있는 그 이상의 더 많은 돈이 필요하다.

  독일에 밀입국한 이유가 무엇이던가? 행복한 삶이 아니었던가? 그 행복한 삶이란 조국의 가난을 떨치고 부유한 독일남성처럼 보란 듯 잘 사는 것이었다. 거대한 저택을 소유하고 멋진 옷을 입고, 큰 벤츠를 몰고 다니는 그런 폼 나는 삶 말이다. 독일 남성으로부터 드러나는 '헤게모니 남성성'의 위상을 브랑코도 차지하고 싶었던 것이다. 방황과 혼란 끝에 브랑코가 새로이 찾은 정체성은 바로 '지골로'의 삶이다. 그는 뮌헨에서 본격적인 지골로의 삶을 살기로 결심한다. 그는 1980년에 만들어진 미국 영화 <아메리칸 지골로>의 스마트한 지골로 리차드 기어를 흉내 내며 독일 여성들에게 접근한다. <아메리칸 지골로>의 주인공 줄리앙(리차드 기어 분)은 LA 비버리 힐즈의 고급 호텔을 중심으로 상류사회의 여인들과 만나는 지골로이다. 브랑코는 자신의 실제 이름 '밀로보비치 브랑코 파피르'를 '이보'라고 바꾸고, 세련된 옷매무새로 여성들에게 다가간다. 낮에는 레스토랑의 종업원으로 일하지만, 밤이면 그리고 틈나는 대로 부유한 독일여성들을 만나 성을 파는 '지골로'의 이중생활을 한다.

브랑코는 뮌헨에서의 '지골로의 삶'을 새로운 일자리라고 합리화한다. 그는 스스로를 '일하는 인간 Homo Faber'이라 정당화하며, 이 새로운 정체성을 체화한다. 특히 여성들을 통해 자신의 매력을 발산함으로써 자신의 남성적 능력을 확인하고, 나아가 상처 입고 손상된 자아, 자존감, 자화상을 다시 회복하려 한다.

그가 만나는 독일 여성들은 여러 명이다. 대표적인 여성들로 마틸다와 앙겔리카, 잉그리트이다. 이들 여성들은 나이도, 성향도 천차만별이다. 공통점은 이들 모두 브랑코보다 나이가 훨씬 많고, 24세의 브랑코가 가져다주는 이국적인 매력과 성에 매료되어 있다. 마틸다는 45세이며, 그녀의 남편은 외교관이다. 그녀에게는 10대의 딸도 있다. 마틸다의 집은 뉘른베르크이며 그녀는 큰 저택에 거주한다. 외교관인 남편은 바쁜 스케줄로 세계 곳곳을 다니며, 그때마다 마틸다는 진한 외로움을 느낀다. 심지어 최근에는 딸마저 공부를 위해 다른 도시로 떠나 버렸다.

마틸다가 말했다. 내가 뮌헨에 온 것은 마치 어떤 계시와도 같은 것이라고 내가 독일로 오자 그녀에게는 새로운 삶이 시작한 것 같다고 했다. 그녀는 어떤 종교적인 감정에 대해서 얘기했고, 심지어 그녀는 내가를 그녀를 구원할 유고슬라비아의 예수로 간주하기까지 했다. 그것이 무엇을 의미하는지 나는 알 수가 없다. 나는 그저 나이고 싶을 뿐이다. 그 이상은 아니다.

마틸다는 극도의 외로움에 시달린다. 그녀는 황량하고 무미건조하며 지루한 결혼생활에 지쳐있다. 그녀의 딸은 공부를 위해 슈투트가르트로 떠나 한 달에 한 번씩 집에 찾아온다. 남편은 늘 바쁘고, 남편과 잠자리를 한 지도 오래다. 지난여름 크로아티아를 방문하여 브랑코와 하룻밤을 보낸 뒤 마틸다는 브랑코를 잊지 못한다. 그녀는 뮌헨에서 브랑코를 만날 때 마다 자신의 황량한 삶에 눈물 흘린다. 하지만 남편의 권력과 명예, 더욱이 그의 경제적 풍요로움을 뿌리치지 못한다. 사랑하는 딸 역시 소중하다. 그럼에도 불구하고 그녀의 결혼생활은 황량하고 무미건조하며, 그녀는 극도의 외로움에 지쳐 있다. 그런 그녀 앞에 나타난 브랑코는 지루한 일상과 황량한 삶으로부터 그녀를 해방시킬 구세주이다. 마틸다는 브랑코를 유고슬라비아에서 온 '예수'라고 부른다. 그녀는 절박한 심정으로 브랑코에게 매달리지만, 브랑코는 마틸다의 문제를 구원할 해결사도, 더욱이 유고슬라비아의 예수도 아니다. 그는 이 낯선 도시에서 하루하루 생계를 꾸려가는 외국인 노동자이자 돈이 필요한 지골로일 뿐이다.

　　뮌헨의 크로아티아 레스토랑을 찾는 여성들은 종업원인 브랑코에게 호감을 갖는데, 이유는 브랑코가 마초적인 남성의 분위기를 풍기기 때문이다. 여성들에게 눈길도 주지 않고, 여성들을 무시하는 듯 오만한 '나쁜 남자' 또는 '상 남자'의 이미지에 독일 여성들은 열광한다. 브랑코는 자신의 성격과 이미지를 의도적으로 바꾼다. 그는 '로버트 드니로'와 '리차드 기어'를 결합한 모습을 자신의 새로운 이미지와 정체성으로 삼는다. 좌절과 분노를 안에 감추었다가 이를 폭발하는 로버트 드니로의 마초적인 모습은 브랑코가 꿈꾸는 남성상이다. 그러나 브랑코가 뮌헨에서 실제로 생계를 유지하는 수단은 지골로의 삶이다. 영화 <아메리칸 지골로>의 리차드 기어처럼 브랑코는 여성을 유혹하고 돈을 갈취한다. 그는

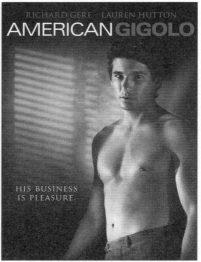

로버트 드니로와 리차드 기어

심지어 자신을 비극적 운명의 주인공이자 영화배우로 간주한다.

내가 연출해서 영화가 상영되는 동안, 나는 완벽한 영화배우가 되는 거야.

브랑코는 마틸다 이외에 다른 여성들도 만난다. 그중 한 명인 앙겔리카는 37세이며, 변호사 사무실의 비서로 일한다. 그녀는 브랑코가 일하는 크로아티아 레스토랑에 자주 찾아와 음식을 먹으며 브랑코의 매력에 사로잡힌다. 그녀는 브랑코에게 레스토랑의 음식을 사무실로 배달시키고, 배달 온 브랑코와 사무실의 화장실에서 관계를 맺는다. 브랑코가 돈을 요구하자 앙겔리카는 놀란다.

"내가 당신에게 돈을 주면, 당신은 내 것이라는 말이군요."
"그렇죠. 그게 계약입니다."

앙겔리카는 미소를 지었다.

브랑코는 앙겔리카와 성적인 계약관계를 맺으며, 정기적으로 그녀를 만난다. 그녀는 브랑코와 집도 사무실도 아닌 화장실에서 다소 모험적인 성적 유희와 판타지를 즐긴다.

또 다른 여성인 잉그리트는 63세이며, 브랑코가 만나는 여성 중 가장 나이가 많다. 그녀는 뮌헨에서 태어나고 자랐으며, 큰 저택과 포르쉐를 가지고 있다. 브랑코는 그녀의 포르쉐를 타고 뮌헨의 구석구석을 돌며 뮌헨에 관한 상세한 이야기를 듣는다. 그녀는 브랑코에게 단순한 섹스를 넘어선 그 이상의 것을 요구한다. 63세의 나이로 극도의 외로움을 느끼는 잉그리트는 섹스를 원하지 않으며, 브랑코가 그녀에게 접근하는 것을 원치 않는다. 대신 그녀는 독특한 취향을 가지고 있다. 브랑코와 샤워할 때 호기심 어린 눈으로 그의 몸을 관찰하고, 욕조에 누워 있는 브랑코의 몸을 만지는 것으로 쾌감을 느낀다. 전통적인 돈 주앙과 카사노바가 여성의 몸을 탐하고 쾌락을 누린 데 반해, 이 작품에서는 여성들이 쾌락의 주체가 된다. 브랑코의 몸은 여성들의 탐욕과 관음증의 대상이다. 돈 주앙과 카사노바의 등장 이후 400년이 지나면서 몸에 대한 쾌락의 주체와 성담론이 완벽하게 뒤바뀌는 장면이다.

브랑코를 만나는 독일 여성들의 공통점은 일상의 지루함과 외로움에 시달리는 여성들이며, 이들 모두 브랑코가 주는 이국적인 성적 매력에 사로잡힌다. 45세의 마틸다는 남편과의 공허한 결혼생활에 환멸을 느끼고 브랑코를 통해 삶의 활력을 얻으며, 심지어 그를 '유고슬라비아의 예수'로 부른다. 37세의 앙겔리카는 브랑코와 비정상적인 성적유희를 즐기며, 그에게 돈을 지불하고 그를 소유물로 여긴다. 63세의 잉그리트는 황혼을 바라보는 나이에 기억에서 사라진 남성의 몸을 브랑코에게서 훔쳐본다. 그녀는 마치 브랑코를 아들과 연인사이에 모호하게 위치시켜 놓고 자신의 외로움을 달랜다.

브랑코는 지골로의 삶을 통해 자신의 남성적 능력을 확인하며 탈영병이라는 트라우마로부터 벗어난다. 그러나 곧 지골로의 삶으로부터도 자신의 참된 정체성을 찾지 못한다.

> 나의 여성고객들과 함께 있음에도 불구하고, 나는 나 자신이 되지 못한다. 이제 거리에서 홀로 거닐고 있다는 것은 나 자신이 되고자 하는 것을 의미한다. 내가 그러한 느낌을 가진 것은 오래 전이다. 내 작은 방에서도 나는 긴장이 풀어지지 않는다. (…) 나는 거리의 한 신호등 앞에 서서 밝게 불빛을 보았다. 나는 그것이 네나드이기를 바랐다. 그리고 네나드가 내게 다가와 내 어깨를 툭툭 두드리고 "술 한잔 하러 가자"라고 말을 건넬 것 같았다.

결국 브랑코는 다시 밤거리를 헤매고 조국 크로아티아를 떠올리며, 고향친구 네나드를 그리워한다. 고향에 대한 그리움으로 심리적으로 흔들리던 브랑코는 홀로 바에 가 술에 취한다. 그리고는 정신이 혼미한 상태에서 네나드와 흡사한 인물을 보게 된다.

> 잠시 나는 네나드가 나와 함께 바에 있는 것 같았다. 그는 창가의 자리에 앉아서 잔을 바라보고 있다. 내가 화장실로 갈 때, 그 옆을 지나갔다. 창가의 남자는 머리를 묶고 있었는데, 네나드와 전혀 닮지 않았다. 나는 네나드의 웃음소리를 듣고 싶었는데, 창가의 남자가 네나드가 아님을 알고 나서 실망했다.

창가에 앉아 있던 남성은 브랑코에게 접근하고 그의 외로움을 알아차린다. 그는 르네라는 독일인이며, 브랑코에게 다가와 다정하게 말을 건다. 브랑코는 네나드에 대한 그리움으로 그의 호감을 받아들인다.

> 나는 그가 네나드이기를 바랐다. 그러면 우리는 많은 이야기를 나누었을 것이다. 나는 마치 무엇이든 빨아들이는 스폰지처럼 그의 말을 귀 기울였을 것이다.

그렇게 브랑코와 합석한 독일인 르네는 다정한 눈빛으로 브랑코가 겪는 정체성의 힘겨움을 이해하고 그의 외로움을 공감한다. 그러나 그는 곧 브랑코를 밖으로 불러 공터로 끌고 간다. 그리고 그는 브랑코를 성추행한다. 독일 남성이 자신을 성추행하자 브랑코는 큰 충격에 휩싸이며, 더욱 심각한 정체성의 위기에 빠진다. 그는 마치 금기를 어긴 것처럼 양심의 가책을 느끼고, 동유럽의 소중한 가치를 무너뜨린 듯 죄의식에 시달린다.

> 그 밤에 나는 뭔가 소중한 것을 잃어버린 것 같은 느낌을 받았다.

독일남성의 성추행 사건은 브랑코로 하여금 치욕스러움과 정체성의 위기를 심화시켰을 뿐만 아니라, 그를 폭력적인 성적 사디스트로 변하게 한다. "내가 마틸다를 만나는 것은 외로움 때문이 아니다. 나는 그녀에게 고통을 주기 위해 여기에 있는 거다." 결국 브랑코는 잉그리트, 앙겔리카와의 섹스에서 그녀들을 폭행하고, 심지어 마틸다의 몸에 상처를 내서 피를 보이는 폭력적인 마초로 변해간다.

안티-발전소설, 거래된 사랑과 비극적 결말

폭력적인 사디스트로 변해 가는 브랑코에게서 여성들은 하나 둘 씩 떠나간다. 더욱이 변호사 사무실의 여비서인 앙겔리카는 브랑코가 자신 이외의 다른 여성을 만나는 것을 알고는 그에게 가차 없이 이별을 통보한다.

> "너 다른 여자 만나니?"
> 나는 하마터면 웃을 뻔했다. 그 말이 하도 이상하게 들려서 나는 그녀가 농담하는 줄 알았다. 그녀는 화난 눈으로 나를 바라보았고, 그녀는 그 일을 나보다 심각하게 받아들였다. 나는 내가 거짓말해야 한다는 것을 안다. 그러나 다음과 같이 말했다.
> "당연히 다른 여자들을 만나지요."
> 앙겔리카는 돌아섰다.

마틸다와의 관계에서 그녀를 성적으로 폭행하고, 앙겔리카는 브랑코를 떠나고, 잉그리트가 마지막으로 300마르크를 브랑코의 손에 쥐어 준

뒤로 브랑코는 혼자 남겨진다.

  공교롭게도 때마침, 브랑코의 사촌인 요셉이 뮌헨의 브랑코의 숙소로 찾아온다. 브랑코는 놀라 어떻게 자신을 찾아 왔느냐 묻자, 브랑코가 여동생에게 보낼 편지를 잘못하여 요셉의 집에 보냈던 것이다. 요셉은 고향의 어머니가 병원에 입원했다는 사실, 그리고 그녀의 심장이 너무 약해져서 오래 살기 힘들다는 사실들을 전달한다. 아들 걱정에 너무 많이 울고, 그 때문에 담배도 너무 많이 피워 병이 악화되었다는 것이다. 요셉은 브랑코에게 고향으로 함께 돌아가자며 애원하고 죽어가는 어머니를 생각하라고 조언한다.

  그러나 이때, '크로아티아 레스토랑'의 에드가로부터 전화가 오고, 브랑코에게 체포명령이 떨어졌다는 소식을 전한다. 급기야 경찰들이 브랑코의 집에 쳐들어오는데, 이유인즉슨, 요셉이 국경을 넘어올 때 세관에 신고하지 않고 물품을 반입했다는 것이다. 요셉은 겁에 질려 벌벌 떨고, 요셉을 조사하게 되면 브랑코도 경찰에 불려갈 것이고, 그렇게 되면 브랑코는 영락없이 뮌헨에서 일자리를 잃게 된다. 브랑코는 요셉과 자신을 보호하기 위한 방법과 묘안을 떠올린다. 그가 생각해낸 방법은 마틸다를 이용하는 것이다.

  나는 그녀의 남편이 돈이 많다는 것을 잘 안다. 그녀의 남편은 나와 같은 브랑코 10명을 지불할 만큼 돈이 많다. 나는 그녀에게 최후통첩을 보낼 것이다. 내가 경찰에 불려가 조사받고, 결국 내가 일자리를 잃게 되면, 내게 그에 해당하는 생활비를 지불할 것인지, 아니면 그녀의 남편 뒤로 숨어 그녀가 남편의 권력을 이용하여 경찰의 고소를 물릴 수 있도록 하든지 둘 중의 하나이다.

다급해진 브랑코는 그녀가 있는 뉘른베르크로 찾아간다. 그리고 몰래 숨어 지켜보다가, 마틸다의 남편이 육중한 벤츠차에 올라타고 집 밖으로 빠져나가자 담 넘어 집으로 들어왔다. 마틸다가 욕조에 몸 담그고 있는 것을 확인한 브랑코는 여유롭게 집안을 구경한다. 그리고 배고픔을 느껴 부엌으로 들어가지만, 냉장고 벽 사이에 숨어있던 마틸다가 브랑코를 침입자로 판단하여 칼로 내리친다. 브랑코는 피할 겨를도 없이 바닥에 쓰러져 의식을 잃는다.

브랑코가 의식을 차렸을 때는 모든 것이 달라진 상태이다. 마틸다는 남편인 게르트에게 자신과 브랑코와의 관계를 모두 털어 놓은 상태이며, 경찰에도 신고한 상태이다. 의식에서 깨어난 브랑코에게 마틸다는 지금 벌어진 상황을 남편에게 전화로 고했다고 말한다. 브랑코가 침입해 그녀를 강제로 성추행하려 했으며, 그래서 칼로 내리친 것이라 변명했다고 한다.

　　"남편이 나를 떠날 게 분명해요. 하지만 게르트는 지금 정말로 슬퍼하고 있고, 지금 벌어진 상황에 대해 아주 이성적으로 행동하고 하고 있어요. 남편은 전부 다 알고 싶어 해요."
　　그녀는 말을 잇지 못했다. 그리고는 냅킨을 가져와 그녀의 코에 맺힌 땀을 닦아 냈다.
　　"그러니까 남편한테 모든 게 사고였다고 말했어요."
　　마틸다는 계속 말을 잇지 못하고 나를 쳐다보았다.
　　"뭐라고요?" 나는 되물었다.
　　"그러니까 당신이 나를 위협했다고요. 당신이 나를 성적으로 유혹하고 강제로 섹스를 하려고 해서… 그래서 내가 당신을 칼로 찔렀다고 했어요."
　　나는 이 말에 그녀를 때리고 싶었다. 이 무슨 되먹지 못한 여자가 있단 말인가?

　"남편은 경찰을 부르든가, 아니면 내가 집을 나가든가 둘 중에 하나를 하라고 했어요. 그래서 경찰에 당신을 고발했어요. 방법이 없었어요."

　나는 그녀의 입을 때리고 싶은 충동을 느꼈다.

　브랑코는 마틸다의 말에 배신감을 느끼지만, 곧 냉정을 찾고 마틸다에게 이 상황을 벗어나기 위해서는 돈이 필요하다고 말한다. 때마침 남편이 집으로 되돌아오고, 마틸다는 얼굴이 하얗게 질린다. 분노하는 남편, 피 흘려 누워있는 정부, 정신 나가 있는 마틸다, 그야말로 기막힌 상황이다. 브랑코는 다시 남편에게 돈을 요구하며 다음과 같이 제안한다.

　"나는 돈이 필요해서 여기 왔어요. 돈을 얻으면 나는 다시는 당신과 당신의 아내를 보지 않을 거예요." 나는 말했다.

　"지금 우리를 협박하는 거야?" 마틸다의 남편이 말했다.

　"물론 나 역시 당신들을 협박하는 거지요. 당신의 아내가 몇 달씩이나 나로 하여금 그녀와 부적절한 관계를 하게 만들고서는 이제 와서는 나를 경찰에 고발했어요. 나는 그녀가 고소를 취하하도록 만들 거예요. 그렇지 않으면 어떤 일이 일어날지 몰라요."

　브랑코의 말을 들은 게르트는 분노로 마틸다의 뺨을 사정없이 내리친다. 그리고 서재로 가 금고 문을 연다. 금고에서 돈을 꺼내는가 싶더니, 돈이 아닌 권총을 꺼낸다. 그리고 놀라 얼어붙어 있는 브랑코의 관자놀이를 향해 권총을 쏘고, 브랑코는 피를 흘리며 쓰러진다. 마틸다는 울부짖고 쓰러진 브랑코에게 엎드려 그의 몸을 흔든다. 이를 본 게르트는 마틸다마저 총으로 쏜다. 그리고 자신도 권총을 겨누어 방아쇠를 당긴다. 집안은 온통 피범벅이가 되고 정적이 흐른다. 한참이 지나고 브랑코는 다시 의식을 찾는다. 거실에 마틸다의 시체가 널부러져 있고, 그 맞은 편에 게르트의 시체도 놓여 있다. 브랑코는 몸을 질질 끌고 일어나 부엌에 가 배고픔을 채우고 금고에서 돈을 챙겨 밖으로 빠져나온다. 게르트의 벤츠차를 타고 베를린으로 향한다.

작품의 마지막 부분은 베를린으로 향하는 브랑코가 머릿속에서 떠올리는 상상들로 구성되어 있다. 그 상상들은 지금껏 브랑코의 삶에서 누리지 못한 꿈들이기도 하다. 그는 언젠가 사촌인 요셉의 집을 방문하여, 그것도 육중한 독일 고급차를 끌고 선물 보따리를 가득 안은 채 조카들에게 나눠주는 즐거운 상상을 해본다. 그리고 브랑코의 옆에 금으로 번쩍거리는 결혼반지를 낀 아내가 서서 자신의 볼에 키스해주는 장면도 떠올린다. 또한 브랑코는 베를린에서 시작될 새로운 삶도 상상해본다. 베를린에 도착하면 다시금 지골로의 삶을 살 것이다. 큰 빌라를 가지고 있는, 그러나 외로움으로 찌들어 있는 독일여성들을 만나 그녀들의 외로움을 달래고 그녀들의 꿈을 채워주는 자신의 모습을 떠올린다. 브랑코의 머릿속에 떠오르는 마지막 상상의 장면은 이반카이다. 이반카는 여전히 거리의 비속에서 마분지를 들고 있다. 브랑코는 이반카를 차에 태우고, 이반카는 브랑코에게 묻는다.

"나한테 돈 지불할 수 있어요? 독일 돈 있나요?"
그녀가 물었다. 우리는 웃었다.
"하나님 보다 내가 독일 돈을 더 많이 갖고 있어요."

차에 탄 이반카는 브랑코의 상처를 어루만져주고 위로해 준다. 이어 그녀는 그 옛날처럼 브랑코의 무릎에 얼굴을 묻는다. 마치 로드-무비의

한 장면처럼, 이반카를 떠올리며 베를린으로 향하는 브랑코의 모습으로 작품은 끝난다.

드르벤카의 『유고슬라비아의 지골로』의 주인공 브랑코는 전통적인 돈 주앙과는 많은 차이점을 보인다. 작가 역시 돈 주앙과의 직접적인 연관성을 언급한 바는 전혀 없다. 하지만, 1980년에 상연된 영화 <아메리칸 지골로>를 거론함으로써 돈 주앙과의 간접적인 유사성을 암시해주고 있다. 특히 이 작품이 최근사인 유고슬라비아전쟁과 독일 이주민의 문제를 드러내주고, 주인공의 정체성과 남성성의 의미를 추적하고 있다는 점에서 새로운 시각을 제공하고 있다. 전통적인 '돈 주앙'과 비교해볼 때, 브랑코는 전혀 다른 세계를 보여준다. 전통적인 돈 주앙이 부와 권력을 지닌 귀족으로 등장하는데 반해, 드르벤카의 '브랑코'는 전쟁국가의 탈영병이자 독일로 밀입국해 들어온 이주민이다. 그는 매춘이 뭔지도 모르는 순진한 청년으로부터 전쟁과 가난으로 인해 지골로의 모습으로 전락한다. 영화 <아메리칸 지골로>의 리차드 기어를 흉내 내며 여성들을 유혹하는 브랑코의 모습은 돈 주앙의 모습과 크게 다르지 않다. 그러나 전통적인 돈 주앙이 사랑을 미끼로 여성의 정조를 강탈하는 것이 목적이라면, 브랑코에게 사랑은 돈을 갈취하기 위한 수단에 불과하다. 전통적인 돈 주앙이 사악한 존재이자 파렴치한으로 비춰지는 데 반해, 타문화속에서 지골로의 삶을 살아가는 브랑코는 애잔함과 안타까움마저 불러일으킨다. 조국인 크로아티아의 가난과 전쟁의 참상을 벗고 꿈의 나라 독일로 왔건만, 브랑코의 정체성은 심하게 흔들리고 미궁 속으로 빠져들어 갈 뿐이다. 마틸다와 그녀의 남편의 죽음, 그리고 피 흘리며 베를린으로 향하는 브랑코의 결말은 많은 여운을 남긴다. 생계를 위해 지골로의 삶을 살고 수많은 여성을 만나지만, 브랑코가 진정으로 사랑한 여인은 전쟁과 가난 때문에 매춘을 해야 했던, 그러나 그 비참한 생활을 견디다 못해 자살한 이반카뿐이다. 작품의 마지막을 장식하는 이반카와의 행복한 상상은 브랑코의 파란만장한 삶을 되돌아보게 만든다. 돈 주앙과 유사한 점을 갖고 있지만, 그러나 전혀 닮지 않은 브랑코의 모습은 슬픔과 절망의 분위기를 자아낸다. 유고슬라비아전쟁과 동유럽인들의 독일로의 유입, 이에 따른 이주민의 정체성의 문제 등 비교적 최근사를 배경으로 하는 이 작품은 기존의 '돈 주앙'을 원형으로 하는 작품들과는 상당히 거리를 둔, 그러나 우리로 하여금 발칸반도에서 벌어진 뼈아픈 최근사를 반추하게 한다는 점에서 새롭게 다가온다.

■ 책을 마무리하며

'옴므 파탈'의 전형이자 '치명적 유혹의 남성성'인 돈 주앙과 카사노바는 수많은 여성을 유혹하고 편력한 전설적인 존재이자 신화적 인물이다. 17세기 스페인 문학작품의 주인공으로 등장한 돈 주앙과 18세기 이탈리아의 실존인물인 카사노바는 21세기인 오늘에 이르기까지 약 400여 년의 시간을 거치면서 수많은 변신을 거듭해 왔다. 가톨릭문화와 도덕률이 엄격히 지배하던 17·18세기의 스페인과 이탈리아 사회에서 돈 주앙과 카사노바는 종교적 규율과 이성중심의 보수사회에 정면으로 반항하고, 인간의 감각과 쾌락, 자유분방함을 표방한 자유주의자이다. 이들은 '남성성'의 위대한 상징으로 칭송되며 시대와 나라를 불문하고 수많은 예술가들의 사랑을 받아왔다. 돈 주앙과 카사노바의 주요특징이라 할 '유혹', '남성적 매력', '반항아이자 자유주의자', '지옥행과 베네치아 추방'은 이후 무수히 많은 예술작품 속에서 반복적으로 등장하거나 변형되어 새롭게 각색되어지는 모티브들이다.

이 책은 독일문학작품들을 주된 연구대상으로 했으며, 원형 돈 주앙과 카사노바에 대한 고찰로부터 시작해서, 모차르트의 오페라 <돈 조반니>를 토대로 만들어진 호프만의 『돈 주앙』(1813), 슈니츨러의 『카사노바의 귀향』(1918), 호르바트의 『돈 주앙, 전쟁에서 돌아오다』(1937), 프리쉬의 『돈주앙 또는 기하학에 대한 사랑』(1952), 한트케의 『돈 주앙, 자신에 대해 말하다』(2004), 드르벤카의 『유고슬라비아의 지골로』(2005)

를 분석하였다. 이 작품들은 17·18세기의 원형 돈 주앙과 카사노바로부터 21세기인 오늘에 이르기까지 약 400여 년의 시간에 걸쳐 있으며, 다양한 시각으로 새롭게 창작되었다. 17·18세기의 원형 돈 주앙과 카사노바는 '옴므 파탈', '치명적 유혹의 남성성'으로 상징되면서 확고한 헤게모니를 차지하고 있다. 19세기 초반 낭만주의시대에 창작된 호프만의 『돈 주앙』 역시 남성성의 위대함을 찬양한다. 그러나 '옴므 파탈'로서의 돈 주앙과 카사노바는 이후 시대를 지나면서 급격한 변화와 위기를 겪는다. 20세기 초반에 창작된 슈니츨러의 『카사노바의 귀향』은 세기전환기 시대에 노년의 카사노바가 겪는 남성성의 위기를 드러내고, 호르바트의 『돈 주앙, 전쟁에서 돌아오다』는 1차 대전 후 전통적 가치관의 변화와 여성운동으로 정체성의 혼란을 겪는 돈 주앙을 묘사한다. 20세기 중반 프리쉬의 『돈주앙 또는 기하학에 대한 사랑』에 오면 원형 돈 주앙의 모습은 더 이상 볼 수 없다. 여성보다는 기하학을 사랑하고, 쾌락보다는 정신에 몰두하는 주인공은 작품의 결말에서 '남편이자 아버지'로 전락하는 역대 가장 '반-돈 주앙'적인 모습을 선보인다. 21세기 초 한트케의 『돈 주앙, 자신에 대해 말하다』는 원형 돈 주앙을 완벽하게 비틀고 있다. 여기서 돈 주앙은 여성을 절망에 빠뜨리는 파괴자가 아닌, 여성을 희망으로 이끄는 구원자이자 멘토로 등장한다. 비교적 최근작인 드르벤카의 『유고슬라비아의 지골로』는 이주민이자 지골로인 브랑코를 통해 거래된 사랑과 남성성의 문제를 조명하고 있다.

이상에서 살펴보았듯이, 17·18세기 헤게모니 남성성으로 자리 잡았던 원형으로서의 '옴므 파탈'은 20세기를 지나면서 위기를 거치고, 21세기 한트케의 작품에 오면 더 이상 존재 기반을 잃어버린다. 이는 '옴므 파탈'이 시대와 사회를 걸쳐 여성과 끊임없는 갈등관계에 있으며, 다른 남성들과도 경합을 통해 재수정되는 상대적인 개념이기 때문이다. 흥미로운 것은 20세기 중반과 21세기 초반의 작품으로 오면서 돈 주앙과 카사노바는 더 이상 여성을 '유혹하는 자'가 아닌, '유혹당하는 자'로 묘사된다. 육체를 탐하고, 쾌락을 즐기는 주체는 이제 남성에서 여성으로 이동한다. 심지어 드르벤카의 작품에서 주인공의 몸은 여성등장인물들의 쾌락과 관음증의 대상이 되고 있다. 원형 돈 주앙과 카사노바가 여성과 몸을 동일선상에 놓고 여성의 육체를 탐한 것과 비교한다면, 이것은 완벽한 전복이다.

젠더정체성 역시 21세기의 작품으로 올수록 모호해지고 불분명해지는 것을 살펴볼 수 있다. 돈 주앙과 카사노바 신화에서 나타났던 남성-여성의 성 역할은 최근의 작품으로 올수록 완벽하게 뒤바뀌고 전복되는 현상을 발견할 수 있다. 누가 여성이고 누가 남성인지 성의 구분이 애매해질 뿐만 아니라, 여성 안에 남성성이, 남성 안에 여성성이 내재하는 현상을 종종 발견할 수 있다. 이것은 바로 '남성성'의 개념이 고정된 것이 아니라, 남성/여성 간의 관계방식 또는 남성들 간의 관계방식에서 구성되었다가 해체되고 또다시 재구성되는 가변적인 것이기 때문이다. 따라서 '옴므 파탈'은 고정된 개념이 아닌, 시대와 사회를 거쳐 구성-해체-재구성의 과정을 겪는 '만들어진 남성성'이며, 단일한 남성성이 아닌 '복수'의 남성성을 지칭한다.

이 책에서 분석한 돈 주앙과 카사노바 중 가장 흥미로운 인물은 한트케의 돈 주앙이다. 전통적인 돈 주앙이 이기적인 욕망과 탐욕에 사로잡힌 데 반해, 한트케의 돈 주앙은 마음을 비우고 모든 욕망과 탐욕을 뒤로하는 '타블라 라사'의 경지에 도달한다. 전통적인 돈 주앙이 기만과 거짓으로 여성을 파멸로 몰고 가는 파괴자인데 반해, 한트케의 돈 주앙은 여성으로 하여금 내면의 인식을 확장하고 주체적인 삶을 살도록 이끄는 구원자이다. 더욱이 이 작품은 남녀관계를 육체에만 두는 것이 아니라, 정신적 교류와 영적소통을 제시하고 있어 돈 주앙신화의 창조적 변형으로 평가할 수 있을 것이다. 진정한 남녀관계란 바로 서로가 서로를 끌어주고 인식의 지평을 확장시키는 관계로 발전해야 하기 때문이다.

이 책에서 다룬 돈 주앙과 카사노바는 각양각색의 모습으로 독자에게 등장한다. 17·18세기의 원형 돈 주앙과 카사노바가 권력과 부, 지적 능력과 남성적 매력을 무기로 수많은 여성을 유혹한 '옴므 파탈'의 전형이라면, 18세기 초 호프만에게서 탄생한 돈 주앙은 여성의 심연에 존재하는 열정과 사랑을 끌어내는 마성적인 존재이자 이상적 낭만주의자로 격상된다. 20세기 초 슈니츨러는 '한창때'가 지난 노년의 카사노바를 등장시켜 남성성의 위기를 드러내며, 호르바트는 1차 대전 후 전쟁으로 인해 병들고 가난에 찌들며 정체성의 혼란을 겪는 돈 주앙을 그리고 있다. 20세기 중반 프리쉬는 원형 돈 주앙의 모습에서 완벽하게 뒤바뀐, 여성을 혐오하고 정신세계에 몰두하는 돈 주앙을 탄생시킨다. 21세기 초반에 등장한 한트케의 돈 주앙과 드르벤카의 브랑코는 '옴므 파탈'의 모티브를 새로운 각도에서 바라보게 만든다. 한트케의 돈 주앙은 여성에 대한 진정한 유혹, 즉 '끌어당김'은 피상적인 육체가 아닌, 여성에 대한 깊은 이해와 마음의 헤아림, 교감과 공감에 기반을 두며, 이를 통해 남녀간의 발전적인 관계가 가능함을 밝히고 있다. 드르벤카의 브랑코는 여성들의 욕망의 객체로 부상한다. 원형 돈 주앙과 카사노바가 여성을 탐하는 욕망의 주체였다면, 400년이 지난 뒤 등장한 드르벤카의 브랑코는 여성들이 그의 육체를 탐하는 욕망의 대상이 된다. 시대를 지나고 사회변화를 거치며 탄생된 돈 주앙과 카사노바는 원형 '옴므 파탈'을 모방하면서 또는 완벽하게 비틀면서 새로운 모습으로 등장한다. 이러한 변형은 젠더간의 다양한 관계를 통해 탄생된 것이자, '옴므 파탈'이 근본적으로 '만들어진 남성성'이자 '만들어가는 남성성'임을 입증하는 것이기도 하다. 젠더 내의 다양한 질서를 통해 '옴므 파탈'이 향후 또다시 어떠한 치명적 유혹으로 새롭게 다가올지 사뭇 흥미롭다.

참 고 문 헌

〔1차 문헌〕

Casanova, Giacomo Girolamo: Geschichte meines Lebens, übersetzt von Heinz
 Sauter. 10. Auflage. Berlin 1969.

Drvenkar, Zoran: Yugoslavian Gigolo. Stuttgart 2005.

Frisch, Max: Don Juan oder die Liebe zur Geometrie. 16. Auflage. Frankfurt 1983.

Handke, Peter: Don Juan(erzählt von ihm selbst). Frankfurt 2004.

Hoffmann, Ernst Theodor Amadeus: Fantasiestücke in Callot's Manier. Blätter
 aus dem Tagebuche eines reisenden Enthusiasten. Text und Kommentar.
 Hrsg. von Hartmut Steinecke unter Mitarbeit von Gerhard Allroggen und
 Wulf Segebrecht. Frankfurt 2006.

Horváth, Ödön von: Don Juan kommt aus dem Krieg. Gesammelte Werke 9.
 Frankfurt 1995.

Mozart, Wolfgang Amadeus: Don Giovanni. Textbuch(Italienisch – Deutsch).
 Mainz 1988.

Schnitzler, Arthur: Casanovas Heimfahrt. Erzählung. Berlin 2003.

Tirso, de Molina: Don Juan. Der Verführer von Sevilla und der steinerne Gast,
 übersetzt von Wolfgang Eitel. Stuttgart 1976.

로버트 코넬: 남성성/들. 안상욱, 현민 공역. 이매진 2013.

아마데우스 볼프강 폰 모차르트: 돈 조반니. 신영주 옮김. 음악춘추사 2004.

자코모 카사노바: 나의 편력. 김석희 옮김. 한길사 2006.

주디스 버틀러: 젠더 트러블. 조현준 옮김. 문학동네 2006.

티르소 데 몰리나: 돈 후안 외. 전기순 옮긴이. 을유문화사 2010.

〔2차 문헌〕

Abel, Julia: Positionslichter. Die neue Generation von Anthologien der 'Migrationsliteratur'. In: Arnold, Heinz Ludwig(Hrsg.): Literatur und Migration. Text + Kritik. Zeitschrift für Literatur Band IX/Sonderband. München 2006. S. 233-245.

Alcalde, Pedro: Strukturierung und Sinn. Die dramatische Funktion der musikalischen Form in Da Pontes und Mozarts Don Giovanni. Frankfurt 1992.

Alewyn, Richard: Casanaova. In: Ders.: Probleme und Gestalten. Essays. Frankfurt 1974. S. 75-95.

Allemann, Beda: Die Struktur der Komödie bei Max Frisch. In: Bechermann, Thomas(Hrsg.): Über Max Frisch. Frankfurt 1971. S. 261-279.

Arens, Hiltrud: "Kulturelle Hybridität" in der deutschen Minoritätenliteratur der achtziger Jahre. Hrsg. Elisabeth von Bronfen und Michael Kessler. Tübingen 2000. S. 76-98.

Baudrillard, Jean: Von der Verführung. München 1992.

Baumgartner, Hans Michael: Verführung statt Erleuchtung. Düsseldorf 1993.

Beauvoir, Simome de: Das andere Geschlecht. Sitte und Sexus der Frau. Hamburg 1951.

Becker-Cantarino, Barbara: Genderforschung und Germanistik. Perspektiven von der Frühen Neuzeit bis zur Moderne. Berlin 2010.

Becker-Schmidt, Regina/ Gudrun-Axeli, Knapp: Feministische Theorien. Hamburg 2001.

Behnke, Cornelia: Wissen - Methode - Geschlecht. Erfassen des fraglos Gegebenen. Wiesbaden 2014.

Benthien, Claudia: Männlichkeit als Maskerade. Kulturelle Inszenierungen vom Mittelalter bis zur Gegenwart. Köln 2003.

Bereswill, Mechthild: Migration und Geschlecht. Theoretische Annäherungen und empirische Befunde. Weinheim 2012.

Bertolucci, Bernardo: Gefühl und Verführung. Hamburg 2004.

Bilger, Harald R.: Verführung und Last der Freiheit. Konstanz 1972.

Biondi, Franco: Von den Tränen zu den Bürgerrechten. Ein Einblick in die italienische Emigrantenliteratur. In: Zeitschrift für Literaturwissenschaft und Linguistik. 14/56(1984). S. 75-100.

Bletschacher, Richard: Mozart und Da Ponte. Chronik einer Begegnung. Salzburg 2004.

Bliesemann de Guevara, Berit: Charisma und Herrschaft. Frankfurt 2011.

Blödorn, Andreas: Migration und Literatur - Migration in der Literatur. Auswahlbibliografie(1985-2005). In: Arnold, Heinz Ludwig(Hrsg.): Literatur und Migration. Text + Kritik. Zeitschrift für Literatur Band IX/Sonderband. München 2006. S. 266-272.

Blumenberg, Bettina: Verführung. München 1985.

Bonsels, Waldemar: Don Juan. Eine epische Dichtung 1880-1952. Berlin 1999.

Bothe, Alina: Geschlecht in der Geschichte. Integriert oder separiert? Gender als historische Forschungskategorie. Bielefeld 2014.

Bourdieu, Pierre: Die männliche Herrschaft. Frankfurt 1967.

Bovenschen, Silivia: Die imaginierte Weiblichkeit. Exemplarische Untersuchungen zu kulturgeschichtlichen und literarischen Präsentationsformen des Weiblichen. Frankfurt 1979.

Braun, Christina von(Hrsg.): Medien und Gender. Dortmund 1998.

Braunbehrens, Volkmar: Mozart in Wien. München 1986.

Bublitz, Hannelore: Judith Butler zur Einführung. Hamburg 2002.

Bukowski, Evelyn: Metamorphosen der Verführung in der Novellistik der Frühmoderne. Tübingen 2004.

Butler, Judith: Körper von Gewicht. Die diskursiven Grenzen des Geschlechts. Berlin 1995.

Christ, Claudia: Männerwelten. Männer in Psychotherapie und Beratung. Stuttgart 2013.

Connell, Robert W.: Der gemachte Mann. Opladen 1999.

Cox, Harvey Gallagher: Verführung des Geistes. Stuttgart 1974.

Csampai, Attila: Wolfgang Amadeus Mozart, Don Giovanni. Texte, Materialien, Kommentare. Hamburg 1981.

Dahlke, Birgit: Jünglinge der Moderne. Jugendkult und Männlichkeit in der Literatur um 1900. Köln 2006.

Dane, Gesa: "Im Spiegel der Luft". Trugbilder und Verjüngungsstrategien in Arthur Schnitzlers Erzählung "Casanovas Heimfahrt". In: Arnold, Heinz Ludwig(Hrsg.): Arthur Schnitzler. Text + Kritik. 138/139. München 1998. S. 61-75.

Döge, Peter: Männer - die ewigen Gewalttäter? Gewalt von und gegen Männer in Deutschland. Wiesbaden 2011.

Dronske, Ulrich: Heimatkunde. Zur Casanova-Figur in zwei Texten Arthur Schnitzlers. In: Neohelicon 26, H.2 1999, S. 177-187.

Durzak, Manfred: Peter Handke und die deutsche Gegenwartsliteratur, Narziß auf Abwegen. Stuttgart 1982.

Engleder, Bernhard(Hrsg.): Die Fremden sind immer die anderen. Wien 1995.

Ernstson, Sven: Praxis geschlechtersensibler und interkultureller Bildung. Wiesbaden 2013.

Ette, Ottmar: Europäische Literatur(en) im globalen Kontext. Literaturen für Europa. In: Özkan Ezli und Dorothee Kimmich(Hrsg.): Wider den

Kulturenzwang. Bielefeld 2009. S. 257-296.

Ezli, Özkan: Migration in der deutsch-türkischen Literatur. In: Arnold, Heinz Ludwig(Hrsg.): Literatur und Migration. Text + Kritik. Zeitschrift für Literatur Band IX/Sonderband. München 2006. S. 61-73.

Farese, Giuseppe: Die beiden Casanovas. In: Ders.: Arthur Schnitzler. Ein Leben in Wien 1862-1931. München 1999. S. 199-203.

Farge, Arlette: Das brüchige Leben. Verführung und Aufruhr im Paris des 18. Jahrhunderts. Berlin 1989.

Farrokhzad, Schahrzad: Verschieden-Gleich-Anders? Geschlechterarrangements im intergenerativen und interkulturellen Vergleich. Wiesbaden 2011.

Fenske, Uta: Ambivalente Männlichkeit(en). Maskulinitätsdiskurse aus interdisziplinärer Perspektive. Opladen 2012.

Fleig, Anne: Die Zukunft von Gender. Begriff und Zeitdiagnose. Frankfurt 2014.

Foucault, Michel: Sexualität und Wahrheit. Frankfurt 1983.

Franke, Yvonne: Feminismen heute. Positionen in Theorie und Praxis. Bielefeld 2014.

Franz, Matthias: Neue Männer-muss das sein? Risiken und Perspektiven der heutigen Männerrolle. Göttingen 2011.

Friedl, Angelika: Ein Literaturprojekt zur Förderung des Dialogs zwischen und über Kulturen. Wien 2004.

Frisch, Max: Nachträgliches. In: Max Frisch: Don Juan oder Die Liebe zur Geometrie. Frankfurt 1976. S. 93-102.

Fritz, Axel: Ödön von Horvath als Kritiker seiner Zeit. Studien zum Werk in seinem Verhältnis zum politischen, sozialen und kulturellen Zeitgeschehen. München 1973.

Gabriel, Norbert: Peter Handke und Österreich. Bonn 1983.

Geisen, Thomas: Migration, Familie und soziale Lage. Wiesbaden 2013.

Gnüg, Hiltrud: Das Debüt Don Juans auf dem Theater und die dandystische Inszenierung Don Juans im 19. Jahrhundert. Tübingen und Basel 2004.

Ders.: Don Juan. Ein Mythos der Neuzeit. Bielefeld 1993.

Ders.: Don Juan. Eine Einführung, München, 1989.

Ders.: Don Juans theatralische Existenz. Typ und Gattung. München 1974.

Ders.: Frisch, Don Juan und Die Liebe zur Geometrie. In: Hink, Walter(Hrsg.): Die deutsche Komödie vom Mittelalter bis zur Gegenwart. Düsseldorf 1977. S. 311-320.

Göbler, Frank: Don Juan - Don Giovanni - Don Zuan. Europäische Deutungen einer theatralen Figur. Tübingen 2004.

Gozalbez Cantó, Patricia: Fotografische Inszenierungen von Weiblichkeit. Massenmediale und künstlerische Frauenbilder der 1920er und 1930er Jahre in Deutschland und Spanien. Bielefeld 2012.

Grimm, Petra: Gender im medienethischen Diskurs. Stuttgart 2014.

Hamm, Horst: Fremdgegangen - freigeschrieben. Eine Einführung in die deutschsprachige Gastarbeiterliteratur. Würzburg 1988.

Hanus, Ursula Maria: Deutsch-tschechische Migrationsliteratur: Jiří Gruša und Libuše Moníková. München 2008.

Hardwick, Elizabeth: Verführung und Betrug. Frauen und Literatur. Frankfurt 1986.

Hartmann, Petra: Faust und Don Juan. Stuttgart 1998.

Hausbacher, Eva: Migration und Geschlechterverhältnisse. Kann die Migrantin sprechen? Wiesbaden 2012.

Heckel, Hans: Das Don Juan - Problem in der neueren Dichtung. Stuttgart 1917.

Heering, Kurt-Jürgen: Max Frisch Don Juan. München 1990.

Heilmann, Andreas: Männlichkeit und Reproduktion. Zum gesellschaftlichen Ort historischer und aktueller Männlichkeitsproduktionen. Wiesbaden 2015.

Heinz, Marion: Geschlechterordnung und Staat. Legitimationsfiguren der politischen Philosophie(1600 - 1850). Berlin 2012.

Helmes, Günter: Don Juan. Fünfzig deutschsprachige Variationen eines europäischen Mythos. Paderborn 1994.

Hermann, Ingo: Casanova, der Mann hinter der Maske. Frankfurt 2010.

Heß, Pamela: Geschlechterkonstruktionen nach der Wende. Wiesbaden 2010.

Hikel, Christine: Terrorismus und Geschlecht. Politische Gewalt in Europa seit dem 19. Jahrhundert. Frankfurt 2012.

Hofmann, Gert: Casanova und die Figurantin. Düsseldorf 1987.

Hönnighausen, Lothar: Der Abenteuerroman und die Dekadenz. In: Hönnighausen, Lothar(Hrsg.): Fin de siècle. Zu Literatur und Kunst der Jahrhundertwende. Frankfurt 1977. S. 56-75.

Hörmann, Yvonne: Die Musikerfiguren E.T.A. Hoffmanns. Ein mosaikartiges Konglomerat des romantischen Künstlerideals. Würzburg 2008.

Horn, Dieter: Schreiben aus Betroffenheit - Die Migrantenliteratur in der Bundesrepublik. In: Tumat, Alfred J.(Hrsg.): Migration und Integration. Allgäu 1986. S. 213-233.

Hostettler, Karin: Diesseits der imperialen Geschlechterordnung. (Post-)koloniale Reflexionen über den Westen. Bielefeld 2014.

Illmer, Susanne: Die Macht der Verführer. Liebe, Geld, Wissen, Kunst und Religion in Verführungsszenarien des 18. und 19. Jahrhunderts. Dresden 2007.

Ingrisch, Doris: Wissenschaft, Kunst und Gender. Denkräume in Bewegung. Bielefeld 2012.

Jacobs, Hans J.: Don Juan - heute. Die Don Juan-Figur im Drama des zwanzigsten Jahrhunderts, Mythos und Konfiguration. Rheinbach-Merzbach 1989.

Jooß, Erich(Hrsg.): Rafik Schami. Damals dort und heute hier. Über Fremdsein.

Freiburg 1998.

Kahlert, Heike: Zeitgenössische Gesellschaftstheorien und Genderforschung. Wiesbaden 2012.

Kappler, Arno: Erläuterungen zu Max Frisch, Don Juan oder Die Liebe zur Geometrie. Hollfeld/Obfr 1978.

Kestner, Dana: Zwischen Verstand und Gefühl. Romanheldinnen des 18. und 19. Jahrhunderts. Berlin 2013.

Kierkegaard, Søren: Die unmittelbaren erotischen Stadien oder das Musikalisch-Erotische. Über Mozarts "Don Giovanni". Berlin 1991.

Ders.: Entweder - oder. Teil I und II. Köln 2005.

Klafki, Wolfgang: Verführung, Distanzierung, Ernüchterung. Weinheim 1988.

Kleinau, Elke: Gender in Bewegung. Aktuelle Spannungsfelder der Gender und Queer Studies. Bielefeld 2013.

Koebner, Thomas: Casanovas Wiederkehr im Werk von Hofmannsthal und Schnitzler. In: Ders.: Zurük zur Natur. Ideen der Aufkläung und ihre Nachwirkung. Heidelberg 1993. S. 362-370.

Kottow, Andrea: Der kranke Mann. Medizin und Geschlecht in der Literatur um 1900. Frankfurt 2006.

Krätz, Otto: Casanova. Liebhaber der Wissenschaften. München 1995.

Krischke, Traugott und Foral-Krischke, Susanna: Anhang. Entstehung, Überlieferung, Textgestaltung. Erläuterungen. In: Horváth, Ödön von: Don Juan kommt aus dem Krieg. Schauspiel in drei Akten. Gesammelte Werke. Band 9. Frankfurt 2001. S. 135-166.

Krischke, Traugott: Horvath Chronik. Daten zu Leben und Werk. Erste Auflage. Frankfurt 1988.

Ders.: Ödön von Horvath. Kind seiner Zeit. München 1980.

Krug, Hildegard: Führung oder Verführung durch Schönheit? München 2005.

Krupp, Friedrich: Führung und Verführung durch Sprache. Kritische Reflexionen zur Magie der Wörter. Köln 1992.

Kunze, Stefan: Don Giovanni vor Mozart. Die Tradition der Don-Giovanni-Opern im italienischen Buffa-Theater des 18. Jahrhundert. München 1972.

Lahme-Gronostaj, Hildegard: Identität und Differenz. Zur Psychoanalyse des Geschlechterverhältnisses in der Spätmoderne. Opladen 2000.

Latu, Ioana: Gender and emotion. An interdisciplinary perspective. Bern 2013.

Läubli, Martina: Männlichkeiten denken. Aktuelle Perspektiven der kulturwissenschaftlichen Masculinity Studies. Bielefeld 2011.

Le Rider, Jacques: Das Ende der Illusion. Die Wiener Moderne und die Krisen der Identität. Wien 1990.

Lehnen, Carina: Das Lob des Verführers. Über die Mythisierung der Casanova-Figur in der deutschsprachigen Literatur zwischen 1899 und 1933. Paderborn 1995.

Lempert, Wolfgang: Soziologische Aufklärung als moralische Passion: Pierre Bourdieu. Versuch der Verführung zu einer provozierenden Lektüre. Wiesbaden 2012.

Lenz, Karl: Einführung in die sozialwissenschaftliche Geschlechterforschung. Weinheim 2010.

Levine, Robert: Die große Verführung. Psychologie der Manipulation. München 2003.

Lewandowski, Sven: Sexuelle Vielfalt und die Unordnung der Geschlechter. Beiträge zur Soziologie der Sexualität. Bielefeld 2015.

Lindner, Sigrid Anemone: Der Don Juan-Stoff in Literatur, Musik, und Bildender Kunst. Bochum 1980.

Lüers, Ulf: Zwischen Verführung und Selbstbestimmung. Biografische Reflexionen über 40 Jahre konfliktorientierte Jugendarbeit. Wiesbaden

1997.

Mae, Michiko: Transkulturelle Genderforschung. Ein Studienbuch zum Verhältnis von Kultur und Geschlecht. Wiesbaden 2014.

Marschall, Susanne: Mythen der Metamorphose - Metamorphose des Mythos bei Peter Handke und Botho Strauß. Mainz 1993.

Marx, Anna: Das Begehren der Unschuld. Zum Topos der Verführung im bürgerlichen Trauerspiel und (Brief-)Roman des späten 18. Jahrhunderts. Freiburg 1999.

Masanek, Nicole: Männliches und weibliches Schreiben? Zur Konstruktion und Subversion in der Literatur. Würzburg 2005.

Mayer, Hans: Doktor Faust und Don Juan. Frankfurt 1979.

Mecklenburg, Norbert: Leben und Erzählen in der Migration. Intertextuelle Komik in "Mutterzunge" von Emine Sevgi Özdamar. In: Arnold, Heinz Ludwig(Hrsg.): Literatur und Migration. Text + Kritik. Zeitschrift für Literatur Band IX/Sonderband. München 2006. S. 84-96.

Meuser, Michael: Geschlecht und Männlichkeit. Wiesbaden 2010.

Mikunda, Christian: Der verbotene Ort oder die inszenierte Verführung. Unwiderstehliches Marketing durch strategische Dramaturgie. Frankfurt 2002.

Moysich, Helmut: Anmerkungen zu Peter Handkes Don Juan (erzählt von ihm selbst), in: Manuskripte. Zeitschrift für Literatur, hg. v. Alfred Kolleritsch und Günter Waldorf, Graz 2004, Bd. 44, Heft 165, S. 117-120.

Mozart, Wolfgang Amadeus: Don Giovanni. Opera. DVD. Concorde Video 2006.

Müller, Kristiane: Die Mannsbilder im Spiegel der Karikatur. Menden/Sauerland 1987.

Müller, Ulrich: Herz inszeniert Don Giovanni in Salzburg. Anif/Salzbrug 1990.

Müller-Kampel, Beatrice: Mythos Don Juan. Zur Entwicklung eines männlichen

Konzepts. Leipzig 1999.

Dies.: Dämon - Schwärmer - Biedermann. Don Juan in der deutschen Literatur bis 1918. Berlin 1993.

Neumann-Holzschuh, Ingrid: Gender, Genre, Geschlecht. Sprach- und literaturwissenschaftliche Beiträge zur Gender-Forschung. Tübingen 2001.

Ney, Norbert(Hrsg.): Ausländer schreiben vom Leben bei uns. Reinbek bei Hamburg 1992.

Nieberle, Sigrid: Gender studies und Literatur. Eine Einführung. Darmstadt 2013.

Oehlmann, Werner: Don Juan. Dichtung und Wirklichkeit. Frankfurt 1965.

Ortheil, Hanns-Josef: Die Nacht des Don Juan. München 2000.

Pankau, Johannes: Nachwort. In: Pankau, Johannes(Hrsg.): Arthur Schnitzler: Casanovas Heimfahrt. Stuttgart 2003. S. 135-156.

Paulus, Julia: Tagung unter dem Titel Teilhabe oder Ausgrenzung? Perspektiven der Bundesdeutschen Geschlechtergeschichte zwischen Nachkriegszeit und Strukturbruch(1949-1989). Frankfurt 2012.

Piontek, Slawomir: Der Mythos als literarische Schöpfung. In: Ders.: Der Mythos von der Österreichischen Identität. Frankfurt 1999. S. 27-48.

Poole, Ralph J.: Gefährliche Maskulinitäten. Männlichkeit und Subversion am Rande der Kulturen. Bielefeld 2012.

Prokop, Clemens: Mozart, Don Giovanni. Leipzig 2012.

Puntscher Riekmann, Sonja: Mozart, ein bürgerlicher Künstler. Studien zu den Libretti "Le Nozze di Figaro", "Don Giovanni" und "Cosi fan tutte". Wien 1982.

Quindeau, Ilka: Männlichkeiten. Wie weibliche und männliche Psychoanalytiker Jungen und Männer behandeln. Stuttgart 2014.

Rank, Otto: Die Don Juan-Gestalt. Leipzig, Wien, Zürich 1924.

Rauhut, Franz: 1003 Variationen des Don-Juan. Die Fassungen des

Don-JuanStoffes von 1630 bis 1934. Konstanz 1990.

Rendtorff, Barbara: Geschlechterforschung. Theorien, Thesen, Themen zur Einführung. Stuttgart 2011.

Reuter, Julia: Geschlecht und Körper. Studien zur Materialität und Inszenierung gesellschaftlicher Wirklichkeit. Bielefeld 2011.

Richter, Babette: Die stumme Verführung. Das innere Bild und das Phänomen Kino. Köln 2003.

Richter-Appelt, Hertha: Verführung-Trauma - Mißbrauch. Gießen 1997.

Röder, Brigitte: Ich Mann. Du Frau. Feste Rollen seit Urzeiten. Freiburg 2014.

Rosenberg, Alfons: Don Giovanni. Mozarts Oper und Don Juans Gestalt. München 1968.

Rousset, Jean: Don Juan und die Metamorphosen einer Struktur. In: Wittmann, Brigitte(Hrsg.): Don Juan. Darstellung und Deutung. Darmstadt 1976. S. 273-282.

Runte, Annette: Feminisierung der Kultur? Krisen der Männlichkeit und weibliche Avantgarden. Würzburg 2007.

Rusconi, Alessandra: Paare und Ungleichheit(en). Eine Verhältnisbestimmung. Opladen 2013.

Scheible, Hartmut: Mythos Casanova. Einleitung. In: Scheible, Hartmur(Hrsg.): Mythos Casanova. Texte von Heine bis Buñuel. Leipzig 2003. S. 9-34.

Schirmer, Uta: Geschlecht anders gestalten. Bielefeld 2010.

Schmidt-Bergmann, Hansgeorg: Nikolaus Lenau. Zwischen Romantik und Moderne. Wien 2003.

Schmitz, Walter: Frischs "Don Juan oder die Liebe zur Geometrie". Frankfurt 1985.

Schnitzler, Christian. Der politische Horváth. Untersuchung zu Leben und Werk. Marburger Germanistische Studien, Band 11. Frankfurt 1990. S. 38-56.

Schorske, Carl E.: Wien. Geist und Gesellschaft im Fin de siècle. Frankfurt 1982.

Schreiber, Alfred: Don Juans Liebe zur Geometrie. Mitteilungen der Deutschen Mathematiker-Vereinigung, 2011, Vol.19(1), 40-41.

Schreiber, Hermann: Casanova. Biographie. Düsseldorf 1998.

Schröder, Jürgen: Das Spätwerk Ödöns von Horváths. In: Krischke, Traugott(Hrsg.): Ödön von Horváth. Materialien. Frankfurt 1981.

Schüler-Springorum, Stefanie: Geschlecht und Differenz. Paderborn 2014.

Sergooris, Gunther: Peter Handke und die Sprache. Bonn 1979.

Setzwein, Bernhard: Peter Handke. Don Juan (erzählt von ihm selbst). In: Passauer Pegasus Zeitschrift für Literatur, Passau 2004, S. 89-91.

Stiglegger, Marcus: Ritual & Verführung. Berlin 2006.

Stock, Frithjof: Casanova als Don Juan. Bemerkungen über Arthur Schnitzlers Novelle "Casanovas Heimfahrt" und sein Lustspiel "Die Schwestern oder Casanova in Spa". In: arcadia. Sonderheft (1978), S. 56-65.

Szczepaniak, Monika: Männer in Blau. Köln 2005.

Venske, Regula: Mannsbilder-Männerbilder. Konstruktion und Kritik des Männlichen in zeitgenössischer deutschsprachiger Literatur von Frauen. Hildesheim 1988.

Wandruszka, Marie Luise: Die Liebe und das Erzählen. Zu Schnitzlers "Casanovas Heimfahrt". In: Modern Austrian Literature 19, H.3/4, 1986, 1-29.

Weber, Franziska: Dimensionen des Denkens. Bielefeld 2008.

Weininger, Otto: Geschlecht und Charakter. Eine prinzipielle Untersuchung. München 1980.

Wertheimer, Jürgen: Don Juan und Blaubart. Erotische Serientäter in der Literatur. München 1999.

Wertheimer, Jürgen: Don Juan und Blaubart. München 1999.

Wittmann, Brigitte: Don Juan. Darmstadt 1976.

Wolf, Jürgen: Visualität, Form und Mythos in Peter Handkes Prosa. Opladen 1991.

Wülfing, Wulf: Die heilige Luise von Preußen. In: Jürgen Link und Wulf Wülfing(Hrsg.): Bewegung und Stillstand in Metaphern und Mythen. Fallstudien zum Verhältnis von elementarem Wissen und Literatur im 19. Jahrhundert. Stuttgart 1984. S. 233-275.

Zeman, Herbert: Wege zu Mozart-Don Giovanni. Wien 1987.

Zweig, Stefan: Drei Dichter ihres Lebens. Casanova, Stendhal, Tolstoi. Leipzig 1928.

김성곤: 막스 프리쉬의 『돈환 또는 기하학에 대한 사랑』에 나타난 "상" 문제. 뷔히너와 현대문학 특별호. 1996, 172-200쪽.

김성곤: 모차르트의 『돈 조반니』와 호프만의 돈 후안 - 낭만적 돈 후안 해석. 독어교육 49권. 2010, 151-175쪽.

김성곤: 호프만의 『돈 후안』에서의 낭만적 환상과 음악. 독어교육 55권. 2012, 209-236쪽.

로제마리 나베-헤르츠: 독일여성운동사. 이광숙 옮김. 지혜로 2006.

사순옥: 독일 제 1기 여성운동의 전개과정과 목표. 독일어문학 33권. 2006, 265-285쪽.

송희영: 카사노바와 남성성의 위기-슈니츨러의 『카사노바의 귀향』. 독일어문학 67권. 2014, 195-215쪽.

이유선: 독일어권 모더니즘 연구. 베를린 모더니즘과 빈 모더니즘. 한국문화사 2014.

인성기: 빈 모더니즘. 연세대학교 출판부 2005.

임규정: 키에르케고르의 사랑의 개념에 관한 일 고찰. 범한철학 31권. 2003, 261-288쪽.

임옥희: (젠더의 조롱과 우울의 철학) 주디스 버틀러 읽기. 여이연 2006.

전기순: 티르소 데 몰리나의 희극 <석상에게 초대받은 세비야의 농락자>와 돈환

신화 연구에 대한 기여. 외국문학연구 19. 2005, 310-323쪽.

정동섭: 돈 후안. 치명적인 유혹의 대명사. 살림 2006.

조현순: 주디스 버틀러의 젠더 정체성 이론 - 패러디, 수행성, 복종, 우울증을 중심
　　　으로. 영미문학 페미니즘 9권 1호. 2001, 170-205쪽.

조현순: 주디스 버틀러의 젠더정체성이론. 한국학술정보 2007.

크리스티나 폰 브라운, 잉에 슈테판/탁선미 외 역: 젠더연구. 나남 2002.

토마스 퀴네 외 지음, 조경식, 박은주 옮김: 남성의 역사. 솔 2001.

옴므파탈, 돈 주앙과 카사노바

치명적 유혹과 남성성

1판1쇄 발행 2016년 4월 25일

지 은 이 송 희 영
꾸 민 이 심 대 현
펴 낸 이 김 진 수
펴 낸 곳 **한국문화사**
등   록 1991년 11월 9일 제2-1276호
주   소 서울특별시 성동구 광나루로 130 서울숲 IT캐슬 1310호
전   화 02-464-7708
전   송 02-499-0846
이 메 일 hkm7708@hanmail.net
홈페이지 www.hankookmunhwasa.co.kr

책값은 뒤표지에 있습니다.

ISBN 978-89-6817-355-4   93850

이 도서의 국립중앙도서관 출판예정도서목록(CIP)은 서지정보유통지원시스템
홈페이지(http://seoji.nl.go.kr)와 국가자료공동목록시스템(http://www.nl.go.kr/kolisnet)에서
이용하실 수 있습니다.(CIP제어번호: CIP2016009783)